Editora
Charme

RESISTINDO
a um libertino

Aline Sant'Ana

1ª Edição 2021.

Produção Editorial: Editora Charme
Capa e diagramação: Veronica Goes
Preparação: Alline Salles
Revisão: Equipe Charme

FICHA CATALOGRÁFICA ELABORADA POR
Bibliotecária: Priscila Gomes Cruz CRB-8/8207

S231r   Sant' Ana, Aline
Resistindo a um Libertino / Aline Sant' Ana;
Revisão: Equipe Charme; Capa e produção gráfica: Verônica Góes;
Preparação: Alline Salles. – Campinas, SP: Editora Charme, 2021.
312 p. il.

ISBN: 978-65-5933-025-6

1. Romance Brasileiro| 2. Ficção brasileira-
I. Sant' Ana, Aline. II. Equipe Charme. III. Góes, Verônica.
IV. Salles, Alline. V. Título.

CDD B869.35

loja.editoracharme.com.br
www.editoracharme.com.br

RESISTINDO
a um libertino

Aline Sant'Ana

Editora Charme

PARA ELIMAR SOUZA.

*Você me arrancou da zona de conforto como
um navio em uma tempestade.
Mas adorei cada segundo.
Obrigada por me desafiar a ir além do
que eu imaginava ser capaz.
Dedico esse libertino a você e o entrego para
que seu coração possa amá-lo.*

PARTE I

"Fiz vinte e seis anos há dois dias... é estranho.
O que sou realmente? Uma velha donzela?
Não ainda, eu mal entrei nos vinte, dizem as pessoas.
Uma jovem donzela, então? Ah, não!
Não possuo a vida ou as ideias de uma jovem donzela,
não mais... nem sua idade."

— Aline de Lens, 26 anos
Diários de Garotas Francesas do Século XIX, de Philippe Lejeune.

CAPÍTULO UM

Verrières, França — 1817

*D*ois anos antes, sentir-se solitária seria considerado uma bênção para Lady Hawthorn. Aquele dia, no entanto, provocava uma sensação nova. Uma imensa saudade engoliu seu coração ao recordar das gargalhadas descompensadas da Marquesa de Lussac, as zombarias sobre a nobreza — ainda que pertencesse à classe — e seu mais profundo rancor pela temporada francesa. Gwendolyn sentiu falta de *madame* Isabel e sua língua afiada. E haveria de sentir por mais tempo; Isabel só retornaria a Verrières dali a três dias.

Tentou dispersar a angústia. Passeou a cavalo, tocou piano, escreveu em seu diário, cuidou das flores no jardim, brincou com as crianças que vinham se banhar no riacho mais próximo e acompanhou pessoalmente os cuidados da mansão da marquesa... mas nada pareceu suficiente.

Madame Isabel dizia que sua amizade era um peso para Gwendolyn, por mais que soubesse que estava errada. A ligação entre as duas tinha sido a salvação de Lady Hawthorn em um dos momentos mais ímpares de sua vida: quando, assim como a marquesa, perdera o marido cedo demais.

Embora ambas tivessem enviuvado, havia uma imensa distinção entre os dois matrimônios.

Enquanto Isabel casara-se nutrindo certa afeição pelo seu marquês, Gwen se tornara a esposa de um barão e dona da Mansão Downhill, sem nunca ter pedido por isso, sem jamais ter tido uma escolha. Nunca dera atenção para Lorde Hawthorn nos bailes, por mais que claramente ele tentasse cortejá-la, e só se casara por um acordo. Lorde Hawthorn se disse "incapaz de lidar com a paixão que sentira pela dama ao vê-la dançar". Então, negociou com o pai de Gwen até a respeito do dote, que não haveria a necessidade de pagá-lo, que o maior presente que ele poderia receber seria tê-la em seus braços. Isso foi uma dádiva para a família de Gwen, que estava à beira da falência.

Gwendolyn *teve* de se casar.

E teve de aceitar dividir a cama com um completo desconhecido; um destino bem comum entre damas na sua condição.

Ela nunca fez distinção entre classes, credos e idades. A diferença de vinte e cinco anos entre o casal não foi a razão de sua agonia. Mas, sim, a conduta daquele Lorde. Mostrara-se um perfeito cavalheiro no início e apoiara Gwen quando ela perdera os pais subitamente durante o primeiro ano do casamento. Enquanto vestira o luto e sofrera por nunca mais poder ver o sorriso de sua mãe e sentir o abraço de seu pai, Lorde Hawthorn estivera ao seu lado. Quando a dor pela perda de seus familiares fora se abrandando, Gwen chegara a pensar que poderia acabar se apaixonando pelo marido. No entanto, logo depois que saíra do preto, pôde ver a verdadeira personalidade do homem com que compartilhava a vida: inescrupuloso, invasivo e grosseiro. Lorde Hawthorn acreditava que a violência ditava o mundo, que ser nobre era como ser rei e que não haveria lei inglesa que fosse capaz de derrubá-lo.

Estava certo. Acabou sendo derrubado de outra maneira. Fumo, ópio e bebida fizeram o que Gwen não poderia fazer sozinha. O barão morrera por conta própria, deixando um filho do primeiro casamento tão terrível quanto o pai.

Por Deus, não que Gwen tivesse *comemorado* a morte do marido.

Mas seus ombros ficaram mais leves com a liberdade.

Assim que o homem deixara o mundo, Gwen recordou-se das palavras de sua mãe quando ainda estava viva, já fragilizada após a perda súbita do marido. Lady Blank, insistentemente, dizia à filha para ir à França: "Se algo acontecer, saia imediatamente da Inglaterra. Os Hawthorn abandonarão você, e minha estimada amiga Isabel será a única a lhe acolher em qualquer dificuldade". Assim, ela havia feito as malas e partido, antecipando os maus-tratos que sofreria caso ficasse, renegando também qualquer espólio que seu marido tivesse designado a ela.

Que o filho do primeiro casamento ficasse com tudo.

Agora, era viúva e *livre*, morando em uma cidadezinha da França. Havia duas primaveras que estava na companhia de uma dama que parecia amá-la como uma mãe. A paz era inestimável, e ser capaz de sentir saudade de alguém, além de seus pais, era de aquecer qualquer coração gelado.

— Ora, parece que não estou sozinha — Gwen falou para o pequeno gato que caminhava no parapeito da janela.

Minou sempre vinha visitá-las às três da tarde, na sala de visitas. Tanto que Gwen tinha, em sua lista de prazeres, a tarefa de separar um pires de leite.

— Veio me visitar?

E, como sempre, o leite já o esperava.

Minou soltou um ronronar quase imperceptível, enquanto espichava o focinho em direção ao pires. Então, afastou-se um bocado, fazendo um charme parecido com o das debutantes nos bailes, que fingiam desinteresse para atrair atenção.

Gwen quase sorriu com a comparação.

Ela já fora assim.

Agora isso não importava mais.

— Miau.

— Sim, Minou. Não se faça de desentendido. Sabe muito bem que o leite é reservado para você.

Desde que o vira espreitando no jardim de *madame* Isabel, Gwen se apaixonara e sentira uma profunda conexão com o bichano. A cor de Minou era a mesma de seus olhos: licor de âmbar. Claro que Gwendolyn era muito inglesa e considerava-se cética quanto ao destino, nem um pouco passional como os franceses, mas Minou, nome dado por Isabel, era de fato uma criaturinha travessa e encantadora.

Ele, enfim, colocou a pontinha da língua rosada no leite. No entanto, um movimento do gato fez Gwendolyn franzir a testa. Minou afastou-se abruptamente, curiosidade misturada a pavor, e saltou para longe como se fosse incapaz de retornar um dia.

— Mas o que...

Foi então que o coração de Gwen saiu de sua tranquilidade melancólica e, de uma só vez, alcançou o céu. O estrondo que veio da cozinha foi tão alto quanto a destruição do telhado por uma tempestade, exceto que o céu estava plenamente ensolarado. A criadagem desatou a correr e uma das jovens deu um grito tão agudo, na copa, que os ossos de Gwen estremeceram. Suas pernas se moveram por instinto, as mãos indo direto para o vestido esvoaçante e de um branco angelical; um dos presentes da marquesa.

Quando seus olhos finalmente captaram o desastre, incluindo o gigantesco buraco acima de sua cabeça, o ar em seus pulmões escapou com brusquidão.

— *Madame...* — o mordomo sussurrou ao seu lado, tirando-a do choque. — O que devo...

— Envie um dos criados para a cidade junto ao cocheiro. — A voz de Gwen estremeceu. — Traga um médico. Imediatamente!

— Sim, claro, *madame...*

— Água, óleo canforado, toalhas limpas, umas duas doses de conhaque e... — Tentou se lembrar da receita de sua mãe para feridas. O caderno de medicina da família era um dos itens que tinha deixado para trás.

Não, definitivamente, não conseguia pensar com aquele caos indecente sobre a mesa de madeira.

Seus olhos ainda não conseguiam crer no que viam. O homem havia despencado do telhado. Estava descamisado, beirando a devassidão, com a pele bronzeada exposta e os cabelos desmazelados. Qual crime cometera para fugir de maneira tão imprudente?

Sobre telhados, por Deus...

Gwen mal percebera quando a governanta entrou na cozinha. Lady Hawthorn somente compreendeu que suas mãos estavam trêmulas quando sua criada pessoal se aproximou, tentando auxiliá-la. Com uma rapidez espetacular, todos estavam prontos para lidar com o caso inédito.

— Posso tratar as feridas, *madame* — Angelle avisou-a.

— Eu sei. Só preciso me recompor.

O homem estava vivo, certo?

O peito subia e descia.

Estava vivo.

— Humm... — Ele soltou um grunhido e começou a se mover.

Sua camisa aberta, o sangue em seus braços... tudo aquilo era demais para Gwen, que ansiava por uma tarde tranquila, como outra qualquer.

O desconhecido desmaiou novamente.

Não poderia ser um nobre, Gwen pensou, enquanto Angelle o tratava com suas mãos delicadas e habilidosas. A forma de seu corpo refletia trabalhos árduos e horas ao sol. Seu cabelo negro era selvagemente longo, na altura dos ombros, e seu maxilar era largo em demasia. E havia uma barba por fazer! Em que país um cavalheiro cometeria tal despautério? *Definitivamente*, não se tratava de um nobre.

Algum arruaceiro...

Diabos, como alguém *assim* foi despencar dentro da casa de uma marquesa?

— Não acho que seja grave — Angelle, a criada, timidamente reportou a Gwen.

— Não sei como devo agir. E se este homem for perigoso? Não posso colocar em risco todos vocês. E a mim.

Angelle não tinha uma resposta para essa pergunta.

O mordomo se manteve, como os *gendarmes*[1], ao lado de Gwen.

— Levá-lo a uma estalagem seria mais apropriado — a governanta murmurou.

Depois de ponderar por longos minutos, Gwen decidiu.

— Não há uma estalagem próxima. Resolveremos desta forma: o médico o examinará. E ele permanecerá aqui até recobrar... o que lhe falta. Aparentemente, bom senso. — Fez uma pausa quando percebeu que estava pensando alto demais. — Coloque-o em um dos quartos, Jacques. E cubra-o, por Deus. Ladrão ou não, ainda é um ser humano, ao que parece. Ou *quase* isso. Só precisamos ficar atentos a qualquer...

O homem se remexeu, com os olhos abertos, fazendo Gwen levar a mão ao coração pelo susto.

---

1   *Guardas franceses.* (*N.A.*)

— Deus não permitiu que o bom senso fizesse parte do meu caráter — a voz de barítono respondeu, rouca e quase firme. Um sorriso despontou no canto de seus lábios. — Entretanto, até o limite do meu conhecimento, acredito ser feito de carne, osso e inteligência.

CAPÍTULO DOIS

Quando as pálpebras de Matthieu se abriram e ele viu o imenso buraco no telhado de uma casa desconhecida, deu-se por vencido de que suas aventuras haviam se tornado apelativas demais. Quase riu de si mesmo, apesar de sentir dor em cada parte do corpo, mas impediu o próprio deboche quando escutou a voz suave de uma *mademoiselle*:

"E ele permanecerá aqui até recobrar... o que lhe falta. Aparentemente, bom senso...".

Conseguiu, com muito custo, sentar-se após dar uma resposta à altura. A criada, que cuidava de seus ferimentos, afastou-se como se ele fosse altamente contagioso. Não se sentiu ofendido, porque, na realidade, suas ações falavam por seu caráter.

Caíra de um telhado.

Sujara, destruíra e incitara o caos na cozinha de *alguém*.

Oh, e não havia pouca gente ali. Se aquelas pessoas soubessem a razão do incidente, certamente ficariam horrorizadas. Fugira de um marido que teve o ego ferido ao pegar a esposa em seus braços. Não se arrependia, no entanto. Fora uma tarde muito ardente.

— Agradeço a hospitalidade — finalmente disse.

Vários pares de olhos sobre seu torço nu não o fizeram sequer corar. Buscou, com uma atenção redobrada, a dona daquele doce timbre que ouviu. Seus olhos ainda permaneciam turvos pela queda e a cabeça latejava.

— Não daria o nome de hospitalidade, *monsieur*. Não tive escolha. Sua visita, literalmente, caiu do céu.

Matthieu sorriu pela resposta espirituosa. *Ah, lá estava ela.* Parecia jovem demais para ter uma casa repleta de criados. Filha de um nobre ou recém-casada? Caso fosse a segunda opção, seria uma pena. Era um pecado prender uma beldade como a *mademoiselle*.

Seus cabelos eram castanhos no tom de avelã, presos de uma forma desordenada, como se os tivesse desarrumado durante o dia. Seus olhos tinham a cor do doce de caramelo que Matthieu provara nos Estados Unidos da América. E sua pele, em uma nuance dourada demais para a aristocracia, foi feita para ser admirada. *É como eu?*, pensou. Apaixonada pelo ar livre e a natureza? O vestido branco, de um tecido suave, cobria a garganta e os pulsos, mas, ainda que não fosse tão justo em suas curvas, já dizia muito para um homem experiente.

— Claro, não sou bem-vindo. Já estou de saída. Peço desculpas pela minha inaptidão em manter a moral e os bons costumes, assim como por todo o caos que criei. Devo ressarci-la...?

Buscou em todos os lugares a bolsinha de moedas que carregava para emergências. Não encontrou. Tossiu para firmar a voz e abriu um de seus sorrisos que fazia mocinhas virgens corarem.

— Mais tarde? — adicionou.

Ela não foi afetada. Suas bochechas não adquiriram um tom adorável de rosa e seus olhos sequer brilharam. Ao contrário, sua expressão ficou ainda mais severa. Cruzou os braços à frente dos seios e vincou as sobrancelhas de uma maneira bem assustadora. Matthieu umedeceu os lábios secos.

— Não há necessidade. Desde que saia desta residência gozando de boa saúde. O médico já foi chamado. — O que a *mademoiselle* disse denunciou sua excelente educação. — Sente-se bem para caminhar? — indagou, embora a voz tenha sido afiada demais para uma dama. — Quase perfeitamente bem. Espero — acrescentou.

Ainda que fosse tão livre em suas ações, quis parecer menos desonrado para aquela mulher. Suas pernas vacilaram um pouco, mas conseguiu ficar de pé. Quando parou para analisar o nível de sua queda, percebeu que se sentia um pouco tonto ainda, talvez enjoado, e a cabeça doía infernalmente.

— Quase — ele confirmou, com um sorriso de lado.

— Foi um susto e tanto para nós, *monsieur...* — *Mademoiselle*, indiretamente, pediu que se apresentasse.

Matthieu preferiu deixar passar o momento, e ela continuou:

— Bette, providencie alguma peça de roupa para que este homem fique, no mínimo, apresentável.

— Mas nós não temos vestes... — a governanta murmurou.

— Ressarcirei o criado que prestar este favor. Qualquer camisa, sim?

A governanta se reuniu com as criadas e se afastou da cozinha na missão que sua senhorita ordenara.

Restaram apenas o mordomo e a *mademoiselle*.

Matthieu já havia se levantado, mas mantinha-se apoiado na mesa, sabendo que levaria alguns dias para a recuperação total. Precisava ir para casa, porém estava longe e, de qualquer modo, seria desagradável que sua família o visse naquele estado. Ainda possuía o sabor agridoce do licor em sua língua e a consequência de sua indecência permanecia em seu corpo. No entanto, o modo como aquela linda dama o olhava, condenando-o... de repente, a aventura que vivera naquela tarde pareceu ter consequências demais.

— Por que estava fugindo, *monsieur*? — ela perguntou de repente.

O mordomo pigarreou, reconhecendo que aquilo passou dos limites.

Matthieu deixou seus olhos alcançarem os dela, sem se abalar com a curiosidade feminina. Era bela como as poesias que os rapazotes criavam durante as temporadas francesas. Era digna de uma ópera em sua homenagem e de pedidos de casamento seguidos de não; sem dúvida, teria a liberdade de escolher quem desejasse. Se já não escolhera. Era altiva, com língua afiada, e Matthieu nem precisou trocar muitas palavras ou fazer um passeio para compreendê-la.

Em circunstâncias triviais, se sentiria envergonhada por questioná-lo assim. Talvez coraria apenas com a menção de seu nome. Ela, absolutamente, não fazia parte da cidade de Verrières e, àquela altura, para Matthieu, também estava claro que não era francesa. Sua estatura era acima da média, seu nariz, aristocrático, e seu olhar, uma sentença. Além disso, seu francês não era perfeito e o sotaque inglês dançava em sua voz.

— Cometi um pecado. — Foi sua resposta.

Ela estreitou os olhos.

— Qual dos sete?

Luxúria, pensou. Mas Matthieu sorriu e não respondeu.

— Roubou algum objeto? — insistiu a dama, parecendo não se importar com o tom informal do diálogo.

— *Alguém.* Roubei alguém, para ser mais específico. Tive momentos interessantes e inesquecíveis com uma senhora casada. Por isso, a fuga.

Matthieu não conseguiu mentir. Era excelente em compor histórias criativas para se safar das situações mais esdrúxulas, mas, desta vez, *teve* de dizer a verdade.

Ela estudou as roupas desfeitas de Matthieu e a fuga sem precedentes por sua vida, assim como o buraco no teto. Os lábios carnudos e perfeitamente femininos fizeram um lindo círculo e o entendimento... a fez gargalhar.

Matthieu esperava qualquer coisa, exceto *aquilo*.

— *Monsieur...* — O mordomo forçou uma tosse, desconfortável, enquanto a risada da *mademoiselle* preenchia o cômodo melodiosamente.

Matthieu ficou encantado por um momento, pensando se ela ria com frequência e se o fazia de forma tão evidente na sociedade. Seria lindo, afinal, Matthieu era um amante da rebeldia.

Parecia contraditório julgá-lo tão rápido e rir quando descobriu a razão.

Nem tão pudica assim?

— Estou neste país há dois anos, e ainda não me adaptei às histórias interessantes que os franceses parecem contar de maneira tão natural. Jamais um desconhecido, na Inglaterra, deixaria isso tão claro, por mais que o ouvinte estivesse curioso. Supus que não enfeitaria e que me diria a verdade, *monsieur*. Ainda assim, ri pela surpresa tanto a respeito do motivo quanto por sua resposta sincera.

— Não poderia mentir para uma dama que me recebeu em sua casa de maneira tão... prestimosa. Antes isso do que ser um ladrão. Não é mesmo?

Matthieu a analisou. Sob a pele beijada suavemente pelo sol, as maçãs de seu rosto finalmente adquiriram um tom rosado e seus olhos brilharam. Talvez, vivesse sob os moldes de uma rotina indesejada. Talvez, fosse interessante ter alguma emoção, de qualquer tipo, por mais carrancuda que estivesse quando o encontrou desmaiado sobre a mesa.

— Bem, de certa forma, sim. Agora, torço para que o marido da dama em questão não o desafie para um duelo. De qualquer maneira, não me traria nenhum benefício dizer que *monsieur* caiu do céu, não é verdade? Quanto a isso, serei cúmplice de sua artimanha. — A *mademoiselle* riu mais uma vez. — Não posso julgar a paixão de terceiros, sendo que mal tive tempo de me apaixonar nesta vida. Ah, aqui está! A camisa. — Um de seus criados, junto à governanta, entregou uma peça limpa e bem-passada. — Vista-se, *monsieur*. — Ela virou-se e entregou a roupa para Matthieu. — O médico chegará em breve. Deixaremos os dois a sós.

Queria saber o nome daquela dama, especialmente por ser como nenhuma outra. Conhecera o mundo, mas nunca alguém tão honesta e certa de suas palavras. Quase como se tivesse sido calada ao longo da vida e agora não possuísse complacência para conter a língua.

Inédito, para se dizer o mínimo, tendo em vista que a dedução de Matthieu a respeito da idade da *mademoiselle* seria algo entre 18 e 20 anos. Qual experiência tivera para tal comportamento?

Despertar o interesse de Matthieu não era algo tão complexo, ele se atraía facilmente por qualquer um e era dotado de carisma e sociabilidade, contudo, fazê-lo desejar conhecer a pessoa a fundo... *isso*, sim, era novidade.

O anúncio sobre a visita do doutor veio antes que Matthieu pudesse jogar seu charme e descobrir mais do que devia.

O doutor Fernand Fontaine não diagnosticou nada extraordinário, exceto o fato de que um de seus mais queridos amigos havia desabado na mansão da Marquesa de Lussac.

Por prestar atendimento até nas áreas mais remotas da cidade, inclusive na zona mais tranquila de Verrières, conhecia a *madame*. Era extremamente educada com Fernand e tinha um apreço imenso pelo homem. Mas nunca, nem em um milhão de anos, Fernand poderia imaginar Matthieu naquela situação. Caído e machucado sem aparentemente ninguém fazer ideia de *quem* ele era de verdade.

Ao menos, Lady Hawthorn não sabia.

Discretamente, Matthieu pediu que esse pequeno detalhe não fosse compartilhado com a dama. Fernand decidiu aceitar o acordo secreto, principalmente, depois de ouvir o motivo de seu amigo estar *ali*.

— É mais confortável manter essa situação em segredo do que precisar ouvir mexericos no dia seguinte. Minha avó não aguentaria, Fernand. E os meus pais...

— Compreendo — disse o médico, quando estavam a sós. — Sabe que evito julgar qualquer atitude sua. No entanto...

— O homem queria me matar, com razão. E precisei fugir. De qualquer modo, *cair* foi um acidente — explicou Matthieu. — Não ficarei em Verrières por muito mais tempo, *mon ami*. Minha liberdade é grandiosa para uma cidade tão pequena.

— Concordo em partes. — O doutor finalizou o último curativo e encarou o amigo diretamente nos olhos. — Conselhos não são bem-vindos, e sei disso. No entanto, talvez deva considerar frear seus impulsos.

Era a cidade natal de Matthieu e, embora a família ficasse mais em Paris, decidiram passar apenas uma temporada em Verrières desta vez. Matthieu não ficou o bastante para acalmar o coração dos pais, assim como também não poderia se estender mais. Tinha que voltar para a Inglaterra devido à universidade. E só Deus era testemunha do caos que aquele rapaz gerava em Londres. Era inconsequente para os seus 20 e poucos anos, e até Fernand sabia que, em algum momento, seu *ami* precisaria parar.

— Sou incapaz desse feito, Fernand. — Foi a resposta final de Matthieu.

Na última vez em que Fernand se sentara com ele para compartilhar uma bebida, o amigo confessara que adoraria ter nascido diferente.

Foi naquele momento que, pela primeira vez, o médico sentira pena de Matthieu. Embora odiasse o sentimento e achasse desprezível ter piedade de alguém, não pudera evitar.

A verdade é que seu querido amigo poderia forçar-se o quanto quisesse, mas nunca conseguiria cumprir as expectativas de seus pais e avó.

— Vamos embora juntos, antes que um dos criados o reconheça. Embora acredite que esteja, de fato, impossível de ser identificado. — Fernand riu para aliviar o peso da situação.

Matthieu sorriu de volta, mas sem deixar que a felicidade atingisse seus olhos.

— Deixe uma bolsa de francos para a dama, o suficiente para cobrir o conserto do telhado e as vestes que recebi. Devolverei assim que chegarmos em minha casa.

— Sem dúvida — concordou Fernand.

Após a instrução do mordomo, Fernand e Matthieu, que mancava um pouco, foram para a sala de visitas. A dama estava acompanhada de uma xícara de chá fumegante, com duas criadas em seu encalço, sentada na poltrona creme como uma senhora inglesa. Fernand percebeu o olhar caloroso que o amigo dera a Lady Hawthorn, embora a *madame* parecesse alheia a isso.

— Tudo está feito, *madame*. — Fernand cruzou as mãos à frente do corpo. — Lor... *Monsieur* — corrigiu, antes que fosse tarde — está em plena saúde e só precisará de alguns dias de descanso. Agradeço, em nome dele, a sua gentileza. Acredito que isto pertença à senhora. — Entregou a bolsa cheia de moedas nas mãos da dama, que pareceu perplexa.

— *Monsieur* Fontaine está me pagando quando, na realidade, eu deveria exercer esta gentileza? — Ela depositou a bolsa de moedas na mesa, ao lado de sua xícara.

— Coincidentemente, *monsieur*... — Ocultou o nome do amigo de propósito. — É estimado por mim. Somos amigos, para ser sincero.

— Oh, são? — Lady Hawthorn abriu um pouco mais seus olhos castanho-claros.

— Quero deixar a minha dívida para com a *madame* quitada. — A palavra senhora, na língua de Matthieu, pareceu amarga aos ouvidos do amigo. Matthieu pensou que se tratava de uma *mademoiselle*? — Espero que seja mais fácil suportar o incidente desse modo.

— Suportar? Ora, me diverti mais do que pensei que o faria. Me agrada saber que está saudável e disposto. — Lady Hawthorn dançou os olhos por Matthieu de forma analítica e não interessada. — O cocheiro está pronto para levá-los ao centro da cidade quando for necessário.

— Mais uma vez, agradeço e peço desculpas pelo transtorno. — A voz de Matthieu baixou um tom e, então, Fernand teve certeza. Ele se sentia atraído por Lady Hawthorn. Fernand não deixou transparecer a sua descoberta enquanto o amigo se despedia: — *Au revoir, madame.*

— *Au revoir* — Fernand repetiu.

Fizeram uma mesura e saíram acompanhados do mordomo e do mesmo cocheiro que buscou Fernand tão desesperadamente. Quando estavam a sós no cabriolet, Matthieu fez a pergunta inevitável:

— A dama... é casada?

Fernand respirou fundo.

— Lady Hawthorn é viúva. E imploro que a liberte de qualquer tentativa de usar os seus encantos, Lorde D'Auvray.

Matthieu deixou uma risada escapar.

— Irei embora amanhã, no mais tardar. — Levou a mão para os seus cabelos rebeldes, amarrando-os de qualquer modo com a fita que, independentemente do caos, ainda permanecia em seu pulso. — E não está errado, *mon ami*. De fato, Lady Hawthorn, um delicioso nome, por sinal, me daria uma sova antes que eu pudesse flertar.

— Deus tenha misericórdia de sua alma, Matthieu. — Fernand riu.

— Afinal, é mesmo interessante — Matthieu ponderou. — A humanidade é incapaz de resistir aos encantos de um D'Auvray. Exceto ela, aparentemente.

— Não a torne um desafio.

Matthieu sorriu.

— Definitivamente, irei embora de Verrières amanhã antes que eu cometa um disparate.

E Lorde D'Auvray fora a Paris, pensando que não cruzaria o caminho de Lady Hawthorn uma segunda vez.

PARTE II

"O que vou fazer com minha vida?
Perspectivas animadoras se abrem à minha frente; será que não há também
sofrimentos, preocupações e responsabilidades de reserva para mim?
Que estranho! Eu, que amo romances, não apenas para lê-los, mas também
para escrevê-los, e que não sou uma advogada militante do casamento.
É muito agradável ver outras casando, mas,
quando se trata de mim, o prazer desaparece.
O convento! Obedecer, que palavra terrível para alguém como eu,
que tenho um temperamento dominador."

— Renée de St-Pern, 18 anos

Diários de Garotas Francesas do Século XIX, de Philippe Lejeune.

CAPÍTULO TRÊS
Paris, França — 1825

A manhã estava quente para o outono e o traje completo e requintado que vestia parecia sufocá-lo. O lenço branco em seu pescoço era ostensivo, assim como o paletó verde-escuro e o colete branco com adornos em dourado. As botas engraxadas à perfeição finalizavam a sua tortura pessoal.

O tempo que seu valete demorara apenas abotoando o maldito colete... *francamente.*

Todos os dias, ao menos duas vezes, era despido e vestido de modo impecável. Nunca mais pôde ter um fio de cabelo fora do lugar ou botão desalinhado. Há anos precisara se tornar quem era, e ainda não havia se habituado.

— Uma visita logo pela manhã, duquesa. — O Duque de Saint-Zurie soltou a respiração. Acomodou-se no extensivo sofá de Palais La Rouge, sua propriedade favorita. A avó sentou-se em uma poltrona de frente para o neto. — A que devo o prazer?

— Parece animado, mas consigo *enxergar* o incômodo em seus olhos.

— Sinto muito. Não quis parecer descortês ou até... descontente com a sua visita. Estimo-a muitíssimo e estou feliz por tê-la aqui. — Pigarreou para firmar a voz. — Aceita uma...

— Vim tratar de negócios, aproveitando que retornou a Paris após sua curta viagem a Verrières. — A duquesa-viúva levantou o *lorgnon* para enxergar o neto mais precisamente.

— Fui para acertar alguns assuntos de nossa propriedade rural. Não quero entediá-la com histórias sobre a administração e finanças. O que importa é que já foi resolvido. — Entrelaçou os dedos das mãos, adotando uma postura ainda mais dura, enquanto observava uma das poucas pessoas que ainda o amava.

Sua avó trajava um vestido elegante, adequado para a sua idade, mas

RESISTINDO A UM LIBERTINO

dentro dos conformes da última moda de Paris. Renegava parecer fraca aos olhos dos outros, embora Matthieu fosse o único capaz de enxergar o quanto a avó perdera a vivacidade que possuíra um dia. Matthieu se compadecia e entendia que a perda havia ressignificado a vida da duquesa-viúva. Afinal, o duque também perdera muito.

— Levei apenas alguns dias e voltei o quanto antes — acrescentou Matthieu.

— Não cometeu nenhum deslize, tenho consciência. Não visitou prostíbulos e não foi alvo de fofocas. O duque comportou-se como um cavalheiro e lhe agradeço por isso.

— Desde que nos estabelecemos em Paris... não tenho feito nada que coloque em risco a nossa reputação. — O timbre de Matthieu ficou grave. — Tenho feito o papel como me foi concedido.

A avó abaixou o *lorgnon*.

— Mas tem, *constantemente*, renegado o mais simples dos pedidos. — A voz da duquesa-viúva baixou um tom.

Matthieu D'Auvray era chamado de Lorde D'Auvray há menos de uma década. Hoje, possuía um título que nunca deveria ser seu. Sendo segundo filho de um duque, em uma sociedade que passou pela decapitação de vários nobres, decidira por aparentar mais um arruaceiro do que um aristocrata, enquanto sua família lutava para manter a dignidade perdida e a amistosidade do rei. A França já não olhava o *crème de la crème* da sociedade com tanta afeição, e isso, para Matthieu, tinha sido mais libertador do que poderia confessar em voz alta.

Bem... até se acorrentar ao título de Duque de Saint-Zurie. E ser obrigado, mesmo em uma sociedade adepta a restaurações, a cumprir as formalidades.

Ao ganhar o "Vossa Graça", Matthieu perdera tudo o que fora mais precioso em sua vida: a liberdade e a sua família, sendo a segunda parte a mais significativa e dolorosa de todas. Amara os D'Auvray e, apesar das desavenças, nunca lhe faltara afeto. Tivera uma admiração crescente pelo irmão mais velho, que estudara desde a infância para assumir o título de seu pai. Cultivara um carinho imenso pela mãe, que sempre o tirara da zona de guerra quando o pai surgia como um touro à sua frente. O antigo Duque de Saint-Zurie, que nunca pareceu relaxado um dia sequer, sempre reservara um tempo para discutir os romances da biblioteca dos D'Auvray com Matthieu, o filho do meio.

A notícia de que seu irmão mais velho e seus pais se afogaram em alto-mar arrancara de uma só vez a parte colorida da vida de Matthieu. Abdicaria de sua liberdade e entregaria a vida nas mãos das formalidades francesas se pudesse, se isso trouxesse aquele navio do fundo do mar. *Faria* qualquer coisa. Infelizmente, era impossível negociar com a morte.

Tivera pesadelos por dois anos seguidos. Em seus sonhos confusos e obscuros, nadara na água congelante e encontrara os corpos azuis dos D'Auvray. Acordava sempre arfando, suando frio e com dor na garganta por gritar a plenos pulmões de madrugada.

Os pesadelos se foram, mas a condição de seu nome e a honra de sua família não. Precisara se adequar às formalidades, comportar-se como um nobre. *Libertino* não era adjetivo para um duque. E todo o seu passado teve de ser enterrado, assim como qualquer chance de ser alguém diferente de quem era hoje.

— Sabe que não renego e *sabe* que reconheço minhas obrigações, mas...

Fizera tudo o que lhe fora ordenado, mas não se sentia compelido a realizar esta última artimanha tão cedo.

— Quando, então? Na próxima temporada? Na outra? Quando estiver com tanta idade que será incapaz de gerar um herdeiro? Deseja que Léonard seja o Duque de Saint-Zurie, caso aconteça algo a você? Matthieu, por *Deus*, não está fazendo jus ao título que seu pai exerceu perfeitamente!

A mão de sua avó tremeu sobre o vestido. E, por mais que Matthieu odiasse confrontá-la, não pretendia se casar com uma dama na temporada atual. Faria, *teria* de fazer, mas não tão breve.

— Não tenho um décimo da capacidade de meu pai, tem razão. Entretanto, administrei as terras, assumi todas as responsabilidades com quem depende de meu nome e do ducado que herdei. Fiz mais fortuna do que qualquer duque em minha posição conseguiria. Casar-me apenas coroará o papel e o farei, *prometo*, porém não agora.

Por mais contido que Matthieu tenha se sentido, percebeu que sua voz soou ríspida.

— E se a esposa de seu irmão for incapaz de gerar filhos? — Ela ignorou a parte em que Matthieu garantiu que se casaria, como se ele entregasse o título amanhã para Léonard. — E se ele não conseguir um matrimônio, de qualquer maneira? Acabaremos, assim, os D'Auvray? — O rosto de sua avó adquiriu um tom pálido subitamente. — Só peço que encontre uma dama e que se case com ela. Matthieu, você já tem trinta e três anos. Está velho!

— Ora, duquesa... está falando como se eu nunca fosse me casar. Estou *garantindo* à senhora...

— Não posso permitir que acabemos assim — ela continuou. — Não depois de tudo que enfrentamos. Somos poucos. A aristocracia está perdendo o poder como uma espada perde o fio. A sobrevivência me impede de permiti-lo ser tão condescendente assim.

O lenço em seu pescoço se tornou ainda mais apertado, por uma razão desconhecida. Ele levou a mão ao nó e o desfez, precisando encontrar ar para respirar.

— E estou sendo condescendente?

— Sim, está, Matt! — a avó acusou. — Parece que só se casará daqui a cem anos e com alguém que amar...

— Como é romântica, vovó! — Por pouco, Matthieu não riu. — O matrimônio é dotado de amor e respeito apenas para os poetas e burgueses. Para nós, são negócios. Encontrarei uma dama perfeita para a posição e darei o meu sobrenome para ela.

— Isso despenderá muito tempo! Case-se em *três* meses, e aí podemos calar de vez os mexeriqueiros que acreditam que você é inapto ao matrimônio.

— Inapto?

— Ouvi tantas coisas, Matt... Apenas faça isso, sim? Se não gostar da dama, envie a duquesa para uma cidade remota quando cansar-se dela. No campo, talvez — a avó insistiu. — Apenas case-se, faça as vistas pelos primeiros cinco anos, passe as obrigações sociais para ela e, por Deus, *gere* um filho.

Nascera um nobre e desejara nunca ter sido um. Sonhava com os aristocratas que fugiram para outro continente com medo da guilhotina. Por que seu pai não fizera igual? Diabos, por que não nascera *burguês*? Poderia muito bem passar o resto da vida se sustentando por meio do trabalho e sem tantas obrigações a seguir.

— Se é o que a senhora demanda, tornarei realidade. Não imaginava casar tão cedo. Com quarenta anos, talvez. Não agora. Entretanto, cumprirei o seu pedido, se é um assunto extremo e *urgente* — disse, embora sua garganta estivesse seca.

Ele sabia que teria de se casar, era tão óbvio quanto qualquer parte do encargo em ser um duque, mas não imaginava que teria de fazê-lo tão *depressa*.

— Agora se porta como um *duc et pair*[2] — zombou —, mas tem a alma de um diabrete rebelde que não consegue se imaginar entrando em uma igreja sem queimar. Pensa que não o conheço, querido neto? Se fosse vontade *sua*, e não a necessidade do ducado, jamais se tornaria o marido de alguém. — A avó inspirou fundo e se levantou sem demora. — Isso vai muito além do título, Matthieu. Não quero que acabe sozinho nesta vida.

— E como *acabaria* sozinho? Tenho a senhora e Léonard.

A avó abriu um sorriso triste.

— A vida está passando e o senhor está deixando a parte mais importante para trás. — Fez uma pausa. — *Au revoir.* — Virou as costas e foi embora.

Chegara a hora de pagar novamente pelo peso de seu nome.

Pensou em Léonard, o mais novo dos D'Auvray, que, aos vinte e quatro anos, parecia bem-servido de um coração. Matthieu o deixou ir para Londres, na expectativa de que ele tivesse um pouco mais de liberdade do que o duque. Certamente, o caçula se casaria sem demora, não havia dúvida. Enquanto Matthieu... bem, só poderia agarrar-se ao acordo matrimonial. Nada sobrara. Se fora um frívolo quando mais novo, agora sentia-se uma pedra de gelo que caminhava. Se já tivera sentimentos, não sabia mais onde encontrá-los. Divertia-se com meretrizes que vinham secretamente à Palais La Rouge na calada da noite. A criadagem era perfeitamente selecionada para que nunca, jamais, alguém soubesse. E essas noites calorosas e divertidas eram o máximo de luxo e emoção a que se permitia.

---

2 *São descendentes diretos do sangue real, considerados pares natos, pois perdem apenas em hierarquia para os príncipes. (N.A.)*

A expectativa de um casamento acordado era tão gélida quanto a personalidade atual que Matthieu adotara. Não poderia ser de outra forma. Sua esposa seria apenas um nome ao lado do seu e teria de cumprir as obrigações com a mesma determinação dele. Não havia espaço para imaginar o que Matthieu queria, e sim o que o Duque de Saint-Zurie precisava.

Abriu uma garrafa de licor antes que o relógio batesse nove horas da manhã.

CAPÍTULO QUATRO

Mesmo observando a infinidade de velas ao redor, os trajes elegantes, o luxo e a música alta, não pôde *acreditar* que estava *ali*. Isabel, que desprezava qualquer tentativa de socialização, principalmente após a perda do marido, simplesmente a puxara para tal evento. O que ocorreu, desta vez, para vesti-la como se fosse filha de Sua Majestade e arrastá-la para um baile?

— Temo que não posso voltar atrás — Lady Hawthorn disse a Isabel, que ofereceu o braço para a dama segurar com delicadeza.

— Fui convidada diretamente pela duquesa-viúva. Como, em vida, negaria o pedido de uma velha amiga? Ela foi até a minha casa!

— Entendo que seria inegável o convite, mas por que me trazer, *madame*?

Gwendolyn tentou, sem sucesso, alisar o vestido vinho com ramos delicados em dourado e flores brancas. Já estava perfeitamente adequado a cada centímetro de seu corpo, o espartilho deixando a sua cintura como era quando menina. No entanto, parecia exagerado. O decote, os ombros de fora, seu braço desnudo exceto pelas luvas... tão estupendo que...

As francesas sabiam ousar quando dizia respeito à moda.

— A essa altura, sabe muito bem que a considero uma filha, Gwendolyn — arrematou Isabel.

As palavras da Marquesa de Lussac emocionaram Gwen mais do que deixou transparecer. A verdade é que queria fugir de sentimentalismos, mas a lembrança de sua vida na Inglaterra veio como uma avalanche.

Lembrou-se de sua animação com o primeiro baile, como havia sido emocionante ter o cartão de dança mais disputado do que pensara. Como se sentira especial ao rodear o salão com viscondes e marqueses... era tão iludida, tão romântica e passional... perdera isso tudo.

Acariciou o braço de sua segunda mãe, voltando ao presente, e continuou a caminhar, embora seus joelhos ainda tremessem pela ansiedade crescente.

— Vou apresentá-la a alguns amigos.

Gwen conseguiu forçar um sorriso quando a Marquesa de Lussac a levou até uma roda de pessoas. Seus olhos pousaram, imediatamente, na duquesa-viúva, que parecia tão leve e genuinamente feliz. Há uma década, Lady Hawthorn morava na França, no entanto, vira aquela senhora apenas duas vezes — quando fora levar o convite pessoalmente à *madame* de Lussac e, hoje, no baile da mansão Palais La Rouge.

— Que estupendo baile, Vossa Graça! — Isabel elogiou.

Qualquer adjetivo pareceria pequeno perto de *tanto*, pensou Gwen.

Porque, não apenas o baile encantava, como todo o resto.

Palais La Rouge adotava uma identidade própria, um misto entre a arquitetura palladiana e jacobina que a tornava excessivamente bela. E impactante. Antes até de a carruagem parar em frente à mansão, Gwen já sentira a imponência da construção. O jardim, cercado de gérberas, rosas e lírios, junto à fonte grega, jorrando água para encantar os visitantes era, de fato, impressionante. Além de tudo, havia a decoração interna. O brasão da família, os detalhes em ouro, os quadros que deveriam valer mais libras do que jamais vira em vida, o tapete que se estendia por todo o chão... Sem dúvida, na imaginação de Gwen, Palais La Rouge não ficaria muito atrás do Château de Versailles.

— Enfrentamos tantos infortúnios, e continuamos enfrentando. O baile foi a maneira que encontrei de nos divertirmos apropriadamente. Fico tão feliz com a sua chegada, querida Isabel. E... veja só. — Os olhos azuis cristalinos da duquesa-viúva chegaram à Gwen. — A dama que a acompanha é a mais linda de todas.

— Que gentileza, Vossa Graça. — Gwen fez uma mesura.

Já havia feito na entrada, quando foi recepcionada, e depois, quando se aproximou com Isabel, mas teve de fazer mais uma vez. Realmente, não sabia como agradecer àquele elogio. Nunca conversara com uma duquesa, muito menos uma duquesa francesa.

— Agradeço profundamente.

Os olhos da duquesa continuaram em Gwen.

— Ficarão em Paris durante toda a temporada? — A pergunta não foi para Isabel, sua amiga.

E Gwen sentiu-se acuada por um instante. Ou dois. Aqueles pontos claros desciam por Lady Hawthorn como se a estivessem avaliando.

— Por decisão da *madame*, sim, ficaremos, Vossa Graça. Paris é tão vivaz e moderna. Acredito que nos fará bem.

— De fato, precisam. Ambas — a duquesa-viúva concordou, quase como se soubesse todos os pensamentos profundos de Gwen. Como se *conhecesse* toda a sua vida.

Ela sabe quem eu sou. De verdade?, pensou Gwen.

Deveria saber. Duquesas não careciam de informações.

— Espero que dance esta noite, Lady Hawthorn. O céu está estrelado e o outono parece nos agraciar com uma temperatura agradável. Há tanto para ver. Tanto para conhecer. — Fez uma pausa. — Isabel, querida. Sinta-se à vontade, sim?

A duquesa-viúva afastou-se com um meneio de cabeça e deixou Isabel e Gwendolyn com aquele grupo misto e adorável. Tão adorável que ela se esqueceu de onde estava e se deixou levar pela conversa calorosa e acolhedora. No coração de Gwen, era tão célebre o fato de que, em um baile, havia espaço para banqueiros, médicos e nobres. Definitivamente, a França mudara drasticamente nos últimos séculos. Especialmente nos tempos atuais, que já não era possível distinguir um par de França[3] de um novo rico. Claro que a nobreza francesa se ressentia e temia a perda de seus privilégios, mas, naquela noite... Ah! Todos pareciam se divertir, aos olhos de Lady Hawthorn.

O poder de uma mansão repleta de música e dança era mesmo admirável. Isabel, quem diria, estava compartilhando alguns quitutes com mais alguns de seus amigos antigos, a uma distância considerável de Gwen.

---

3   *Na época da Restauração na França, que foi entre 1814 a 1839, eram nomeados pares os membros da Câmara aristocrática. Eles eram designados em caráter vitalício pelo rei, e seu título era hereditário de filho para filho do sexo masculino. (N.A.)*

Não poderia culpar a *madame*. Lady Hawthorn também se sentia imersa como se estivesse no espaço pessoal e fantástico da corte de Luís XIV, onde a seleta casta aristocrática dançava sob tetos de ouro e espelhos que refletiam uma fortuna infinita. Era fascinante, idealístico, quase como se a qualquer momento...

— Enquanto dizem que o Duque de Saint-Zurie já passou da fase de mais destaque, eu apenas o acho mais belo cada vez que o vejo. Não é de se admirar? — Lady Baux arrancou risadinhas de todas do grupo, que, àquela altura, não era mais misto.

Duque de Saint-Zurie?, pensou Gwen.

— Ora, não adianta nada ser bonito, se é *corpulento*. Onde já se viu um duque ter tamanha estrutura óssea? Ele é demasiadamente alto e *largo*. Além de não se esforçar para manter a palidez do rosto. Sua pele é *beijada* pelo sol — *mademoiselle* Galleán alfinetou, abanando o leque com mais força.

— Acho isso tudo muito injusto. Adoraria que o Duque de Saint-Zurie fosse loiro, magro e de olhos azuis, como a duquesa — outra *mademoiselle* comentou.

— Vocês são incapazes de perceber a beleza exótica do Duque de Saint-Zurie. Alto, forte e jovem, sim, para um duque. Ele parece um aventureiro italiano, que Deus perdoe a minha língua. — Lady Baux fez todas rirem mais uma vez.

— Não, ele é muito francês. Vaidoso, dentro de seus padrões, e galanteador a ponto de ter quem desejar... Era um libertino antigamente — *mademoiselle* Galleán informou. — Hoje, veste-se como um príncipe.

— Bem, é um dos últimos de sua estirpe — Lady Baux fofocou. — Duques franceses são tão raros agora que, quando vemos um, parece até que estamos diante de uma divindade.

— Não se esqueça do irmão! Uma pena estar em Londres agora, adoraria ver como se tornou aquele homenzinho — *madame* Dossié comentou.

— Já está com vinte anos. É um homem em toda a sua forma — Lady Baux esclareceu, e a conversa perdurou com muitas risadas e leques agitando-se freneticamente. — E me parece que precisamos dar a devida atenção a esse duque aqui. Há boatos de que pretende buscar uma esposa nesta temporada e...

Os olhos de Gwen dançaram pelo salão, curiosa para encontrar o motivo de tanto burburinho. O curioso era que até as damas que diziam que o duque não era belo estavam com as maçãs do rosto coradas. E ainda havia um irmão?

Isso seria uma comoção na Inglaterra, Gwen pensou.

Os duques ingleses que conhecera, a maioria, eram caquéticos e de péssima aparência. Salvas raras exceções, que se casavam tão rapidamente quanto a sociedade permitia.

Ainda ouvia as vozes das mulheres ao seu redor, mas a mente de Gwen tinha facilidade para filtrar apenas o necessário. Concentrou-se na música, nos pares de dança e nos homens que estavam rodeados de admiradores.

Havia um grupo considerável ao sul. Muitos homens bajulando alguém. Sem dúvida, *alguém* importante. Havia mais uma prova de que o misterioso Duque de Saint-Zurie estava naquele ponto, pois a duquesa-viúva se encontrava no mesmo lugar. Gwen quis ficar na pontinha dos pés para ver acima das cabeças, porém o destino decidiu sanar a sua curiosidade e um pequeno espaço entre aquela infinidade de pessoas se formou.

Gwendolyn piscou.

Uma vez ou duas. Cinco ou centenas. Precisou piscar porque só poderia estar delirando. Seu coração acelerou como se uma panapaná de borboletas se formasse em seu peito. A pressão de Gwen vacilou, deixando-a tonta.

Aquele rosto, *aquele alguém*, não era estranho para Gwen. O maxilar largo, o nariz esnobemente apontando para cima, os olhos castanhos cor de âmbar, os cabelos negros como a noite e seus ombros largos... não *poderia* ser.

Como?

Era irrevogavelmente tão alto, tão beijado pelo sol e tão corpulento quanto as damas comentaram, embora Lady Hawthorn tivesse que discordar do último adjetivo. Ele não estava acima do peso, havia músculos ali. Que ela já vira, aliás.

Suas bochechas aqueceram.

Aquele sujeito devasso, que caiu do telhado direto na mesa da *madame de Lussac*, era o *Duque de Saint-Zurie*?

Não *tinha* como ser.

Gwen puxou o leque, que, de repente, pareceu necessário. Abanou-o com toda a força, tentando amenizar o fervor de suas bochechas. A suspeita sobre a identidade de Sua Graça a fez adquirir todos os tons de vermelho possíveis. Por sorte, ninguém pareceu perceber, exceto...

Os olhos do homem, que orgulhosamente faziam mulheres serem adúlteras, encontraram os de Gwen.

É um pecado encarnado, Gwen pensou.

Fazia oito anos que não o via e acreditara que jamais o veria novamente. Tinha escondido bem qualquer desconforto que lhe causara, especialmente depois que conversara com ele. Porque era, sim, de fato, um homem excessivamente belo. E seu francês, naquela voz, era um despropósito à moral.

Aquele desconhecido a havia afetado e fora a primeira vez em anos. Ela deixara isso de lado, prometera a si mesma que nunca mais acordaria o seu coração para ninguém, nobre ou plebeu. Homens, no geral, não estavam mais em seus planos.

Mas, se já havia atrapalhado o seu coração no passado, que dirá hoje? Trajando azul-escuro com detalhes em branco e prata, sob as luzes de um baile e com a atenção fixa nela...

— O Duque de Saint-Zurie está se aproximando! — Lady Baux inquietou-se.

Ele era mesmo o *Duque de Saint-Zurie*.

Gwendolyn sentiu que tremia dos pés à cabeça quando o viu atravessar o salão, sem se preocupar em costurar pelas beiradas e passar despercebido. Os olhos de todos estavam no duque, que abriu espaço como se a sua presença fosse o suficiente para realizar qualquer uma de suas vontades. O respeito, ainda que em uma França decadente à nobreza, deixou a cena ainda mais impactante. O leque de Gwen parou de se mover, seu cérebro não mais funcionou e sua boca se abriu enquanto ainda tentava ligar o homem descamisado e insolente que aparecera na casa de *madame* de Lussac *àquele* homem.

Ele parou à sua frente, tão perto e tão invasivo, que Gwen só conseguiu dar um curto passo para trás. Ainda assim, não foi o suficiente. Era belo demais para não a desorientar.

Então, o duque pegou sua mão. O calor do contato fez Gwen ter certeza de que aquilo não era um sonho. Ou pesadelo. Definitivamente, estava em um baile; definitivamente, o homem a quem prestou socorro era um nobre. E estava ali, na sua frente. O Duque de Saint-Zurie levantou, com cuidado, os dedos de Gwen. Mas, antes que pudesse beijá-la sobre a luva, a voz grave, de que ela se lembrava muito bem, soou entre os dois:

— Imaginei que nunca mais a veria, Lady Hawthorn. Mas, talvez, a França seja pequena demais para conseguir driblar o destino.

CAPÍTULO CINCO

Apesar de ter escutado o conselho de *monsieur* Fontaine há oito anos, Matthieu ponderara se deveria ir atrás de Lady Hawthorn. Quando o impulso, que pareceu nascer como o primeiro traço de sua personalidade, aquietara-se, Matthieu compreendera que não havia razão para tal. Se fosse em busca da dama, o que diria? Não a conhecia e tampouco teria razão para isso. Também não poderia oferecer um relacionamento... de outras naturezas. O encanto que exercera sobre ele fora como a atração que sentira por todas as outras.

Não?

Evidente que sim.

Com esses argumentos, Matthieu, pouco a pouco, transformou a curiosidade crescente por Lady Hawthorn em apenas um grão de areia no deserto. Convencera-se de que nunca mais a veria, até que acreditou nisso.

A lembrança, naquela época, fora inconstante.

Então... subitamente, perdera sua família em alto-mar, o que o levou a efetivamente parar de pensar na dama. A angústia pela morte dos D'Auvray se estendera em pura agonia e dor para Matthieu durante dois anos completos. E, muito antes até de se reerguer, tivera que se tornar o diabo de um duque.

Interessante reencontrar a última pessoa que remetia a um passado tão distante para Matthieu. A última que o vira como ele realmente era, por mais breve que tenha sido.

— Imaginei que nunca mais a veria, Lady Hawthorn. Mas, talvez, a França seja pequena demais para conseguir driblar o destino.

Lady Hawthorn se afastou, sem receber o delicado beijo na mão, tão estupefata, que chegou a dar mais de dois passos para trás. Ele reconheceu que tinha sido ousado, atravessando o salão e abordando-a assim, depois de tanto tempo. Foi tomado por um impulso de quando era inocentemente o Lorde D'Auvray, esquecendo-se do bom tom e a força de seu nome.

— Vossa Graça... — Lady Hawthorn lembrou-o de quem era. Abaixou-se, curvando-se lindamente, quase tão exagerado quanto uma dama faria ao se apresentar na corte.

Está construindo uma muralha entre eles, Matthieu percebeu.

Bem ali, no salão lotado de sua casa, com todos os pares de olhos sobre os dois. Fingindo que não o conhecia, apesar de muitos terem ouvido o que Matthieu disse.

— Lady Hawthorn. — Matthieu não riu, mas teve vontade.

Lembrou-se do que pensara quando a viu pela primeira vez, sobre como se portaria quando soubesse *quem* ele era. Exatamente como havia imaginado. Bochechas coradas, distância física, sem a língua ferina atacando-o.

— É um prazer inestimável tê-la em minha casa. Sinto muito por não a ter recebido assim que entrou. Espero que esteja aproveitando devidamente a festa.

— Em nome da Marquesa de Lussac e em meu nome, agradeço o convite. — Então, aqueles olhos em tom de caramelo subiram para Matthieu.

Desde que a reconheceu, do outro lado do salão, sentiu como se os oito anos tivessem sido apenas alguns dias. Agora, tão perto e cativo à atenção da Lady Hawthorn, o ar decidiu deixar os seus pulmões. Não tinha mais 33 anos, e sim 20. Talvez menos. Ela era perturbadoramente bela, como nenhuma outra mulher. Aos seus olhos, o requinte inglês e o sotaque causavam sensações calorosas em seu âmago.

— Vossa Graça e Lady Hawthorn se conhecem? — Lady Baux se aproximou um pouco mais, curiosa.

— Sim — Matthieu não omitiu, e nem teria motivo. Já havia entregado tudo desde o começo. — Lady Hawthorn caridosamente me prestou socorro quando me acidentei há oito anos. Se não fosse pela *madame* e pelo *monsieur* Fontaine...

— Oh, que bênção! E que estranho destino se reencontrarem depois de tanto tempo... — Lady Baux tocou no ombro de Lady Hawthorn, como se fossem amigas há séculos, embora Matthieu soubesse muito bem que Lady Hawthorn não frequentava os mesmos lugares. Caso fizesse, a teria visto há muito tempo. — Por que não disse que conhecia o Duque de Saint-Zurie?

— Não havia razão para dizer, *madame*. Foi um fato inusitado e desimportante. — Lady Hawthorn estreitou os olhos para o duque, o máximo de rebeldia que se permitiu.

— Está dizendo que a minha saúde é insignificante, *madame*? — Matthieu descobriu, naquele segundo, que Lady Hawthorn não acendia nele um instinto protetor de donzelas em perigo que precisam ser salvas.

Ela o desafiava. Com o olhar, com a postura, mesmo agora sabendo de sua identidade.

— Ora, não me entenda mal. Eu disse que o *fato* fora desimportante. Fico grata ao ver Vossa Graça gozando de tão boa saúde. Conhecê-lo foi apenas... uma consequência da vida, creio. Não o salvei em meio às Guerras Napoleônicas ou algo semelhante.

— Heroica, de qualquer maneira. Aos meus olhos — Matthieu arrematou.

Lady Baux analisou a interação com o mesmo cuidado que fazia ao estar diante da mais nova fofoca da sociedade francesa. Enquanto isso, Matthieu prestava atenção em outra coisa.

O vestido da Lady Hawthorn parecia abraçar suas curvas com a mesma intenção de um amante. Justo em sua cintura, valorizando o colo farto e o tom vivo de sua pele, que não se perdera com os anos. Os ombros de fora, os braços expostos, exceto pela luva...

Se Matthieu fechasse os olhos, seria capaz de imaginar-se desnudando-a, tirando peça por peça com as mãos e cobrindo cada centímetro exposto com a boca. Seria capaz de enxergar aqueles olhos, fixos nos seus, enquanto afundava-se na mais carnal necessidade de tê-la. Sob seu corpo, gemendo seu nome, entregando-se à mesma paixão que a fizera rir quando compreendera o porquê de Matthieu ter caído de um telhado.

Lady Hawthorn aparentava uma frieza, mas seus olhos eram quentes. E se ele era tão capaz de ler as mulheres como lia as finanças de seu ducado, sabia muito bem que tipo de amante a *madame* seria.

Passional.

Intensa.

Entregue.

Teve que desviar os pensamentos antes que cometesse um pecado, e a sequência de valsas foi exatamente o que o tirou da letargia.

— Creio que serei incapaz de deixá-la ir sem ao menos convidá-la para uma valsa. Caso não tenha prometido a alguém, seria uma honra para mim. *S'il vous plaît, madame?*

Matthieu não tinha o galanteio de quando era mais novo. Seu vocabulário mudara, assim como sua postura e sua fisionomia. A leveza de sua voz e de seus trejeitos se perdera. Agora era direto, fiel ao que queria, amedrontador para quem não o conhecia. Sorria pouco, ria menos ainda, mas, naquele instante... seus lábios se curvaram belamente para Lady Hawthorn. Embora o duque estendesse a mão como se não aceitasse menos do que um sim.

Lady Hawthorn hesitou por longos minutos e buscou alguém ao redor, como se fosse capaz de salvá-la. Enquanto ponderava, Matthieu ouviu Lady Baux e suas amigas arfarem com o convite e as pessoas ao redor se chocarem com o fato inédito. *Madame* Hawthorn era a primeira mulher, diferente das mesmas de sempre, que Matthieu convidava para uma valsa. O duque fazia de propósito. Para evitar burburinhos, Matthieu só oferecia o prazer de sua companhia às pessoas que todos imaginavam que ele jamais teria um *affair*. Seu passado o condenava, e se resguardava para não dar motivos às más línguas.

A verdade era que o Duque de Saint-Zurie poderia oferecer um passeio pelo salão, uma limonada ou até uma curta ida ao jardim. O ímpeto veio com a promessa de sentir a *madame* em seus braços, o calor de sua pele, a maneira como os passos poderiam se mesclar. Ela fora sua fantasia por mais noites do que poderia admitir e, agora que estava em sua casa, como se o destino tivesse preparado essa manobra, Matthieu não pôde evitar.

— Faz anos desde que valsei a última vez. Posso decepcioná-lo, Vossa Graça.

Lady Hawthorn ajeitou o vestido, guardou o leque na bolsa de mão e segurou o cartão de dança com mais força do que seria apropriado.

Ele a analisou atentamente. Queria dizer coisas que não poderia, não com tantos olhos sobre ambos. Desejou perguntar se, em algum momento desses oito anos, lembrara-se dele. E se o incidente que a fizera rir permanecera em seus pensamentos por algumas noites. Se ela o achava mais bonito com um traje completo do que quando o vira seminu. E se o seu título a amedrontava tanto a ponto de temer uma simples valsa. Ou se era ele, por *quem* era, que causava certa inquietude.

— Me decepcionar? Impossível. Já passei por todas as decepções que um homem pode ter durante a sua existência. Hoje, sou feito de rocha, e não de carne e osso. — Matthieu sorriu para aliviá-la. O rosto de Lady Hawthorn permaneceu rijo como mármore. — A senhora pode pisar em meu pé, errar todos os passos e, ainda assim, não me decepcionará. Asseguro a *madame*, caso me ofereça o cartão de dança.

— Se diz desta forma, então o convite se torna inegável, Vossa Graça. Obrigada.

O cartão de dança possuía o número favorito dele: onze. *Chegara cedo*, o duque de Saint-Zurie deduziu enquanto o guardava, mas não se lembrava daquele vestido cor de vinho rodeando o salão. Não a viu no minueto, na contradança e muito menos na quadrilha. Ficou o tempo todo conversando com as coquetes da sociedade? Se sim, quão desacostumada realmente estava da temporada social francesa... ou inglesa?

Interessante Lady Hawthorn parecer tão indiferente se, na percepção de Matthieu, a dama era tão pujante.

— Acompanhe-me, por favor.

Ofereceu o braço, e *madame* Hawthorn não teve como hesitar desta vez. Apoiou a ponta dos dedos enluvados sobre seu paletó e se deixou ser guiada até o meio do salão, que já parecia movimentado na expectativa da valsa. No caminho, o Duque de Saint-Zurie encontrou os olhos da avó, atentos e esperançosos.

Sabia que escutaria o suficiente por semanas, mas valeria a pena se isso significasse ter alguns minutos com Lady Hawthorn.

Valsaria com ela naquela noite.

Por mais que desejasse fazer bem mais do que isso.

CAPÍTULO SEIS

Queria ter dito não. Um não audível e claro para que não houvesse dúvidas de sua resposta. Afinal, aquele homem *mexera* com ela. O problema era que o Duque de Saint-Zurie não parecia ser do tipo desistente. Ele insistiria, mesmo se Gwen o rejeitasse, e ela acabaria dizendo sim, vencida pelo cansaço ao replicar todas as razões pelas quais eles não *deveriam* fazer o que estavam fazendo.

A caminho do salão, Lady Hawthorn tentou entender a decisão do duque em se aproximar e dizer todas aquelas coisas absurdas, como se fossem amantes perdidos em seus propósitos. Sob a perspectiva da lógica, Gwendolyn tinha certeza de que o duque a faria jurar solenemente que jamais diria uma palavra sobre o incidente na mansão da marquesa. Só poderia ser isso, certo? O duque, possivelmente, teve mais aventuras do que qualquer outro homem. Não havia a mínima chance de estar interessado *nela*.

Sentia-se indignada consigo mesma só por cogitar. E ainda mais indignada por seu coração acelerar com a ideia. Antes de saber que ele era um duque, já teve uma boa noção de seu caráter. Agora, sabendo bem que se tratava de um aristocrata, pior ainda! Por que se sentiu tão eufórica quando ele atravessara o salão? Aquele assunto sobre a França ser pequena para driblar o destino... que tola por corar! E que coisa óbvia para um cavalheiro dizer! Ela ficara petrificada por um segundo ou dois antes de conseguir se afastar.

O toque de sua mão...

Por Deus, estar atraída por ele hoje, ainda mais do que esteve há mais de meia década, e com poucos minutos de diálogo, era no mínimo revoltante para alguém dotado de tanto autocontrole.

O que ele tinha, afinal, que fazia seus joelhos estremecerem?

Gwendolyn engoliu em seco porque sabia muito bem a resposta.

Não era mais uma menina.

Era uma mulher.

E não ficava perto de uma companhia masculina há muito tempo.

O calor do braço do duque passou para a ponta de seus dedos enluvados, viajando por seu corpo até que um calafrio subisse em sua nuca, confirmando qualquer dúvida que ela tinha sobre o que *monsieur le duc* causava nela. Desviou os pensamentos antes que corasse uma segunda vez na noite, o que seria vergonhoso para uma mulher que já fora casada, e foi tomada pela música e pelos braços dele de uma só vez.

De uma habilidade impressionante, a mão ducal foi parar na cintura de Lady Hawthorn, trazendo-a para perto, e a outra, erguida na altura de suas cabeças, sustentava a dela no ar. Teria arfado pela surpresa da proximidade, se não sentisse que aquele homem bem na sua frente era capaz de qualquer ardil. No entanto, antes de julgá-lo, precisou olhar ao redor. Há anos não valsava — as coisas teriam mudado? O distanciamento entre os corpos teria se tornado... mais íntimo? Sua atenção saiu do peito do duque, o único lugar seguro, e imediatamente correu pelo salão.

Oh, sim. Parecia adequado, pois todos ali estavam, de fato, perto *demais*.

— Por que parece tão tensa, *madame*?

— É a primeira vez que valso em...

— Já disse isso. E, se me recordo, garanti à senhora que não precisava se preocupar. Sou um exímio dançarino. Guiarei não apenas por uma boa dança, mas também uma boa conversa.

Ele era bom com as palavras. Nascera assim? Sem dúvida. Era um duque, afinal de contas. Tinha aquele espírito inalterável de aristocrata. E o poder da palavra de um nobre era capaz de decretar inícios e fins.

A música começou.

E a última coisa que Gwendolyn se preocupou foi com seus passos. Experimentou o calor que exalava *dele*, o movimento que seguia como se a música não fosse acabar nunca e a maneira protetora com que o duque a segurava. Pertencera a ele durante aqueles minutos, com seus pés voando no piso liso enquanto acompanhava as passadas perfeitas e as voltas que ele dava. De fato, aquele homem nascera para valsar.

O rosto do duque foi o seu foco, o resto todo uma insignificância perturbadora.

É lindo, Gwendolyn pensou enquanto o Duque de Saint-Zurie sorria com os olhos para ela. Não precisava de muito para ser. Descamisado ou trajando azul-marinho, de todas as formas, ladrão ou rei, seria belo e faria qualquer coração acelerar mesmo proibido da dona. Estava certa de que não era pela agitação da valsa, mas, sim, pela maneira como a observava. Como se implorasse para que ela visse por trás da camada de um duque, como se pedisse para ela se lembrar de quem ele já fora um dia.

Comunicaram-se sem trocar uma palavra, até que ele pareceu sentir que precisava *dizer*.

— Se está buscando o belo e vivaz homem que caiu do *perigoso* telhado de sua casa... — Ele se aproximou brevemente da orelha de Gwendolyn, causando arrepios. Então, afastou-se antes que notassem. — Temo que não irá encontrar. Estou cansado, com mais responsabilidades que pareço ter, e tão estafado deste título, que penso seriamente em fugir para a Grécia.

Oh, ali estava. A honestidade crua de um homem que não sabia enfeitar as palavras.

— E fugir para a Grécia extinguirá o seu nome?

— De fato, não.

— Há oito anos, *monsieur le duc* realizava o que bem desejava. — As sobrancelhas de Gwendolyn franziram quando o assunto se tornou tão confidente como quando velhos amigos se reencontram. Mas não se sentiu incomodada com a intimidade; parecia certo. — O que está diferente desta vez?

— Não me peça para resumir oito anos de sua ausência durante uma valsa, *madame*.

— Ah! — Gwendolyn se surpreendeu consigo mesma quando se ouviu rir. — Perdi tanto assim?

— Uma vida — respondeu, e a rodopiou mais uma vez pelo salão.

A voz grave e rouca do Duque de Saint-Zurie e a intensidade com a qual se dirigira a ela, como se o assunto fosse impróprio para um baile, a fizeram perceber que não deveria julgá-lo tão rápido. O sorriso de Gwendolyn morreu, porém a força do olhar dele sobre ela não lhe permitiu desviar a atenção. Mais uma vez, entraram naquele diálogo silencioso, que dizia muito sem dizer nada, e Lady Hawthorn percebeu que a camada superficial de alguém nunca será capaz de abranger o seu coração.

Qual parte de sua alma morrera para que o Duque de Saint-Zurie se engrandecesse e, ao mesmo, se tornasse tão pequeno às suas próprias vontades?

CAPÍTULO SETE

O Duque de Saint-Zurie estava relaxado, com uma taça de xerez sobre a mesa, enquanto ouvia os amigos rirem da falta de sorte do *monsieur* Fontaine. Estavam na *rue de Richelieu*. Mais especificamente, encontravam-se em um hotel bem-servido de jogos, bebidas e flerte. Matthieu adorava aquele lugar, pois, além de ser misto e permitir que damas e cavalheiros se encontrassem, sentia que finalmente poderia ser ele mesmo. Em meio a amigos tão estimados, que se conheciam muito antes de Matthieu ter o título, era tratado, de verdade, como um ser humano.

— Fontaine foi abatido em plena batalha — o duque zombou, arrancando mais gargalhadas da sua tríade de amigos. — Apaixonou-se tão facilmente...

— Não pude evitar. — O doutor Fontaine sorriu de orelha a orelha, os olhos claros reluzindo assim como seus cabelos loiros, enquanto mostrava ao grupo o anel de noivado que pretendia oferecer a uma dama, de origem humilde, mas que fisgara profundamente o seu coração.

Burgueses se casam por amor. Não é interessante e... irreal?

— O primeiro de nós a cogitar o matrimônio — o administrador Jackson, que se tornara mais francês do que americano, ponderou. Ele cruzou os braços à frente do peito e um sorriso frouxo estampou sua boca. Matthieu estimava muito esse amigo. Afinal, sem ele, as finanças do duque não seriam gerenciadas da mesma maneira. — Não consigo imaginar quem mais irá se casar.

— Estou demasiadamente ocupado para pensar em casamento — Pierre, que seguira a carreira militar de um *gendarme*, garantiu aos parceiros.

— Meu irmão mais novo, possivelmente, pensará por nós — o Duque de Saint-Zurie confidenciou aos amigos. — Está em Londres e caiu nas graças de uma dama. Eram amigos quando moravam na França. E agora, depois de se reencontrarem lá e já adultos, bem... devo receber uma carta anunciando o noivado.

— Lorde D'Auvray pretende ficar na Inglaterra? — Jackson indagou.

— Sem dúvida. Está melhor lá do que estaria aqui. — O duque arrematou o xerez e ergueu a mão, pedindo mais. — Acredito que possa ter um destino mais agradável do que o meu.

— Fico feliz por seu irmão ter uma chance como essa, Saint-Zurie. Não sente falta do Lorde D'Auvray? — monsieur Fontaine questionou.

— Apesar de não ser dado a sentimentalismos como você, caro amigo... — Isso fez os amigos de Matthieu rirem mais uma vez. — Sim, eu sinto falta do único irmão que a vida não tirou de mim. Mas me alivia o fato de que *sei* que goza de boa saúde, que está bem... e com a vida que definitivamente merece ter.

Diferente de mim, pensou o duque.

A realidade era que, dali a cinquenta anos, talvez ser um nobre fosse vergonhoso. Ou até indiferente. Matthieu estava acompanhando as mudanças na França e ao redor do mundo o suficiente para entender isso. Entretanto, nos tempos em que Matthieu vivia, ainda tinha a responsabilidade de continuar a família, administrar as finanças, os seus trabalhadores e garantir que seu nome perpetuasse. Ao menos, se todos tiverem o mesmo espírito rebelde de Matthieu, torcia para que as futuras gerações D'Auvray não se sentissem na obrigação de realizar nada que destoasse de sua própria vontade.

Zombava do amor de Fontaine, mas ao menos o amigo tinha escolha. Assim como seu irmão. Matthieu *teria* que se casar, desejando ou não.

— No que está pensando, Vossa Graça? — Fontaine perguntou, os olhos fixos no Duque de Saint-Zurie.

— Neste momento... que, se ousar me chamar de Vossa Graça mais uma vez, sou capaz de atravessar uma espada em seu coração. Sem arrependimentos.

Fontaine não sorriu, embora todos os outros tenham rido. Fernand conhecia Matthieu tanto quanto cada um naquela mesa, no entanto, *monsieur* Fontaine era mais sensível. Portanto, foi visível, para ele, que havia algo errado com o amigo.

— Antes disso, *Vossa Perversão*.

— Ah, melhor. — O duque ergueu um canto de sua boca. — Bem,

estava zombando há poucos minutos de *monsieur* Fontaine. — Tratou-o com formalidade apenas para pirraçar o amigo. — No entanto, pensando melhor sobre as minhas escolhas, talvez eu deva seguir o mesmo destino que o seu, *cher ami.*

O charuto de Pierre vacilou em seus dedos, Fontaine derrubou o canapé sobre a mesa e Jackson ficou tão petrificado que sequer piscou. Matthieu beliscou algum quitute enquanto era bombardeado de perguntas.

— Como?

— Por quê?

— Quando?

O duque levou alguns minutos para explicar o ultimato da duquesa-viúva.

— Teria de acontecer eventualmente. — Fernand Fontaine pareceu ponderar por um segundo ou dois. — Não parece nada agradável ser obrigado a isso...

— A natureza me criou para ser impassível ao amor, diferentemente do senhor, Fontaine. Está dizendo que não é agradável, pois enxerga sob uma perspectiva diferente da minha. É apenas... um acordo. Me casarei, dividiremos Palais La Rouge e nossas vidas, mas é o que todos da nobreza fazem, não?

Nenhum de seus amigos ousou rebater, pois reconheciam o quanto Matthieu adiara o inevitável. Apesar de serem de classes diferentes, sabiam bem o que o ducado representava. Conheciam-se desde a época em que o atual duque se rebelara, ainda adolescente, para passar dias e dias nos bairros inferiores aos de *faubourg Saint-Germain*. Por fim, mudaram de assunto, e levaram a conversa para um mais leve, aproveitando as bebidas e a sensação reconfortante de estarem na companhia um do outro.

Matthieu, no entanto, permaneceu com o assunto pairando em sua mente.

Não havia pensado na conversa que tivera com a avó desde que... bem, tivera a conversa com a avó. O que não era recorrente a Matthieu, pois odiava adiar assuntos que precisava tratar com urgência. Jackson, que administrava Palais La Rouge, sabia muito bem que o Duque de Saint-Zurie cumpria perfeitamente o seu papel. Entretanto, de algum modo, *empurrara* para debaixo do tapete a ideia de se casar. Há cinco anos, a palavra matrimônio fora tópico de discussões calorosas com a duquesa-viúva. O que era apenas figurado estava tornando-se sólido. Ali, naquela mesa, com seus amigos, onde a sinceridade parecia clara como a água do *la Seine,* precisava admitir, nem que fosse para si mesmo, que não tinha mais escolha.

— Há alguém em mente? Alguém que possa se tornar a sua duquesa? — Jackson questionou, trazendo de volta o assunto.

Maldição, Matthieu pensou. Mil vezes maldição. A imagem era tão vívida que, se fechasse os olhos, poderia viver cada segundo daquele momento. Recordara-se de Lady Hawthorn em seus braços, valsando e sorrindo como se nunca tivesse sido adorada daquela forma. O perfume floral da *madame*, o calor de sua pele, a maneira que o pequeno nariz se enrugara quando se divertira.

Com ele.

A dama parecia ter plena consciência de como era extraordinariamente linda. Caso fosse desproposital, soava ainda mais adorável, pois significava que sabia ser encantadora sem se esforçar.

A verdade era que a alma de Lady Hawthorn reconhecera a dele. E fora a conexão mais inusitada que já sentira. A noite anterior fora excelente, e perdurara até o amanhecer, imerso na sensação de estar tão bem acompanhado. Conversaram cruamente durante a valsa, depois discutiram amenidades acompanhados de outras *madames* e *mademoiselles*, assim como a Marquesa de Lussac, mas o duque só tinha olhos para ela. Quase como se sua segunda impressão da dama fosse ainda mais maravilhosa do que a primeira.

Porque, além de ser linda, era versada.

Discutira com facilidade sobre as obras mais complexas, também possuía um discernimento incrível a respeito de qualquer pintura italiana. Parecia saber praticamente tudo sobre as mitologias gregas e narrara sem duvidar de seu argumento. Não havia um assunto que Matthieu gostasse que Lady Hawthorn não soubera correspondê-lo. Especialmente sobre pianoforte que, para Matthieu, era uma verdadeira paixão, e ela garantira que tocava essencialmente bem.

— Há alguém! — exclamou Jackson.

— Definitivamente há — concordou Pierre.

— Impassível ao amor... — Fontaine riu.

— O que disseram? — Encarou os amigos pela primeira vez em minutos, talvez.

— Queremos saber qual dama se apossou dos seus pensamentos. Isso é novidade. — Fontaine sorriu para o amigo.

— Lady Hawthorn, lembra-se?

Fontaine arregalou os olhos.

— Como?

— Reencontrei-a depois de muitos anos.

— Saint-Zurie...

— Mas não é nada grandioso. Talvez tenhamos alguma tórrida noite de amor, no máximo... — Abanou a mão em descaso, aquele típico gesto francês que irritaria qualquer inglês. — Nada importante.

— Não a machuque, Saint-Zurie — reiterou Fontaine.

— Nada irá acontecer, juro pelo meu nome. Farei apenas o que me for concedido e...

De repente, os três amigos começaram a rir como se fossem capazes de prever, no futuro, um Matthieu loucamente apaixonado, porque viram a preocupação dele em explicar que não magoaria a dama em questão.

— Parem de fantasiar! — ralhou. — Não estamos em uma obra romântica!

— Se ainda não esqueceu a dama, fica difícil acreditar nesse discurso... — Fontaine manteve o sorriso.

— Jamais serei escravo do amor — continuou Matthieu com seu falatório muito conhecido. — Apenas das minhas vontades naturais e do meu apetite voraz por mulheres deslumbrantes.

— Veremos até o fim da temporada. Há algo diferente com o Saint-Zurie — observou Jackson.

Matthieu não discordou. Apesar da aporrinhação dos amigos, sabia que se sentia diferente em relação à Lady Hawthorn. Inferno, ainda não havia descoberto o que era exatamente, porém seu coração queria dançar, como na valsa, toda vez que pensava nela. Foi assim há oito anos. E era assim agora.

Queria tê-la ao menos uma vez.

Certamente, só teria paz quando o fizesse.

CAPÍTULO OITO

Gwendolyn estava tentando ignorar a empolgação crescente da Marquesa de Lussac, que parecia agitadíssima desde o baile. Não era de seu feitio se animar como uma debutante, no entanto, *madame* Isabel não conseguiu se conter. Uma semana se passara e, ainda assim, a Marquesa de Lussac adjetivava a valsa e a conversa de Gwen com o Duque de Saint-Zurie como um acontecimento divino. Gwen tentou levar em consideração que a vida de ambas era tão pacata que qualquer acontecimento se assemelhava a uma festa. No entanto, preocupava-se com as expectativas fantasiosas de sua mãe de coração.

— A maneira como Sua Graça valsou com você, Gwen. Não há nada neste mundo que descreva apropriadamente. Nunca o vi destinar um olhar tão...

— Apaixonado? — Gwen riu. — Isabel, sabe muito bem de *quem* estamos falando. Aliás, a senhora debochava da nobreza e da temporada social, mas parece agitada com a ideia de eu ser cortejada por um duque.

— Ora, não me interessa se ele é um aristocrata ou um simples camponês, Gwen. A maneira como ele valsara com você... me senti orgulhosa e feliz ao vê-la tão radiante.

— Não crie expectativas, *ma chérie*. Mesmo que o Príncipe de Gales se ajoelhe neste momento e me peça para compartilhar uma vida, direi não. Desprezo o matrimônio hoje, como o desprezei durante o casamento.

Gwen continuou a caminhada na *avenue des Champs-Élysées* ao lado da marquesa. Mas, ao invés de conseguir encerrar o assunto, fez Isabel rir.

— Minha irmã, quando viva, dizia a mesma coisa, Gwendolyn. Acho que já contei essa história mais vezes do que deveria. Teve diversos amores, jurando para si mesma que todos seriam o último. Quando perdeu o marido, reencontrou o amor e se tornou uma *comtesse*[4]. Por mais machucado que seu

---

4   *Condessa em francês. (N.A.)*

coração esteja, ele se torna novo quando um amor de verdade surge. Não estou dizendo que seja o Duque de Saint-Zurie, entretanto, você é nova demais para pensar que nunca mais amará de novo.

O primeiro e último amor de Gwendolyn não fora o marido, mas, sim, um baronete do interior da Inglaterra, que fora a Londres para viver a temporada. Não pudera se casar com ele, nem tivera a chance de dizer ao pai a quem designara a mais pura afeição. Financeiramente, Sir Lewis era inferior ao Lorde Hawthorn, portanto, Gwen jamais poderia argumentar contra a vontade de seu pai.

— Amor é um sentimento forte demais para ser vivenciado de maneira tão leviana... — Gwen ponderou. — Casamentos são acordos, e não dotados de sentimentos.

— Bem, então não ame. No entanto, não impeça a si mesma de viver uma pequena paixão, caso seja ofertada.

Madame de Lussac abanou o leque com mais força, corando ao dar um conselho tão ousado. Já era íntima o suficiente de Gwen para se preocupar com os bons costumes.

— O que quer dizer?

— Sou viúva também e não estou morta. Apesar de ter amado profundamente o *marquis* de Lussac, o que não é o seu caso, consegui experimentar as paixões mais ardentes depois de sua morte. Não amei e nem fui amada, mas cedi à famosa luxúria e à vaidade francesa. Te parece tão imprudente... algo assim?

Gwen sentiu o sangue sumir de seu rosto. Isabel estava insinuando que ela deveria deitar-se com quem bem quisesse?

— Sou inglesa.

— E está morta?

Gwen quase sorriu.

— Não.

— Portanto, possui vida em seu corpo, é dona de suas vontades e desejos para sanar. Já estou velha demais para isso, mas anos atrás eu me permitia tais caprichos. — *Madame* de Lussac fez uma pausa. — Vi, assim como todos, a maneira protetora com a qual o Duque de Saint-Zurie a segurou nos braços. A tensão entre vocês era afiada e previsível.

Elas pararam em frente a uma loja fechada da avenida mais bela de Paris, para Isabel priorizar a privacidade de ambas.

— Deseja-o, Gwen?

Lady Hawthorn percebera, enquanto valsara com o Duque de Saint-Zurie, que o desejo não está associado ao tempo em que se conhece alguém. Não era íntima daquele nobre, apesar de ter conversado com ele mais profundidades do que se lembrara já ter feito com outra pessoa. Entretanto, de fato, ansiara por ele naquele segundo em que estivera em sua companhia.

Não poderia ser desonesta sobre *esse* sentimento, no entanto...

— Eu...

— *Bonjour, madames.* — Uma voz surpreendentemente familiar quase a fez pular pelo susto. — Que feliz coincidência encontrá-las na *Champs-Élysées. Je ne sais quoi!* — finalizou com a expressão francesa que sempre surgia quando algo se tornava inexplicável.

— Vossa Graça. — Isabel fez uma mesura, mas Gwen ainda estava surpresa demais para ser cortês.

Trajava o que era visto como a mais pura elegância. A primeira coisa que chamou a atenção de Gwen foi a cartola bronze e, em seguida, o lenço em seu pescoço, imaculadamente branco e amarrado com cuidado por um valete experiente. Em seguida, o paletó marrom, justo o suficiente para ressaltar sua estrutura impecável e seus largos ombros. O colete creme, com bordados da mesma tonalidade do paletó, da mais alta costura, com certeza fora feito sob medida, justo na cintura esguia. E a calça, creme como o colete, não deixava espaço para a imaginação. As pernas do duque aniquilavam qualquer dúvida a respeito de seu condicionamento físico.

O modo como estava vestido já era impressionante, mas o que atraiu o último fio de atenção de Gwendolyn foi o rosto desenhado para ser admirado sob a luz do sol. Os traços bem demarcados, o maxilar largo, o nariz sutilmente erguido na ponta e os olhos que, mesmo sob a cartola, pareciam dançar na cor mais pura do mel. Ele era tão arrogantemente belo, confiante do poder de sua presença, que mesmo o ser humano mais frígido seria capaz de cobiçá-lo.

— Vossa Graça. — Gwen, por fim, curvou-se apropriadamente, engolindo em seco.

— Vim tratar de alguns assuntos importantes, mas as senhoras tiraram-me do prumo. — Os olhos divertidos do duque, que sorriam sem de fato fazê-lo, fixaram-se em Gwen. — Quase tive tempo de sentir falta de suas companhias. Estava pensando em visitá-las para compartilharmos um chá, no estilo londrino.

— É verdade? — Isabel tomou a frente, porque Gwen, por alguns segundos, esqueceu-se de como se comunicar.

Ele a atordoava a esse ponto. Por sorte, desviou a atenção dela e pairou os olhos intensos na Marquesa de Lussac.

— Ficaria muito feliz com a sua companhia. E a da duquesa-viúva, quando desejar — acrescentou a marquesa.

— Certamente a levarei comigo. Sei que são amigas há mais tempo do que posso contar. — O duque voltou-se para Gwen. — Irão à ópera esta noite?

— Estive a manhã inteira tentando persuadir Gwendolyn a ir comigo, mas temo não ter conseguido, Vossa Graça — confidenciou Isabel.

Foi um segundo quase imperceptível, porém muito nítido para Lady Hawthorn, que não conseguia tirar os olhos do Duque de Saint-Zurie. Ele parecia mais belo naquela manhã do que jamais estivera em sua frente. E se tornou ainda mais quando, silenciosamente, repetiu o nome de Gwen, como se necessitasse testá-lo em seus lábios.

— *Madame* Hawthorn não deseja nos dar a graça de sua presença em um lindo espetáculo italiano? Parece-me estranho, se aprecia tanto as pinturas. — Ele se lembrava, talvez, de todas as coisas que Gwen dissera naquele baile.

— Aprecio e muito as pinturas italianas, no entanto, não sei se me encontro disposta viver algum drama esta noite.

— A *Académie Royale de Musique* será palco de uma das óperas mais aguardadas, ao menos para mim. Um amigo estimado, que assistiu à apresentação em maio, no Teatro Carlo Felice, disse-me que é, de fato, muito inspiradora. Talvez não deva se atentar ao drama, Lady Hawthorn. Talvez deva ansiar pelo que a ópera acrescentará à sua vida. — O Duque de Saint-Zurie esboçou em seus lábios cheios um sorriso zombeteiro e tirou a cartola da cabeça, levando-a ao coração. Os cabelos, rebeldes e beirando os ombros, pareciam deixá-lo ainda mais... — *S'il vous plaît, madame*. Nos permita apreciar não apenas a arte, como também o prazer de sua companhia.

Talvez nunca fosse se acostumar com a capacidade daquele duque de conseguir tudo o que desejava. Gwendolyn ficou curiosa a respeito do comentário do amigo citado. Seria uma apresentação tão esplêndida assim? E ainda havia o olhar do duque, tão cálido sobre ela, que a deixou sem ar por alguns instantes. Pairou os olhos sobre o queixo dele, esperando que isso a fizesse raciocinar melhor.

— Não posso prometer que será um prazer ter a minha companhia, já que ainda não decidi se irei ou não.

— Façamos assim. — O duque deu um passo à frente e Gwen escutou a surpresa na expiração de Isabel. Honestamente, o espaço entre eles parecia bem reduzido para qualquer um que entendesse de etiqueta. — Às sete da noite, estarei na casa de *madame* de Lussac, aguardando sua resposta. Caso seja não, partirei com a minha carruagem. Caso seja sim, iremos todos juntos. O que parece?

— Parece que está me manipulando para ouvir um sim.

— E pode me culpar por tentar? — Os olhos do Duque de Saint-Zurie desceram para a boca de Gwen.

— Creio que posso, sim. Vossa Graça poderia ter a companhia que bem quisesse. Apenas está sentindo-se desafiado ao ouvir um não.

— A senhora não disse a palavra *não* ainda, estava decidindo. — Ele fez uma pausa e, para a surpresa de Gwen, o canto direito de seu lábio se ergueu, despontando uma covinha. — Aliás, pode me dizer quantos "não" desejar, porque, enquanto seus olhos estiverem dizendo "sim", isso só me motivará mais.

Então, quebrou todas as barreiras cabíveis e aceitáveis para uma aproximação pública entre duas pessoas ao colocar a mão na base da cintura de Lady Hawthorn, de forma tão delicada e leve que ela mal sentiu. Os lábios do Duque de Saint-Zurie rasparam delicadamente no ponto alto da orelha de Gwen.

— Relutei muito em encurralá-la na única parte não movimentada desta avenida. No entanto, quando a encontrei, senti que poderia ser o destino falando ao pé do meu ouvido mais uma vez. Vá à ópera, Gwendolyn. Prometo não mordê-la.

Então, afastou-se subitamente, enfiou a cartola na cabeça, fez uma curta reverência à Isabel e foi embora com passadas largas.

A voz grave do duque, chamando meu nome, e o calor de seu corpo foram capazes de dobrar qualquer força de vontade que já me orgulhei de ter, Gwen pensou, enquanto o assistia ir embora como se nunca tivesse ousado tocá-la em público.

Ainda que não houvesse ninguém naquela ruela paralela, tudo aquilo foi um exagero!

— Com esse arsenal de sedução, quantas conseguiram dizer não às suas tentativas? — Isabel trouxe Gwen à vida novamente. — Oh, Gwen. Ele a deseja.

— Não me importo. — Virou-se também, como o duque, mas para a direção oposta. — Sou só mais uma conquista, está tão claro quanto o céu sobre nossa cabeça.

— E que mal existe em ser conquistada? Diz isso como se fosse um pecado imperdoável. Você está viúva, Gwen. E se há uma coisa vantajosa nisso é justamente ceder a quem quiser sem que possam falar de sua virtude.

— E lá me importo com virtude, Isabel! Eu tenho minhas plantas para cuidar, meus livros para ler, o grego para estudar, o piano para aperfeiçoar...

— É tão fácil se apaixonar pelo Duque de Saint-Zurie quanto uma debutante ter a sua inocência perdida às custas de uma paixonite. — Isabel fez uma pausa. — Teme se machucar?

Gwen voltou-se para Isabel com um olhar furioso.

— Me tem por tão frágil!

— Como poderia achá-la frágil depois de vê-la dez anos atrás na minha porta, debaixo de uma tempestade, decidida a nunca mais possuir nada daquele maldito barão? É forte, Gwendolyn, como talvez eu nunca tenha sido. — A Marquesa de Lussac segurou as mãos de Lady Hawthorn com carinho, os olhos afetuosos medindo o rosto da dama que tinha como filha. — Mas o que vejo agora não é força, e sim medo. E odeio vê-la presa a si mesma por temer o que está por vir. Onde está a coragem da única filha que Deus me permitiu ter?

— Saint-Zurie é grandioso demais para não ter medo.

— Então, afaste-se, se acha que ele é capaz de engolir até o seu orgulho.

— Como saberei? — Gwen disse depois de um tempo. — Se devo me afastar ou me aproximar?

Isabel provou a própria frase de volta, enquanto sorria para Lady Hawthorn.

— O jogo de sedução se torna muito fácil quando somos nós que o comandamos. Tenha o controle da situação. Indique quando começar, quando parar. Esqueça que ele é um duque, Gwendolyn. E pare de temer as emoções que ele lhe causa. A humanidade ainda não descobriu, mas os homens são frágeis, e não nós.

As palavras de Isabel povoaram a mente de Gwen por toda a manhã, por mais que jamais fosse admitir. Não era de ficar sobre o muro, ponderando sobre suas escolhas. Sempre fizera o que tinha de ser feito, assim como seu pai.

Ele é o mestre na arte da conquista?

Isabel estava certa.

Ela precisava virar o feitiço contra o feiticeiro.

CAPÍTULO NOVE

— *Acho* que levou o plano demasiadamente ao pé da letra, Gwen. Fomos embora antes de o *Lorde* passar em nossa casa.

Usou outro nome para o Duque de Saint-Zurie, como Gwen combinara. Estavam em um camarote privado, ainda assim, muitos ouvidos estavam dispostos a captar uma fofoca antes de a ópera começar.

— Como acha que ele irá se sentir?

— Que não estou disponível e, muito menos, à sua mercê — falou baixinho para a Marquesa de Lussac. — Estou aqui. Por vontade minha, e não por insistência *dele*.

— Renegará o afeto demonstrado pelo *Lorde* até então? — Isabel questionou.

— Não, apenas o farei dançar conforme a minha música.

Matthieu passou a tarde inteira querendo compreender o mistério da vida de Gwendolyn, especialmente o que a tirou da Inglaterra em busca de refúgio na França. *Precisava* saber mais sobre ela. Jackson, seu administrador e amigo, encontrou algumas informações ao perguntar a fontes confiáveis. A dama fora casada com Lorde Hawthorn, um barão inglês. Após a morte do marido, fora em busca da Marquesa de Lussac, ficando na França sob sua proteção. E Gwen... também perdera os pais. O duque compreendeu, enquanto juntava todas as descobertas, que o que a dama enfrentara fora doloroso o suficiente para que deixasse tudo para trás assim que conquistara a liberdade.

O valete o arrumou de forma impecável enquanto sua mente, incansável, pensava na dama. Queria aprofundar seu conhecimento, queria questionar se ela possuía tantas feridas emocionais quanto ele. Por mais duro que fosse por fora, havia tão mais em Matthieu...

No entanto, todos os planos a respeito daquela noite foram abruptamente interrompidos. O oitavo Duque de Saint-Zurie mal pôde acreditar quando parou na casa da Marquesa de Lussac e foi informado, pelo mordomo, que as *madames* já tinham ido para a ópera.

Deu-se por um tolo, já que nunca havia se deparado com uma situação como aquela. Matthieu começou a rir de sua imbecilidade dentro da carruagem elegante. *Inferno*, dera de cara com a porta, sem sequer receber a cortesia de ser convidado a entrar, já que não havia uma alma para recebê-lo devidamente. Isso seria um crime, talvez digno de forca, séculos atrás.

Mas *precisou* rir do disparate.

Lady Hawthorn era uma peça rara dentre as mulheres, tão altiva e segura de si mesma que nem passara pela cabeça do duque que a dama havia enfrentado tanto.

Talvez possuísse essa personalidade justamente por essa razão...

Precisava encontrá-la.

Chegou à *Académie Royale de Musique* analisando com o olhar a infinidade de cabeças. Era uma das construções mais ilustres de Paris, e Matthieu achava peculiar a maneira como o tom azul-escuro das paredes e o dourado da estrutura dos camarotes combinavam com perfeição. Cada detalhe transformava o teatro em um berço da realeza, como se fosse feito apenas para os seres humanos mais endinheirados. Matthieu achava um exagero, ainda assim, adorava o lugar. O teto abobadado, os sons e o grandioso palco davam ao duque a sensação de que não estava sozinho no mundo.

— Vossa Graça... — Sir James o chamou.

Precisou cumprimentar sabe-se Deus quantas pessoas até que conseguisse chegar aos camarotes. A marquesa, se bem a conhecia, não ficaria em meio à plateia, sentada em uma poltrona apertada e com pessoas demais para encurralá-la.

— Ora, demorou mais do que o esperado, Saint-Zurie — Fontaine disse.

— Ao menos chegou, não é mesmo? Seja bem-vindo. — Pierre deu espaço para que o duque passasse.

Tinha combinado com Pierre e Fontaine que o esperassem no camarote designado ao duque, mas, ainda que tivesse encontrado os amigos, sentia-se ansioso para encontrar uma dama específica.

— *Merci, messieurs.* Entretanto, não ficarei muito. Preciso encontrar alguém.

— Nem preciso imaginar a qual dama se refere; sua expressão já entrega a resposta. Use isto.

Fontaine entregou para o duque a *jumelles*, que ele imediatamente empunhou, a fim de enxergar melhor. As duas lentes permitiam uma visão holística e bem definida. Exatamente do que precisava.

— A dama, hum? — Pierre provocou. — Jackson não o quis acompanhar?

— Está atolado em seus cálculos. Sabem como ele fica ansioso enquanto não finaliza seus deveres. E eu o atrapalhei demais durante a tarde — Matthieu respondeu, enquanto sua visão percorria os camarotes.

Assim que desfilou os olhos por toda a ala norte, bem próxima ao palco e do outro lado do seu camarote, parou. O vestido azul, o pescoço desnudo, aqueles ombros que fixaram a atenção de Matthieu. O sorriso, a risada dela especificamente. Mesmo sem ouvi-la, conseguia imaginá-la.

— Preciso ir. Aproveitem a ópera.

Matthieu entregou a *jumelles* nas mãos de Fernand e se apressou a correr pelos bastidores antes que fosse reconhecido por mais uma alma. Ouviu o protesto dos amigos, mas se desculparia com eles mais tarde. Também era inapropriado correr atrás de uma *madame*, ainda mais antes da ópera começar, entretanto, não pôde se conter. Quando atravessou, o que parecia milhas sem fim e chegou às cortinas da cabine de Lady Hawthorn, respirou fundo.

E, para a sua sorte, a ópera começou, o que significava que todos estariam distraídos demais para procurarem uma fofoca.

A ansiedade em ver *Alina, regina di Golconda* se dispersou quando a importância da dama, que estava de costas para ele, se fez presente. Ansiava por vê-la e, quando a viu, seu desejo se tornou físico. O calor desceu lentamente por sua barriga, pairando em uma região que deveria se manter quieta. Matthieu quase gemeu, porque sua mente, traiçoeira como o diabo, ainda o fez recordar da sensação que era tê-la próxima ao seu corpo, valsando.

Ele a queria em sua cama. Ardentemente. Sobre seus lençóis, agonizando de prazer, enquanto Matthieu provaria de seu corpo. Lady Hawthorn entenderia a fama dos franceses e se renderia ao duque tantas outras vezes mais. Queria e, àquela altura, *precisava* provar sua boca, suas curvas, partes de Gwen que ela nunca deixara outro alguém beijar. Por medo, por vergonha. Se entregaria de bom grado. E como seria maravilhoso tê-la sob suas mãos, em sua pele, em cada parte do corpo voraz de Matthieu.

Mas Lady Hawthorn não era como as outras.

Então, talvez, devesse cortejá-la.

Que ideia absurda!

Maldição, *talvez* devesse.

Não poderia propor a uma dama que fosse sua amante. E já tivera dores de cabeça o suficiente com essa espécie. Por isso apenas despendia seu tempo às prostitutas e nunca as via uma segunda vez. Porque sempre queriam repetir a dose...

Por seu nome ou por seu talento, não importava.

Ele *teria* que cortejar Lady Hawthorn para que aquilo não fosse tão absurdo. Seguiria os costumes ou ao menos parte deles. Poderia enviar flores, convidá-la para um passeio ao ar livre, uma cavalgada no *Bois de Boulogne...*

— *Your Grace?*

Ele nem notara que a Marquesa de Lussac havia se ausentado enquanto perseguia a cabine de Lady Hawthorn a todo custo. Estavam sozinhos, embora à vista de todos. E os olhos de Gwen, arregalados. Pela surpresa, havia trocado o idioma e falado naquele inglês sedutor demais para que Matthieu se contivesse. Precisou fechar a mão em um punho.

Por que tem de ser tão linda?

— *Bienvenue* — completou, em francês e na língua nativa de Matthieu. — A que devo a honra?

— A senhora renegou a minha visita deliberadamente.

— Como me acusa de forma tão leviana? O mordomo deve ter feito isso, pois decidi vir à opera por mim mesma.

— Onde está *madame* de Lussac? — rebateu rapidamente.

— Foi convocada por uma amiga e deverá se ausentar por um tempo. Há anos não a vê. — Gwen fez uma pausa, descendo os olhos por Matthieu. Ele vestira-se todo de negro, exceto pela camisa. Parecia combinar bem com seu humor naquele momento. Forte, impetuoso e obscuro. — Não é apropriado Vossa Graça estar aqui.

— Não me importo com o que é apropriado. A senhora vai pedir desculpas?

— Devo?

Inferno de mulher.

O decote, o bordado claro contrastando com a pele naturalmente tocada pelo sol, os braços de fora e o tormento de Matthieu: aqueles ombros. Seus cabelos estavam elevados, a uma altura impressionante, com diversos adereços delicados sustentando o penteado. Matthieu a achou esplêndida em azul e branco, e a acharia incrível até se estivesse desmazelada, com roupas fora da moda ou trapos.

— Deve. — Matthieu sentou-se ao lado dela, ignorando os protestos. — Seria interessante ser bem criativa a respeito.

— Não me convém. Só direi que sinto o *désolé* francês pelo desencontro. Afinal, me encontrou aqui, de toda forma.

Os olhos afiados de Gwen viraram-se para Matthieu. De repente, ele esteve consciente do quão perto estavam. Viu o pequeno furo no queixo delicado de Gwendolyn, os traços suaves de seu rosto, as maçãs pintadas de rosa e o brilho em sua íris. Tudo nela era espetacular, inclusive o perfume floral pairando no pequeno espaço entre os dois.

— O que deseja, de verdade, Vossa Graça? Qual é o seu objetivo? Auxiliei-o naquela ocasião e, anos depois, nos reencontramos no baile. Imaginei que pararíamos naquela valsa. Mas me encontrou *mais* uma vez e, usando suas próprias palavras, me encurralou em busca de um sim para um súbito convite.

Não sabe, Gwen? De verdade? Não sabe o que desejo?

Mas Matthieu não disse em voz alta.

— Por que está buscando uma resposta para uma pergunta tão infundada? Acredita que todos nós sabemos a razão de nossos anseios e impulsos? — Matthieu rebateu.

— Vocês, franceses, são tão filosóficos! — Gwen puxou o leque e abanou com toda força. — Sempre buscam driblar o prático com o poético! Estou perguntando claramente quais são as suas intenções.

— Talvez as mais profanas. Talvez as mais puras. O que acha?

Ela jogou a cabeça para trás e riu, incrédula.

— Vossa Graça!

— Gwendolyn...

Lady Hawthorn parou de rir.

— Não lhe dei liberdade alguma para me chamar pelo primeiro nome. Voltando ao assunto principal, antes que comece a citar Shakespeare para me distrair... já que não me diz o que quer, que tal eu dizer a *monsieur le duc* o que eu quero?

Isso fez Matthieu perder completamente o senso de sua existência. Já não sabia mais onde estava, o que fazia. Parecia que havia sido arrancado de seu próprio corpo enquanto assistia a um debate teatral dotado de uma reviravolta impressionante.

Não esperava isso.

Nunca.

Nem em mil anos.

O nariz de Gwen se enrugou, como sempre fazia quando se divertia. E aqueles pontos cor de caramelo pareciam dançar para Matthieu.

— O que... — Pela primeira vez, não soube o que falar. Então, uma ideia percorreu sua mente. — Vai dizer que não anseia em me ver nunca mais? Que devo me afastar e talvez esquecer a conexão que senti desde a primeira vez em que ouvi sua voz?

Gwendolyn titubeou por alguns segundos, como se não esperasse um questionamento tão verdadeiro vindo de um duque. Sentiu uma conexão, sim, por que mentiria? Não sabia florear as palavras, muito menos esconder o entusiasmo. Sempre foi honesto com Gwen e nunca foi capaz de dizer meias-verdades. Não seria agora que conseguiria.

— A minha voz?

— Quando caí de seu telhado *falho*... — Matthieu dançou a sua atenção por cada pedaço do delicado rosto de Gwen. — Fiquei atordoado e sem conseguir abrir os olhos. Mas *ouvi* a sua voz. Imaginei que se tratasse de uma *mademoiselle*, pelo timbre ser tão doce e jovial, mas, quando finalmente a vi, estava diante de uma estonteante mulher. Pensei que fosse recém-casada ou talvez filha de um aristocrata. Na época, descobri rapidamente o seu nome, na carruagem ao lado do meu amigo, *monsieur* Fontaine, mas contive os meus anseios em procurá-la. Por conselho dele, não a tomei como um dos meus desafios.

Ela piscou várias vezes, tentando compreender a nova informação que recebeu. Matthieu viu isso tudo ali, a alguns centímetros de seu rosto. A tensão que sentiu foi crescendo, a ponto de mover um pouco mais a cabeça em direção à dela. Conteve-se.

— Pretende que eu me afaste? — Quando notou que ela não respondeu, Matthieu insistiu: — Se disser sim, me manterei o mais afastado que Paris me permitir.

— Onze dias — disse Gwendolyn, subitamente.

— *Pardon?* — Matthieu teve que se desculpar, porque não a entendeu corretamente, e afastou-se alguns centímetros.

— Não irei tirá-lo de minha vida, não seja tão dramático. O que eu *quero* com Vossa Graça são onze dias. Nem mais do que isso, nem menos. Não me importarei com o que acharem, se está me cortejando ou se me tornei uma das convidadas à sua horda de amantes. Que, deduzo, Vossa Graça possua. Sou viúva e reputação é a última coisa com que me importo. — Gwen fez uma curta pausa, os olhos faiscando em Matthieu. — Terá onze dias comigo para ser um companheiro de piano, tornar-se o mais estimado dos amigos ou um *affair*. Também não quero nomear este período curto de aproximação, apenas estimo vivenciá-lo. Todos os nossos encontros serão definidos por mim nos primeiros sete dias e por *monsieur le duc* nos últimos quatro. Alguma dúvida?

Nunca, em toda a sua vida, ele se deparara com algo tão inusitado a ponto de perder o rumo de seus pensamentos. Já era a enésima vez naquela noite, com aquela companhia. Teve vontade de sorrir ou de rir, porque era um convite ousado e tão surpreendente que o deixou nervoso. Matthieu, normalmente, ria quando se sentia encurralado, o que era tão raro quanto o sol surgir em novembro. Conseguiu conter esse ímpeto, entretanto.

— Como teve essa ideia?

— Parece unir o útil ao agradável, não acha?

Ela sorriu abertamente, tão leve que Matthieu só podia sonhar em beijá-la até que a suavidade de sua expressão se tornasse puro fogo. Ainda que limitasse Matthieu a um curto período, naquele momento, sentiu que estava recebendo uma proposta única e inegável.

— Quando começamos? — questionou baixinho.

— Amanhã.

— Não há ninguém que juraria a minha morte ou apontaria uma arma a alguns passos caso eu aceite?

Ela semicerrou o olhar.

— Diz... um homem desafiá-lo para um duelo?

— Claro.

— Não há. — Foi curta e objetiva em sua resposta.

— E por que onze dias?

Gwen fitou a ópera pela primeira vez desde que começou. E Matthieu pôde analisar outras coisas além de seus olhos. A maneira como seu leque titubeava em sua mão, a forma como sua perna descia e subia. Estava nervosa, talvez tão surpresa de si mesma quanto Matthieu. Ele, que pensava que teria conversas profundas com a dama, foi pego de surpresa com uma proposta completamente fora do comum.

— O tempo é necessário em qualquer tipo de acordo. Onze dias me parece o suficiente para gozar de uma boa companhia e limitado o bastante para não despertar qualquer afeição profunda. Ademais, onze era o número do meu cartão de dança. E eu adoro a sonoridade em inglês. *Eleven.* — Voltou-se para Matthieu. — Se concordar, me terá pelo tempo estabelecido. Caso não, foi um prazer imenso revê-lo, Vossa Graça.

— Sabe que irei aceitar.

— Sei?

— Sabe. — Inevitavelmente, o olhar de Matthieu caiu mais uma vez para aquela pecaminosa boca. — E sabe que talvez onze dias não sejam o bastante.

— Não oferecerei mais do que isso, Vossa Graça.

— E se eu quiser cortejá-la definitivamente? Seria o certo, não?

Os olhos de Gwen se arregalaram.

— Ora, não cortejará! — Gwendolyn soltou uma risada curta. — Estou *nos* dando um prazo por questões óbvias. Não pretendo me casar e não pretendo me tornar uma de suas...

— Não possuo amantes.

— Já estamos compartilhando as mais íntimas confidências? — Gwen abriu um sorriso zombeteiro. — Não é negociável este acordo. Como um duque, deve saber ler as pessoas bem melhor do que eu. Diga-me se estou parecendo relutante a respeito de minha decisão.

— Nem um pouco, *madame*.

— Então? — ela perguntou, sem qualquer traço de ansiedade nos olhos, apenas por querer uma resposta.

— Sim.

PARTE III

*"No dia em que for possível à mulher o amor não em sua fraqueza,
mas em sua força, não para escapar de si mesma, mas para se encontrar,
não para se abater, mas para se afirmar.
Nesse dia, o amor se voltará para ela, assim como para o homem,
como fonte de vida e não de perigo mortal."*

— *Simone de Beauvoir*

CAPÍTULO DEZ

Depois da ópera, Matthieu refugiou-se em seu escritório, embora fosse em vão. Sobre a mesa de madeira escura, com detalhes magnificentes em dourado, não havia qualquer afazer pendente, exceto escrever algumas cartas pessoais. Sentia-se sem inspiração, e talvez as palavras que se formariam em sua mente não fossem coerentes devido à agitação em seu peito. Chegou a selecionar uma pena bem apontada, mergulhou-a na tinta preta e pairou a ponta no ar.

Desejou cortejar a dama.

E ela oferecera-lhe um prazo.

Matthieu, resignado, abandonou a pena, imergindo-a quase completamente no líquido escuro, estragando-a. Acreditava que havia sido bem claro a respeito de suas intenções, todavia, Lady Hawthorn não parecia nem um pouco inclinada a se casar. Ela *riu* quando Matthieu perguntou o que Lady Hawthorn faria se ele ao menos tentasse.

O duque soube, naquele instante, que Lady Hawthorn não estava interessada em sua fortuna, como também não estava interessada em seu nome e muito menos em se prender ao matrimônio. Era tão parecida com ele que o assustava. Levou algum tempo para fazer as contas e, quando o fez, a resposta veio tão clara quanto uma manhã de primavera. Enfrentou uma experiência terrível em seu primeiro casamento e decerto não pretendia enfrentar algo parecido de novo. Por isso, fugira. Para cortar qualquer elo com a família de Lorde Hawthorn.

Matthieu era prático e ainda acreditava que seria *ideal* se casarem. Uma comichão subiu em seu pescoço só de pensar em estar num altar se unindo a alguém pelo resto da vida. No entanto, seria *lógico* conciliar a conveniência de precisar de uma esposa ao interesse crescente que possuía pela dama. Por alguma razão, o duque também não queria manchar a reputação de Lady Hawthorn, ainda que esse último tópico fosse indiferente para ela.

O duque sabia que as damas saíam do controle dos pais para viverem o de um marido que, ao falecer, finalmente permitia que a vontade da mulher servisse a si mesma e a mais ninguém. Ele entendia que esse tipo de liberdade parecia inegociável. Além disso, ser uma duquesa seria tão restritivo quanto era para Matthieu.

Como poderia colocar mais alguém na mesma situação em que me encontro?

Contudo, ela seria, sem dúvida, uma perfeita duquesa.

Sua cabeça dançou em prós e contras, até ele finalmente concordar de verdade com a proposta da dama. Talvez fosse o mais viável que poderiam oferecer um ao outro. E ele ainda poderia se casar com qualquer senhorita ou senhora antes da temporada acabar.

Já que não havia alternativa além do casamento, pois o duque havia jurado a si mesmo que nunca mais teria amantes, esse pequeno prazo teria que servir.

Matthieu passou a noite inteira admirando a inteligência de Lady Hawthorn, determinado a deixar de lado as preocupações. Como a dama pôde oferecer muito com tão pouco? E, por mais que raciocinasse sobre o assunto, ainda não conseguia entender como Lady Hawthorn tivera aquela ideia e muito menos como reunira tamanha ousadia para oferecer a um duque a sua companhia, a *bon plaisir*.

Claro que não seria fácil.

Mas se, em onze dias, não fosse capaz de ao menos beijá-la...

Então não se chamava Matthieu Louis Étienne D'Auvray.

CAPÍTULO ONZE

Tivera aquela ideia assim que chegara em casa, mas só a estruturara na cabeça na carruagem a caminho da ópera. E, assim que contara para a Marquesa de Lussac, recebera sua aprovação. Seria seguro para Gwen, ela teria controle da situação e não deixaria de viver por medo de tentar. Entregou a oferta ao destino: se ele aparecesse em seu camarote, seria clara e sem rodeios. Caso não, a oportunidade passaria.

É verdade que já havia criticado a postura do duque, julgado mal, que acreditara que ele mantinha a mesma personalidade de quando o conhecera. Mas também é verdade que sua opinião sobre o nobre mudara. Afinal, ficou bem nítido que não se tratava mais da mesma pessoa. *Algo* mudara. E só precisou do tempo da valsa para notar, ainda que houvesse tão mais de sua vida para especular. Por que era tão livre antes? E por que o título parecia pesar tanto sobre seus largos ombros? Não nascera para ser duque?

Não teria tempo, talvez, para descobrir. Porém, adorava a ideia de que estaria na companhia dele pelos próximos dias. Ainda que se sentisse atraída, poderia tê-lo facilmente como um amigo. Sempre que Sua Graça se aproximava, Gwen provava uma sensação de reconhecimento e liberdade. Nunca a julgaria por qualquer coisa que dissesse e era hábil o bastante para acompanhar qualquer assunto que Gwen pudesse iniciar.

Há quanto tempo tivera um *affair*? Um amigo? A remota época em que debutou veio em sua mente. Sir Lewis, seu primeiro amor, era o tipo de pessoa que caminhava ao lado de Gwen sem se forçar sobre ela. Educado e cavalheiro, ainda que seu título fosse muito abaixo da maioria — um baronete. Teria vivido uma eterna paixão com Sir Lewis? Talvez tivesse uma visão diferente sobre o matrimônio àquela altura? Poderia ter sido... mãe?

Agora isso não importava, pois estava diante de sua primeira e última aventura em vida, já que pouco se arriscou e certamente não continuaria se arriscando. Durante o prazo estipulado, manteria seu coração trancado em um baú e apenas se deleitaria ao prazer da companhia do Duque de Saint-Zurie.

Entregaria, o que quer que fosse construído entre eles, também ao destino.

— Escolha interessante nos trazer ao *Bois de Boulogne* — o Duque de Saint-Zurie a tirou dos pensamentos. Ele fora, pela manhã, visitá-la e, assim como combinado, deixou que Gwen escolhesse o que fariam em seu primeiro dia. — Por que, em especial?

— Estou na França há muito tempo e não tive o prazer de conhecer este parque, que é tão maior do que o Hyde Park da minha amada Inglaterra. Como Vossa Graça parecia apreciar o ar livre, assim como eu, acredito que seria o melhor destino para o nosso primeiro dia.

— Deduziu certo. Prefiro ficar ao ar livre do que aprisionado na biblioteca ou no escritório. Temo que, se tivesse sido capaz de escolher o meu destino, seria militar. Ou um pirata, embora tema a água como uma criança teme o banho. — Matthieu sorriu, embora parecesse triste por alguma razão. — O mundo seria a minha escolha, pois prefiro estar sob o céu, nas circunstâncias mais difíceis, do que atrelado às contas. Não me leve a mal, senhora, sou um excelente matemático também, me formei em Oxford, entretanto, a minha predileção talvez seja grande demais para o pouco que a França é capaz de me oferecer. E a *madame*? O que a tira do conforto do lar e a faz buscar o sol?

Gwendolyn sentiu, naquele instante, que era certo estar na companhia do duque. Pela conversa e por todo o resto. A maneira que ele caminhava nas mesmas passadas que a dama, para que não se adiantasse nem se atrasasse. O modo sutil e delicado que curvara o braço, para ceder à Lady Hawthorn, o calor de sua pele sendo transferido para a dela. A dama pousara a mão no espaço e aceitara o contato de bom grado porque, de fato, *parecia* certo.

— Minhas plantas. Assim como passear a cavalo, que me faz correr sem colocar os pés no chão. Ora, o senhor certamente cavalga por esporte, então deve saber como é indescritível percorrer campos verdes vastos e... o nada.

— Fui colocado em uma sela antes que pudesse andar. Então, se me permite a falta de modéstia, sou exímio nessa atividade. — Ele sorriu e olhou para a esquerda, para o imenso lago cintilando sob o sol enquanto alguns pássaros se banhavam. — Também gosto de lutar boxe e praticar esgrima.

Faço tudo ao ar livre, no jardim de Palais La Rouge. E clandestinamente em Paris; adoro isso. Quando estava em Verrières, também realizava meus feitos na propriedade de minha família.

— Então, a sua pele nada aristocrática, assim como a minha, é fruto dessas atividades?

Matthieu riu. E a sonoridade de sua risada ainda era novidade para Gwen, mas já a fazia tão bem. Provocava um frio em sua barriga, uma vontade imensa de rir junto. Embora fosse impossível, quis tê-la guardada em uma caixinha de música, assim como o relojoeiro suíço Antoine Favre, que inventou o feito com tanto cuidado.

— Fruto dessas atividades e de minhas fugas passadas, que lembro bem... a senhora conhece.

— Uma, não todas.

— Não perderia nosso tempo compartilhando com a senhora as consequências de minha libertinagem. Sabe o que a sociedade acha dos libertinos? Que odiamos a religião, que somos adeptos à filosofia e que somos crianças que apenas despertam pelo desejo do novo. Concordo em partes, porque realmente não acho errado buscarmos aquilo que desejamos.

— E *monsieur le duc* considera-se uma criança que sempre busca o novo?

Ele voltou a olhá-la, embora o rosto de Gwen permanecesse virado para a frente. Sentia aquelas íris castanhas sobre seu pescoço, cabelo, maçã do rosto e até a pontinha de seu nariz. Provou o prazer de ser admirada, e adorou cada segundo.

— Considero-me um homem constantemente insatisfeito com a vida que levo, por isso estou sempre atrás do que me é inédito. De qualquer maneira, o próprio destino, ou Deus, sinta-se livre para pensar dessa forma, forçou-me a conter a minha natureza e manter-me o mais discreto possível. Hoje, sou o Duque de Saint-Zurie, portanto, meus desejos não são mais meus.

Gwen pensou por um momento, enquanto davam uma volta pelo imenso lago. A cor verde do bosque era deslumbrante, e o contraste com o azul límpido e sem nuvens do céu, de tirar o fôlego. Quando organizou seus pensamentos, disse a verdade:

— Devo confessar que nunca ouvi qualquer indiscrição a respeito do senhor desde que o vi. Aliás, eu sequer sabia que *havia*, de fato, um Duque de Saint-Zurie, apenas que a duquesa-viúva estava presente nas temporadas e bailes. Ouvia dizer, claro, porque não frequentava. Se o seu objetivo é ser discreto, tem logrado êxito.

Matthieu moveu a cabeça de um lado para outro, negando.

— Mantenho-me às sombras para não dar voz aos que querem os nobres fora da França. Minha avó não se importa, decerto nem se preocupa se morrerá hoje ou amanhã, mas eu tenho apreço pela minha vida, muitos dependem dela e de minhas terras. No entanto, essencialmente, por sentir-me responsável por meu irmão, que reside em Londres, até que se case. E a duquesa-viúva, bem, ela está seguindo os moldes da aristocracia de sua época, porque é incapaz de aceitar que os tempos mudaram. Trata todas as classes com o mesmo carinho dos nobres, todavia, sei que ela não vê com bons olhos. Não posso culpá-la. Se tivesse sua idade e sua experiência, talvez minha mente fosse moldada de outra forma.

— Sua honestidade é cativante, Vossa Graça.

— Cativante? — Ele sorriu mais largamente, e Gwen pôde ver a covinha. — Não há como se atrair pelo que é cru, *madame*. Todo o interesse que me rodeia, e tenho certeza de que notou no baile em *Palais la Rouge*, é a respeito de meu título e de quais tipos de negócio posso fazer pela França. Nunca parei para conversar sobre minha vida, exceto com meus amigos, *messieurs* Jackson, Pierre e Fontaine.

— Acha que é impossível alguém admirar sua personalidade?

— Acho, sim. — Os olhos de Matthieu voltaram-se para Lady Hawthorn, daquela maneira que a despia sem precisar tocá-la. — Me desejam por três coisas, Lady Hawthorn: título, dinheiro e habilidades que seriam desonrosas para dizer à senhora.

Isso fez Gwen arregalar os olhos.

— E o senhor cede a todos que buscam suas... especialidades?

— Evidente que não. Está surpresa? Minha fama me precede, não há objeção a isso. Mas não tenho interesse em cair nos ouvidos de quem me deprecia.

— Está mais do que claro que o senhor consegue ser racional quanto às suas escolhas. Então por que disse, na ópera, que desejava me cortejar *definitivamente*? Foi algo tomado pelo impulso como qualquer outra de suas artimanhas passadas?

Eles pararam de andar e, quase ao mesmo tempo, uma nuvem isolada cobriu a cabeça de ambos, como se precisassem de um instante sem sol para terem aquela conversa. Gwendolyn pensou se o Duque de Saint-Zurie acharia aquele comentário humilhante demais, pois havia ferido seu orgulho ao rir de sua quase-proposta na ópera. E ferir o orgulho de um homem era tão cruel quanto condená-lo à guilhotina.

— Quer a verdade?

Gwen sequer hesitou.

— Sim.

O duque fez uma pausa e virou-se de frente para ela, como se precisasse olhá-la fixamente. O contato entre os dois se quebrou, porém a dama ainda o sentia.

— Quando me deparei com a luta entre o meu desejo e a minha honra, pensei que cortejá-la seria a escolha racional. Seria claro a respeito de não suprir as alusões românticas relacionadas ao matrimônio. Mas poderia oferecer uma casa para a senhora, com todo o conforto que uma duquesa merece. Iria unir o meu desejo em conhecê-la melhor, que não escondo, com a necessidade de ter a Duquesa de Saint-Zurie. E a senhora parecia-me perfeitamente adequada para tal posição. Mas então ouvi que é avessa ao matrimônio, e talvez tão desprovida de afeto quanto me sinto. Também pensei no futuro e imaginei as obrigações de uma duquesa caindo em seu colo de repente. E eu não entregaria a alguém que estimo o mesmo destino que me foi imposto.

Ela sentiu os joelhos vacilarem quando percebeu que não fora um pensamento tomado pelo impulso. Ele não apenas confessara que tinha a clara intenção de cortejá-la, como também estudara todos os ângulos reais a respeito de fazê-lo ou não. Gwendolyn não conseguiu pensar em uma resposta à altura, não quando sua cabeça parecia ter sido tomada subitamente por um nevoeiro.

— E o senhor fez essa oferta a todas as mulheres que desejou?

Matthieu sorriu com os olhos.

— Só com quem tive o prazer de ter uma conversa que me fez esquecer parte do tempo. Imaginei que, caso a senhora desejasse me encontrar ao menos no verão, seria uma companhia aprazível.

Aprazível?

— Isso é...

Era tão direto, tão áspero. As palavras do duque rasparam a tez de Gwen até que não sobrasse nada. Matthieu descrevera bem sua personalidade: "Não há como se atrair pelo que é cru, madame". Não havia filtro, meias-palavras ou traquejos de quem manipulava coisas a seu favor. Deveria ser impossível negociar com um homem tão seguro de si mesmo. Como ela conseguira?

— Chegou à conclusão de que minha proposta foi mais adequada do que o matrimônio... — Gwendolyn se recompôs. — Bem, mulheres também são providas de inteligência, Vossa Graça.

— Não discordo nem um pouco disso. Mas a sua inteligência, sim, é fascinante, Lady Hawthorn. — Ofereceu seu braço para que Gwen pudesse apoiar a mão. Ela hesitou por um minuto ou dois. — Não se preocupe, jamais falarei em cortejá-la novamente.

— E o senhor não está fazendo exatamente isso agora?

Matthieu riu.

— Sim, talvez esteja. Embora a crueldade de minhas palavras seja tudo, menos um flerte. De certa forma, estou sendo eu mesmo, pois não precisamos nos levar a algum ponto. Normalmente, durante a corte, os cavalheiros não mostram a verdade de suas almas e apresentam às damas apenas o que é belo. Mas o nosso objetivo não é esse, certo? — Ele exalou e voltaram a caminhar. Gwen pôde sentir que ele não mais admirava seu perfil. — Deseja acabar tudo muito em breve.

— Sim. — A voz de Gwen baixou um tom.

— Então não há nada a temer. Posso cortejá-la sendo Matthieu D'Auvray e não o Duque de Saint-Zurie. Teria de ser pomposo, poético, versado e bem-apessoado aos seus olhos, e não o monstro que verdadeiramente sou.

Matthieu D'Auvray.

Que nome suave para uma personalidade tão encantadoramente densa.

— Um monstro? — Gwen sentiu, por alguma razão, os olhos lacrimejarem. Para dispersar a sensação, usou o bom humor. — Então, definitivamente, está me cortejando! Porque não vejo nada além de um príncipe.

A risada do duque, pela enésima vez no dia, foi a vitória de Gwen.

— Ora... um príncipe. Fugiria para a Grécia se nascesse na corte francesa.

— Já colocou em sua oração de hoje a gratidão que sente por ter se tornado um duque, Vossa Graça?

— É... — A voz de Matthieu se tornou mais branda. — Talvez não seja tão ruim. — Ele apontou com o queixo para o horizonte. — Como é sua primeira vez neste parque, preciso lhe contar a respeito de suas características e história. Agora, o encontramos vazio. Mas *Bois du Boulogne* é palco de toda a sociedade francesa nos três dias que antecedem a Páscoa. Os que desejam exibir suas riquezas, carruagens e roupas elegantes passeiam pelas ruas logo após a missa. Já na Idade Média, o bosque era um recanto para ladrões e uma das áreas mais perigosas para se estar. Curioso, não? A realeza francesa só deu o devido valor após Francisco I construir o *Château de Madrid*...

Matthieu explicou para a dama todas as coisas que ela desconhecia e narrou histórias até que os olhos dela passassem a brilhar pela França. Saíram do bosque e partiram para a *rue Taitbout*, onde havia o restaurante *Tortoni's*, criado por um italiano. À tarde, foram a uma comédia e só voltaram para casa quando o sol estava se pondo.

Divertiram-se, riram e conversaram.

E Gwen retornou com a sensação de que aquele dia não havia sido suficiente.

CAPÍTULO DOZE

Matthieu foi surpreendido na manhã seguinte pela visita de sua avó. Havia algo interessante no semblante da duquesa-viúva que ele não soube decifrar. Parecia agitação, embora a conversa entre os dois tenha sido tão breve e o convite tão repentino...

— Organizarei uma *soirée* de no máximo três dias em Sceaux; os convites já foram enviados. Por esse período curto dirão que estou financeiramente mal fornecida, mas é essencialmente pelo trabalho que a ocasião demanda. Sabe o quanto fico cansada e não quero nenhuma enxaqueca. A questão é que *preciso* oferecer *algo* durante esta temporada além do baile que sediamos na Palais La Rouge. — A duquesa fez uma pausa. — Vim diretamente lhe informar e trazer o convite. Espero que se considere anfitrião do evento.

Matthieu deu a volta na mesa de seu gabinete e, assim que ficou de frente para a avó, recostou-se na mesa, cruzou as pernas na altura dos tornozelos e os braços na altura do peito. Inclinou a cabeça suavemente, estreitando os olhos.

— Não é dada a impulsos, duquesa. O que ocorreu para fazê-la buscar o campo?

— Absolutamente nada — mentiu para o neto, abrindo o leque com um estalo bruto, abanando-o com avidez. — Apenas quero me divertir um pouco. É pecado?

— De forma alguma. — Ele sondou a avó, saindo da posição e caminhando até ela. — No entanto, sinto que há algo que não está me contando.

— Meus interesses são a minha diversão e a sua. Não falarei mais do que isso. — A matrona dos D'Auvray fez uma pausa, o olhar se tornando afiado para o neto. — A propósito, antes de partir, devo perguntar: já encontrou uma esposa?

O duque engoliu em seco. Sua avó era direta, decidida e impiedosa quando queria. Mas, embora tivesse essas características tão particulares, fora a única de sua família capaz de oferecer a ele e a Léonard todo o suporte nos tempos mais difíceis. Era dura, de fato, e tinha uma alma tão crua quanto a dele, no entanto, jamais poderia julgá-la por ser como era. Talvez Matthieu, em sua posição, faria o mesmo.

— Não.

— Precisarei encontrar para o *senhor*?

— Talvez, sim. — Matthieu sorriu.

A duquesa-viúva conhecia o neto o suficiente para saber que ele odiava formalidades e estava claro que desejava provocá-lo.

— A *senhora* tem alguém em mente?

— Pensarei a respeito. — Semicerrou as pálpebras e empinou o nariz. — *Au revoir.*

Saiu da mesma maneira que entrou, como uma tempestade de verão. Matthieu assistiu ao vestido esvoaçante e armado da avó praticamente sobrevoar o piso brilhoso. *Estava em plena saúde se era capaz de caminhar tão depressa*, pensou. Quando Matthieu puxou o relógio de seu bolso e se deu conta de que ainda não se vestira apropriadamente e deveria buscar Lady Hawthorn como combinaram, apressou o passo.

A felicidade em vê-la pareceu desfazer qualquer resquício da inquietação que a visita da avó provocara.

Decidiu ir a cavalo, pois o brasão imenso pintado na lateral da carruagem não tornaria o passeio discreto. Seu garanhão *percheron*, chamado de Jean *le blanc*, era único para Matthieu. Em todas as aventuras que enfrentara Jean *le blanc* estivera lá. Acariciou a pelagem macia do pescoço de seu amado animal e desceu com facilidade, dada sua experiência.

A propriedade parisiense da Marquesa de Lussac era dotada de um vasto jardim bem-cuidado. Além disso, não possuía nada excessivamente impactante, exceto por seu estilo neoclássico. Era grande o bastante para abrigar um baile, mas pequena para ser considerada a casa de uma marquesa. Ainda assim, Matthieu adorava a fachada: colunas, frontão, arcos romanos e balaústres.

No momento em que entregou o cavalo para um dos criados, pensou em caminhar até a porta para bater na aldraba, porém teve um vislumbre de um ponto claro à extrema esquerda — uma mulher agachada em meio ao verde. Deu alguns longos passos até chegar à lateral da casa, e a primeira coisa que os olhos do duque captaram foi o chapéu de palha com suas abas desgastadas pelo tempo. Em seguida, a fita amarela, que cruzava de cima a baixo o acessório, presa por um delicado laço sob o queixo. O vestido, de algodão e da mesma cor da fita, de estrutura simples e mangas longas, parecia ideal para a manhã fresca de Paris. No entanto, estava tão sujo e maltrapilho por toda a barra, além de ser claramente fora da moda, que Matthieu se perguntou a razão de a dama ainda usá-lo.

Entendeu quando viu, na mão de Lady Hawthorn, utensílios de jardinagem. Parecia se dedicar à atividade sem se importar com o senso de moda. A testa franzida denunciava que estava incomodada com alguma coisa, talvez com sua própria artimanha no jardim, que, de alguma maneira, estivera dando errado.

Matthieu a assistiu, como se o tempo desacelerasse, puxar uma única parte da fita amarela, desfazendo o nó. Então, o chapéu de palha caiu além de suas costas, direto na terra molhada. Seu cabelo, que estava preso desajeitadamente, se rendeu à gravidade, e alguns cachos rebeldes deslizaram no pescoço longilíneo e em volta do rosto corado pelo esforço.

— *Bonjour, madame.*

Lady Hawthorn virou-se subitamente, com os olhos brilhando e uma de suas faces... suja de terra. Desfez-se da pá de mão e das luvas próprias para jardinagem, que deveriam estar nas mãos de um criado, e levantou-se, alisando um vestido que passou da época de se aposentar. *Très beau*, Matthieu pensou. Descomedidamente bela, mesmo quando não se esforçava para ser.

— Vossa Graça! — O sorriso imenso que ela abriu fez uma parte muito escura de Matthieu se iluminar. — Não esperava o senhor tão cedo. *Bonjour!*

— Disse-me ontem que eu deveria vir assim que acordasse. Um homem com tantas responsabilidades, normalmente, não tem longas noites de sono. — Omitiu a parte em que sonhara, depois de tanto tempo, com sua família em alto-mar.

Não fora uma noite muito agradável e depois a visita da avó...

— É verdade? — Lady Hawthorn secou o suor da testa, com a manga do vestido, o que sujou ainda mais seu rosto. Matthieu espremeu os lábios para não sorrir. Ela transformava cinza em cor. — Que triste deve ser fechar os olhos e ser incapaz de dormir. Tenho ótimas noites de sono. Bem, não vamos nos prender a mim. Pretendo visitar a...

— O que estava fazendo? Perdoe a minha indiscrição.

Madame piscou.

— Isto? — Apontou para a terra revolta sob seus pés.

Quando Matthieu assentiu, ela continuou:

— Da última vez que estive em Paris, plantei uma pequena muda de rosas, na minha enésima tentativa. Eu... estava sonhando que dessa vez fosse dar certo, mas fui negativamente surpreendida ao ver que os galhos secaram. — Ela lançou um olhar para as suas costas enquanto Matthieu descia deliberadamente a atenção por seu vestido. — Parece-me que as rosas não apreciam as minhas mãos. É isso ou Deus quer castigar o meu bom gosto. De qualquer maneira, estava retirando a muda...

— E quem sou eu para atrapalhar os seus planos?

— O Duque de Saint-Zurie? — Ela inclinou a cabeça, enquanto sua expressão parecia zombar da pergunta. — Ora, combinamos de sair juntos. E pensei em visitarmos o...

— Faremos o que aprecia fazer, Gwendolyn. Pensei que fosse este o acordo. — O nome da dama saiu tão naturalmente de sua boca que Lady Hawthorn não pareceu compelida a corrigir tamanha intimidade. — Gosta de cuidar de suas plantas, não é?

— Sim.

— Então, Gwendolyn...

Matthieu abriu um sorriso quando notou que, mais uma vez, ela o deixara falar seu nome. Então, subitamente, começou a despir o paletó costurado pelo melhor alfaiate da França, como se não valesse uma pequena fortuna.

— O que pensa que está fazendo? — A voz de Gwen estremeceu.

— Ajudando uma dama em uma de suas tarefas favoritas. Faço errado?

— Ora, Vossa Graça... — A atenção da dama dançou por Matthieu enquanto ele arregaçava as mangas na altura de seus cotovelos. — Isso não é apropriado e...

— Definitivamente, não é. Um duque *solteiro* está na companhia de uma dama *viúva* no jardim da casa de uma marquesa, que também é viúva. O que é irônico, se for pensar que vim a cavalo para não chamar atenção. Afinal, minha carruagem é tão grandiosa e excessiva... enfim, seremos vistos por qualquer vizinho interessado o bastante.

— E continua arregaçando as mangas como se realmente fosse me ajudar?

— Eu a ajudarei. — Matthieu deu um passo à frente, os olhos caramelo de Gwen presos no duque. — O que devo fazer?

— A planta *morreu*, Vossa Graça.

— Então busquemos outra muda.

Ela fez uma pausa. O rosto da dama adquiriu uma expressão analítica, arrancando de Matthieu todas as intenções que ele sequer compreendia sobre si mesmo. Gwen abaixou-se, tirou o chapéu de palha do chão e voltou a encarar o duque. Por mais que tentasse, Matthieu não pôde lê-la naquele instante.

— Realmente quer dedicar-se a uma atividade que desconhece apenas porque eu a aprecio?

É como eu, Matthieu pensou.

Desprovida de floreios, direta como o ataque da linha de frente inimiga. Sentiu uma agitação curiosa, porque, com exceção da duquesa-viúva, não estava acostumado a ser confrontado.

— Peco por gentileza?

— Não. — Lady Hawthorn colocou uma mecha de seu cabelo atrás da orelha. — Não comete pecado algum, Vossa Graça. Só estou me perguntando onde está o monstro que me garantiu que é. — Ela deu alguns passos à frente, até ir além de Matthieu. Então, virou-se para o duque. — O senhor não vem?

— Para onde?

— Vou buscar uma muda nova na casa do Sir Nobels. Sou amiga da governanta e ela sempre separa uma muda quando estou em Paris, pois sabe que minha força de vontade é grande demais para se transformar em desistência. — Neste instante, um sorriso se formou em seus lábios cheios e lindamente vermelhos. — Vossa Graça me acompanha?

Ela deu ordens a um criado para jogar fora a muda seca enquanto Matthieu caminhava em sua direção. Foi até Gwendolyn com o mesmo sentimento juvenil de quando seguia seu falecido irmão numa aventura. A comparação fez o peito do duque doer. Antes de o mais velho dos D'Auvray, Lorran Louis, começar a se preparar para o título da família, eram apenas crianças que brincavam, que iam para o lago ou corriam livremente no campo.

Gwen remetia a Matthieu a imagem que um dia tivera de si mesmo.

Nunca se curara desde que perdera boa parte de sua família e talvez jamais fosse, pois o sentimento que permanecia em seu âmago era corrosivo. Mas Gwendolyn, por Deus, tornava a vida de Matthieu tão mais agradável...

Suas reflexões logo foram interrompidas quando chegaram à casa de Sir Nobels. A governanta os recepcionou sem questionar e deu três mudas de rosas vermelhas para Gwendolyn. O acordo mútuo entre as duas era admirável para Matthieu, que sempre tivera de ser imponente em qualquer troca feita no *creme de la creme* francês. Voltaram para a casa da marquesa, com o duque completamente sujo de terra por carregar duas mudas, enquanto Gwendolyn carregava apenas uma. Ela pode ter dado uma risada ao ver a camisa branca e o colete azul-marinho do nobre arruinados.

— Não há uma alma neste mundo que poderá recuperar as suas roupas, Vossa Graça.

— Não me importo. — E realmente não se importava.

— Acho que o senhor é o único nobre que conheço que não se sente insubstituível. — Gwen depositou a muda sobre a terra e, para o terror da etiqueta, limpou as mãos no vestido. Então, pegou as mudas do duque e as colocou lado a lado. — Qualquer nobre de sua estirpe ficaria horrorizado ao sonhar em colocar as mãos na terra. Ou sujar as roupas.

— A senhora também é nobre e está fazendo o mesmo que diz ser inédito. — Matthieu se agachou e começou a tirar a fina camada sobre a raiz da muda.

— Sou uma nobre diferente. — Os olhos de Gwen foram para as mãos de Matthieu, que já trabalhavam.

— Então por que me acha tão destoante assim?

— Porque é um *duque*!

— Sou feito de carne e osso. Acho que lhe contei esse surpreendente fato na primeira vez em que a vi — Matthieu ironizou, ouvindo a risada suave de Gwen. Ela entregou para ele a pá de mão e indicou com a ponta do dedo onde deveria cavar. — Me trata como Vossa Graça, mas sabe que por baixo desse nome há um homem. A nobreza é superestimada. E, devo dizer, nenhum D'Auvray nasceu acreditando ser indestrutível. Exceto a minha avó.

Gwen riu deliciosamente, até que a melodia deu vez a um silêncio confortável. Matthieu adorava o fato de Lady Hawthorn não tentar cobrir sua risada com as mãos, como fazia grande parte da sociedade, temendo ser repreendida.

Ela pareceu imersa em seus próprios pensamentos, até que soltou:

— Não teme o futuro da aristocracia, Vossa Graça?

Matthieu pensou por um momento e lançou um olhar para a dama ao seu lado.

— Sim. Sinto-me temeroso com o que será de nós. Não receio a perda do dinheiro e das inúmeras propriedades, porque sobreviveria com pouco, mas temo pelos meus trabalhadores, temo pelas famílias que dependem de mim. Como também pela minha própria. — Ele inspirou fundo e voltou a cavar. Sentiu o suor correr na nuca ao abrir o primeiro buraco. A terra parecia pesada e seca, ainda que estivesse úmida. — Os grandes burgueses têm essa necessidade de renegar suas origens, aparecendo em bailes e apropriando-se do nosso comportamento. Acho de uma besteira sem precedentes. Por que desejam ser como nós? Eu que desejo ser como eles! Que prestígio traz a aristocracia, além de uma prisão sem fim? Por mim, todas as classes se extinguiriam e seríamos apenas fruto do nosso esforço e trabalho. Mas quem sou? Ninguém para ditar o futuro. Poderia ser morto por falar menos, inclusive.

— Um nobre revolucionário?

— Um nobre exausto. — Foi a resposta de Matthieu.

Gwen colocou a mão sobre o ombro do duque, com a intenção de atrair os olhos dele para si. E conseguiu. Ele sentiu o calor da mão de Lady Hawthorn ir além do tecido do colete e de sua camisa, arrepiando partes suas que jamais poderia dizer em voz alta. O corpo do duque se acendia, com a resposta mais primitiva de todas.

Eu a tomaria se pudesse.

E faria de tantas formas criativas até que sua cabeça rodasse. Mas o olhar cálido de Gwen aplacou a chama que estava nascendo dentro dele.

— Seu segredo estará guardado comigo até o dia de minha morte.

Matthieu desceu o olhar para a boca da dama.

— Há tantos segredos meus que desconhece, Gwendolyn. Este que acabei de lhe contar confia a minha vida em suas mãos, mas há coisas que...

— Há *coisas* e sempre existirão *coisas*. Assim como há fatos sobre a minha vida dos quais não tem conhecimento. Não foi esse o intuito dessa proposta? Termos um pouco de proximidade, de que nós tanto necessitamos?

— Acredito que sim.

— Teremos tempo de sobra para vivermos o melhor das relações humanas sem que a paixão interfira em nosso raciocínio.

Ela colocou a muda na terra cavada por Matthieu, o que fez ambos ficarem tão próximos que o nariz do duque tocou uma parte do rosto de Gwen.

Ele fechou os olhos, o corpo respondeu e sua boca foi umedecida pela ponta da língua.

O perfume...

Estava misturado ao cheiro de chuva, terra e rosas. Parecia ser a coisa mais erótica que Matthieu sentira em vida, fazendo cada centímetro dele se retesar de desejo.

— Tem certeza, Gwendolyn? — ele sussurrou enquanto ela ainda estava perto o bastante.

— Sobre o quê, *monsieur le duc*? — Ela se afastou e, como se não tivesse sido afetada em nada, colocou a outra muda na terra.

Que conseguiremos sair ilesos disso?, Matthieu pensou, mas não perguntou em voz alta. Ao invés disso, usou seu charme habitual, que era mais como defesa do que ataque.

— *Tem certeza* de que estamos vivendo o melhor das relações humanas? Há coisas tão mais interessantes...

— Como...? — Ela o ignorou, embora um suave rubor parecesse cobrir as maçãs de seu rosto.

— Como almoçarmos um belo banquete na Palais La Rouge, assim que terminarmos de cuidar de todo o seu jardim. Mandei preparar para nós uma ave assada com molho de laranja...

Queria dizer a coisa mais devassa do mundo, estava na ponta de sua língua, entretanto, foi incapaz. Estava seguro naquela zona e, se avançasse, talvez não pudesse se controlar. Se remexeria em seus lençóis naquela noite, talvez tivesse que buscar alívio sozinho, mas não a faria ceder apenas porque seria difícil tê-la.

Ia *muito* além disso.

Embora Matthieu ainda não pudesse quantificar.

— E depois de almoçarmos? — Ela mesma se corrigiu. — Não, ainda são meus dias! Hum... podemos ler em sua biblioteca, Vossa Graça?

— Podemos fazer o que desejar — prometeu, com a voz rouca.

E se *me* desejar...

Maldição, Matthieu. *Maldição*!

CAPÍTULO TREZE

A verdade era que Gwendolyn não se acostumava com a quantidade que os franceses serviam no prato. Mas se surpreendera quando Saint-Zurie oferecera um verdadeiro banquete, como havia prometido. Lady Hawthorn sequer conseguira finalizar o cordeiro ao vinho. Fora a Palais La Rouge com a preocupação de sentir-se faminta mesmo após almoçar. Que tola! Deveria *imaginar* que o duque seria rebelde o bastante para comer como bem entendesse. Seu corpo, cheio de músculos, poderia ser um indicativo de que aquele aristocrata não se contentava com pouco.

Contudo, uma coisa a respeito da visita a Palais La Rouge incomodara Lady Hawthorn.

Tiveram de ir por caminhos separados. A dama alegou que precisaria se limpar após a jardinagem, o que não era mentira, mas ainda assim... em seu âmago, sabia que não era *somente* isso. O duque fora com seu lindíssimo cavalo branco, e Gwen em um *fiancre*, carruagem alugada, parando a poucos metros da mansão. Tivera de ir a pé o restante do caminho, contornando da forma mais discreta possível, para não ser vista.

Dizia que não se importava com sua reputação, porém a cautela ao vê-lo em plena luz do dia permanecera. Estivera condicionada a seguir os padrões ingleses e, quando se vira em frente à porta do duque, sendo anunciada como se não estivesse na companhia dele há uma hora, notou que aquilo tudo parecera muito errado.

O duque não percebera a mudança de humor de Gwen. Se deduzira, não havia deixado transparecer. A dama só conseguiu deixar de pensar que estava cometendo uma espécie de crime quando, após a refeição, foram para a biblioteca de *monsieur le duc*.

Aquilo interromperia qualquer pensamento de qualquer pessoa em qualquer tempo. O lugar era admirável e a decoração, impecável. As prateleiras, tão extensas, exigiam longas escadas. Cada minucioso canto fora organizado com livros suficientes para que fosse impossível ler todos em uma vida. Sem que pudesse se conter, Gwen sentiu uma imensa satisfação pessoal. A quantidade de obras, o cuidado com cada manuscrito e a imensidão da cultura...

Lady Hawthorn adorava plantas, pinturas, livros, música e poesia. Nos momentos mais difíceis de sua vida, fora nisso que se agarrara. Algumas damas bordavam, outras escreviam em seu diário, algumas cuidavam ainda mais primorosamente da casa. Gwen fazia um pouco disso tudo, mas sempre fora admiradora secreta do que os outros eram capazes de criar, dos manuscritos e das línguas de difícil entendimento. Aprendera grego, francês e latim praticamente sozinha, apenas pela ânsia de ser capaz de ler todos os livros que encontrasse.

Quando viu o imenso pianoforte na parte central da biblioteca, percebeu que, se pudesse nomear um lugar como o seu favorito de toda a vida, diria que aquele espaço pessoal do duque era o seu. O coração de Gwendolyn saltou no peito e um sentimento infantil, o mais puro desejo de ser capaz de tocar em tudo e ser imortal, apenas para poder usufruir de tanto, a fez sorrir com uma inocência notável.

— Bem-vinda à biblioteca particular da família D'Auvray. — Ele abriu os braços. — O terceiro Duque de Saint-Zurie começou a colecionar suas obras favoritas. Desde então, os manuscritos passaram para os filhos dos filhos. Três gerações mais tarde, meu avô tirou todas as obras que estavam na casa de campo e transportou para Paris. Em seguida, meu pai as herdou. Essa biblioteca era o refúgio do sétimo Duque de Saint-Zurie. E atualmente é o meu. — Virou-se completamente para ela. — O que deseja ler, *madame* Hawthorn?

— O que me indica?

Gwen quis ler com o duque porque teve a curiosa impressão de que ele seria um ótimo companheiro de leitura. Vendo a biblioteca passada de geração em geração, não teve dúvidas.

Ao observá-lo admirar seus livros com o mesmo carinho dos gregos com suas odes, compreendeu o porquê de aquele aristocrata entender as questões sociais da França, as mudanças, e aceitá-las tão bem, assim como a razão de considerar-se um libertino. Lembrou-se da conversa que tivera com o duque em *Bois de Boulogne* sobre o que a sociedade pensava sobre homens assim.

— *Orgulho e Preconceito* — ele disse. — Uma obra inglesa publicada há doze anos na França, e acredito que seria uma leitura obrigatória para a senhora, dotada de uma língua ferina, humor ácido e suaves críticas à sociedade. Se identificará muito com a personagem principal, Elizabeth Bennet.

— Pois pegue-a, então. — Gwen, de fato, não tivera a oportunidade de conhecer a obra. — Lerei por um par de horas para nós.

O Duque de Saint-Zurie não hesitou. Pegou a imensa escada como se, naturalmente, não devesse ser carregada por três homens e a colocou apontada para a estante ao norte. Gwen tivera o prazer de admirá-lo subir degrau por degrau com uma habilidade impressionante. A calça colada em cada parte de suas coxas e traseiro a fez piscar, talvez, por um minuto inteiro.

Ele deve fazer isso diversas vezes ao dia, a dama pensou.

Quando o duque desceu, com um sorriso imenso que exibia sua covinha, ela sentiu as faces aquecerem.

— Acredito que tenha lhe julgado mal, Vossa Graça.

— Mais uma vez?

Entregou para Gwen o livro, dando as costas para ela por alguns segundos, apenas para se sentar na imensa poltrona vermelha com detalhes em dourado. Estendeu a mão para a poltrona idêntica à sua, à frente dele, ao lado do pianoforte.

Gwen estreitou os olhos, com a obra nas mãos, enquanto se sentava.

— Vejo tantos livros aqui, e agora compreendo o que me disse no *Bois de Boulogne*. — Gwen ajeitou o vestido, o livro e recostou-se confortavelmente. Seus olhares se encontraram. — Especialmente sobre a sociedade acreditar que os libertinos são adeptos à filosofia e escravos de seus desejos. O senhor se considera um, o que acreditei ser uma falha de caráter. Agora, após ver tanto estudo, tantos livros, inclusive sua mesa cercada de materiais a respeito da França... bem, acredito que me equivoquei profundamente a seu respeito.

O duque pensou por um momento, desviando o olhar do dela. Era interessante como ele traduzia o seu pensamento através da expressão. O nariz erguia-se acima do normal, os olhos brilhavam com o desafio e o duque adotava uma postura ainda mais rígida.

— Para mim, a análise da vida é feita por meio da razão e não pelo ponto de vista dogmático. O conhecimento traz a liberdade de que posso *pensar* por mim mesmo, impossibilitando influências externas e senso comum. Acredito no que posso ler, no que posso provar, no que posso tocar. Gosto da razão como molde para compreender o mundo que me cerca, assim como gosto de entender a sociedade em que vivo. Isso me *faz* ruim.

— Para quem?

— Não para a senhora, presumo. — O Duque de Saint-Zurie abriu um sorriso.

— Não para mim, Vossa Graça.

— Ainda que saiba que ando com burgueses porque coloco fé nessa classe? Ainda que eu acredite que a construção da nobreza seja falha em diversos níveis? Assim como penso que toda a fortuna que tenho não deveria dignar-se somente a mim?

Mais uma vez, ali estava. A verdade irrefutável em uma conversa e a personalidade abrasadora que Gwen perigosamente aprendia a admirar a cada dia que passava.

— Parece-me que o ducado, atrelado ao seu nome, lhe causa um profundo desconforto. — Gwen segurou o livro com mais força. Não porque estava com raiva, mas, sim, pelo fato de sentir-se tensa. Questionar algo tão particular para um duque, tão acima de sua classe, era, no mínimo, desconcertante. — É este o ponto, não é?

— É, sim. — O duque admirou a biblioteca como se o seu coração pudesse alcançar os olhos. — Gosto de muitas coisas a respeito de quem sou e odeio todo o resto.

— E o senhor acha que eu seria capaz de julgá-lo? Se nascesse uma duquesa, talvez tivesse a mesma veia rebelde que Vossa Graça. — Então, Gwen fez uma pausa, analisando o homem que parecia tê-la feito questionar tanta coisa sobre os outros e sobre si mesma. — Não quis encurralá-lo com tantos questionamentos, mas não pude evitar. Entendê-lo parece fazer parte de um enigma.

— E acha que me sinto desconfortável quando a senhora traz questionamentos sobre mim? Careço de mistérios, Lady Hawthorn. Para a senhora, sou um livro de fácil acesso. Qualquer coisa que desejar, sinta-se livre. Pelo que me lembro, nosso acordo não era dotado de superficialidades, o que, devo acrescentar, sentirá falta quando o prazo acabar.

O duque olhou para Gwen como mais uma daquelas vezes, de certo modo que a dama sentia sua atenção muito além das roupas, de sua pele, quase tocando sua alma. Os profundos olhos cor de avelã do Duque de Saint-Zurie dançaram pelo rosto de Lady Hawthorn como se ele se apropriasse de cada uma de suas expressões, como se a tocasse sem de fato fazê-lo. Não com posse, mas com desejo e curiosidade crescente em saber mais sobre ela. Então, os lábios do nobre se espaçaram e sua expressão tornou-se desafiadora.

— Sentiu-se incomodada por ser quem sou pela primeira vez hoje, não é?

— Como?

— Durante o almoço, seus olhos percorreram Palais La Rouge como se estivesse almoçando com o rei da França e nunca tivesse visto tanto ouro na vida. Sendo que já esteve aqui, no baile, mas parece-me que não percebeu o peso de ser... de *ter* a minha companhia. Além do mais, quando chegou, sua mente estava em outro lugar, talvez ponderando a respeito de como viemos parar aqui. Juntos, mas separados. A mim, foi essa impressão que tive. Diga-me... a li certo? — As sobrancelhas do duque arquearam pouquíssima coisa. Ele foi pontual.

— Ousamos demais, Vossa Graça? — Gwendolyn sentia que construía um muro entre eles cada vez que o chamava assim. Não podia evitar. Era inferior em classe, e não havia outra maneira de tratá-lo. — Talvez devêssemos manter os encontros em locais públicos e... envolver mais pessoas ao nosso redor?

— A intenção não era viver os onze dias... comigo, *ma belle*? — Uma de suas sobrancelhas ergueu-se. Então, o duque umedeceu a boca. Gwen decidiu ignorar o elogio, embora seu corpo parecesse ainda mais tenso sob aquele olhar. — Sente que está fazendo algo errado ao estar apenas em minha companhia? Como *poderia*? Estou a... deixe-me ver... dez passadas largas da senhora.

No entanto, de repente, a biblioteca, que possuía o tamanho da casa da Marquesa de Lussac, pareceu pequena demais.

Gwen não conseguiu responder.

— Não a toquei. — Ele elevou um dedo. — Não utilizei nenhuma artimanha de sedução. — Levantou outro. — Não me lembro de ter avançado qualquer passo inadequado. — O terceiro dedo se ergueu. — Ou o fiz, *madame*? Fiz algo que a deixou incomodada com minha presença?

— Não. — Ela foi sincera.

Ele, surpreendentemente, estava se portando o mais perfeito dos cavalheiros.

O Duque de Saint-Zurie abriu um sorriso tão belo que Gwen teve quase certeza de que seus próprios lábios naturalmente se ergueram com os dele. Então, precisou segurar o vestido simples de passeio com força, mesmo que estivesse sentada, porque, de repente, todas as emoções que a dama não sentira vieram à superfície.

Estou encantada.

Não desejava estar, mas parecia que não tinha escolha. Ali, naquele encontro na biblioteca admirável ou na primeira vez em que o vira, há mais de meia década. Não sabia dizer, mas experimentava uma chuva mista em seu peito: curiosidade, medo, tentação e deslumbramento. O coração voou aos céus e voltou aos seus pés em meio segundo, repetindo o movimento até Gwen senti-lo preso na garganta.

— Dessa forma, acredito que a sua consciência não tenha nada a reivindicar a respeito dos nossos encontros. Estou me comportando, Gwendolyn, como talvez nunca tenha feito. Compartilho momentos com a senhora como jamais permiti com outra mulher. Conversas, intimidades e até as refeições. — Ele fez uma pausa, e Gwen, imediatamente, parou de respirar. — Há uma imensa sensação de novidade para mim também, já que nunca tive uma *amiga*. Sei que não desejava nos rotular de forma alguma, no entanto, é isso que realmente quer, sim? Um parceiro para os onze dias, não um amante.

— Perfeitamente — respondeu, mas sua voz quase falhou no final.

Já não sei o que quero, Gwendolyn pensou, enquanto olhava os traços do duque como se a cada dia descobrisse uma nova maneira de ele parecer ainda mais atraente. Não sabia se desejava senti-lo ou... esqueça isso.

Ela, *decididamente*, o desejava.

Não poderia mentir para si mesma. Quando olhava para os lábios do

Duque de Saint-Zurie, se perguntava se eles se encaixariam nos seus com uma avidez apaixonada. Quando observava aqueles cabelos de fios grossos e negros, suavemente ondulados, imaginava seus dedos percorrendo-os enquanto se entregava. Não tivera muitas experiências, mesmo casada, mas a França não era o país mais inocente do mundo, e já ouvira histórias suficientes para que nada ficasse subentendido.

O homem à sua frente já fora um devasso do pior tipo.

Então era inevitável imaginar o tipo de *devassidão* que o duque poderia fazer com ela.

Libertinos eram perigosos. Mas não pelo motivo que eram retratados, e sim porque deve ser difícil resistir à sua inteligência e à curiosidade crescente de provar, nem que fosse apenas por uma noite a razão de serem considerados amantes passionais. O conjunto da obra deveria ser formidável e...

— Adoro quando seus pensamentos alçam voo, Gwendolyn. — O duque abriu um sorriso de canto de boca e depois lambeu o lábio inferior, mais uma vez lendo-a. — Gostaria de compartilhá-los?

— De forma alguma. Lerei *Orgulho e...* — Puxou o livro para o colo e seus olhos focaram ali. Era muito mais seguro do que se perder na atenção de um duque. — *Preconceito*. Meus pensamentos não estão aos pés de uma renomada obra. Podemos começar?

O duque ficou em silêncio por tanto tempo que a inquietude de Gwen apenas cresceu. O livro chegou a vibrar em sua mão enquanto sentia-se sendo observada. Ela mordeu o lábio inferior, a cabeça baixa, quando ouviu uma risada curta e rouca vir da poltrona em frente à sua.

— Torna quase impossível conter meus instintos, Lady Hawthorn. — Seu expirar foi audível. — Fingirei que desconheço seus anseios, seus pensamentos, apenas para mantermos esse acordo tácito. Quando quiser quebrar essa imensa barreira que construiu entre nós, deixe-me ser o primeiro a saber. Agora, vamos ouvir os pensamentos conflitantes, orgulhosos e preconceituosos dos personagens.

Gwendolyn não soube como conseguiu que sua voz saísse melodiosa e nítida, mas narrou, naquela tarde, incontáveis páginas. Perdeu-se em meio às palavras, que levaram Gwen para outra época, em sua Inglaterra. Sonhou com os traços de Mr. Darcy e como seria incrível que eles pudessem transformar suas farpas em paixão. Então, em algum momento, os olhos de Gwen subiram para o duque e o que ela viu fez seu coração bater suavemente.

As pálpebras estavam fechadas, os lábios, espaçados, a cabeça, recostada confortavelmente na poltrona, a postura, relaxada. Parecia apenas um garoto de 20 anos enquanto dormia, toda a sua rigidez tendo se esvaído. Ela observou a mão do duque sobre a barriga plana, as coxas levemente espaçadas, uma mecha de seu cabelo negro sobre o rosto e a respiração cadenciada.

Com um sorriso, levantou-se. Pegou uma pena sobre a mesa e escreveu um curto bilhete, que deixou sobre o livro.

Querido Duque de Saint-Lurie,

Creio que as noites em claro cobraram-lhe o preço.

Espero que tenha descansado o suficiente. Fui para minha casa, mas deixo aqui os meus mais sinceros agradecimentos por me proporcionar uma manhã e uma tarde tão adoráveis.

Confesso, sua companhia tem sido a melhor parte de meus dias.

Espero vê-lo amanhã.

Lady Hawthorn

Gwendolyn deu a volta na mesa e o observou por mais um minuto, talvez dois. Era reconfortante vê-lo dormir. Antes que pudesse se conter, levou a ponta do indicador para o conjunto de fios rebeldes que estavam caídos na face do duque e... parou o movimento quando tocou na pele.

Prendeu a respiração.

Nunca estivera tão perto daquele rosto e mal pôde compreender em que momento havia se aproximado *tanto*. Seu coração bateu forte, mas Gwen arrastou a mecha para o lado e se permitiu alguns segundos analisando os detalhes do duque que não pudera antes. Havia uma pequena pinta sob o olho direito, uma cicatriz no cantinho do queixo e outra próxima à sobrancelha. Ele tinha uma suave marca de nascença no canto esquerdo do lábio inferior e a sombra da barba incipiente aparecia em seu maxilar.

Foi difícil se afastar.

Mas o fez.

Quando saiu da biblioteca, informou ao mordomo que o duque estava descansando e que talvez devesse acomodá-lo mais apropriadamente depois que ela fosse embora. Foi para casa de carruagem, alugada, mais uma vez bem distante do palácio.

Aquele detalhe, que pareceu significar tanto quando chegou em Palais La Rouge, não teve mais importância.

Não havia espaço para o seu coração temer quando se encontrava repleto de felicidade.

CAPÍTULO QUATORZE

— *Poderia* ter vindo ainda mais cedo, não acha? Três da manhã, talvez?

Não era cortês rir, mas Matthieu não pôde evitar. A risada saiu de sua boca antes que pudesse contê-la. Poucas pessoas tinham coragem de usar o sarcasmo com Matthieu, e ele simplesmente adorava a naturalidade com que Gwen fazia isso, sem se importar com o fato de ele ser quem era. Quando lançou um olhar para Lady Hawthorn, o que não era difícil, pois estavam dentro da carruagem de Saint-Zurie, viu que ela sorriu de volta.

— Preocupei-me em enviar um mensageiro e o recado não chegar. O imprevisto surgiu cedo. Peço desculpas por acordá-la.

— Eu já estava *quase* acordada; levanto-me com o sol. Mas fiquei profundamente chocada quando a minha criada pessoal anunciou que eu tinha uma visita do Duque de Saint-Zurie. Às cinco e meia da manhã, Vossa Graça. *Cinco*! Saí correndo sem concluir o penteado, acreditando se tratar de um assunto de extrema urgência.

— Deixei a senhora terminar a *toillete*. E, sim, era um assunto de extrema urgência. Eu não teria como vê-la e a senhora interpretaria de todas as formas, menos da correta. Mulheres são as rainhas das deduções.

— Ora, acha que sou uma debutante, Vossa Graça? — Gwendolyn abriu um sorriso ainda mais largo. — Não deduziria coisíssima alguma. Adiaríamos apenas um dia, que mal teria isso?

— Seu bilhete de ontem *confessou* que a minha companhia tem sido a melhor parte de seus dias, se me lembro bem. Acredite, é recíproco. — Matthieu ergueu uma sobrancelha arrogante. — Mas a *madame* ainda se aventurou e pulou em minha carruagem, me acompanhando até o campo.

— Achei que seria divertido vê-lo inspecionar uma de suas propriedades. E o senhor me *convidou*!

Realmente, não eram sequer seis horas da manhã quando o Duque de Saint-Zurie apareceu na propriedade da Marquesa de Lussac. Jackson avisou, através de uma carta, que uma das propriedades da família precisava da atenção de Matthieu tão cedo que o sol sequer dava indícios. Não era tão urgente assim, mas Matthieu sempre teve o seu senso de obrigação muito forte, especialmente depois que... tudo aconteceu.

Foi o tempo de o duque se aprontar, ser vestido pelo valete e pegar a carruagem... para lembrar-se de Gwendolyn. Seria angustiante ter de cancelar seu compromisso com ela. Decidiu avisá-la em pessoa, para que não soasse como uma desculpa. Então, no ímpeto que surgiu quando percebeu que passaria o dia inteiro sem aquele doce sorriso, a convidou.

Para quê, exatamente?

Nada.

Ainda assim, estaria ao lado dela.

— Sim, eu a convidei, *madame*. Confesso, precisei redimir-me por ter dormido durante a sua leitura. Sentia-me exausto.

— Foi a sua maneira de pedir desculpas? Convidar-me para o campo?

— Não. Foi uma maneira de *estar* com a senhora.

Gwen olhou além da janela e, embora agisse como se não tivesse ouvido o que Matthieu falou, ele sabia que ela o tinha escutado perfeitamente bem.

— Para onde vamos?

— Sceaux — respondeu. — A duquesa está finalizando a organização para a *soirée*, mas parece-me que a propriedade precisa de alguns ajustes antes de receber os convidados. Não deve ser nada grave.

— A duquesa estará lá?

— Provavelmente.

Isso fez Gwendolyn arregalar os olhos.

— Não devo ir, Vossa Graça! Por que diabos me convidou?

— Ora, por que não? — Matthieu se fez de desentendido e precisou morder o lábio ao ouvi-la dizer tal impropério. *Que linda quando dizia coisas tão indecentes para uma dama.* — Tenho a desculpa perfeita.

— Não importa a desculpa que tenha encontrado, ela imaginará que o senhor está me cortejando. Ou coisa pior. Como... — O desespero de Gwen quase fez Matthieu sorrir. — Acreditar que passamos a noite juntos. Ela é a *duquesa*, por Deus!

— E eu sou o duque, se a minha memória não está falhando...

Gwendolyn o ignorou e balançou a mão agitadamente no ar, como se isso desfizesse do que ele disse. Matthieu não se conteve e, em um movimento, segurou a ponta dos dedos enluvados da dama. Gwen virou-se para ele bruscamente.

De repente, a carruagem ficou pequena demais.

Estavam sentados lado a lado, e a lateral da coxa de Matthieu tocava a perna de Gwen, assim como o cotovelo pairava na cintura da dama. Tudo era *próximo* demais. O calor subiu centenas de graus para Matthieu enquanto compartilhavam aquele olhar. Estava consciente do rosto de Gwen, próximo ao seu, e de seus lábios, rosados e sonhadoramente deliciosos. Ele queria prová-los, queria passear a ponta da língua por aquela linha pecaminosa, apenas para depois mergulhar em sua boca e testar como seria...

— Direi que... — A voz de Matthieu saiu rouca. Ele respirou fundo, mas manteve os olhos fixos nos lábios de Gwendolyn. — Direi à duquesa que a senhora tem habilidades extraordinárias com as plantas e que foi recomendada por um amigo. Que poderá ajudá-la a pensar nas flores do evento, caso seja necessário. Ademais, a Marquesa de Lussac, inclusive, irá para a propriedade esta tarde. — Fez uma pausa. — Deixei um recado para Jacques, o seu mordomo, logo após ter concordado com o meu convite. *Nunca* colocaria em risco a sua reputação e, embora a senhora tenha dito que não se importa, jamais deixaria que a minha avó pensasse algo equivocado a seu respeito, *madame*. Que a duquesa... ou qualquer pessoa da minha França. A essa altura, já deveria me conhecer o suficiente para saber que, até em minhas imprudências, ainda sou um duque. Por consequência, um cavalheiro. — O olhar de Matthieu dançou pelo rosto da dama, que ficou subitamente corado. — Não sou mais o homem que caiu daquele telhado.

Gwen ficou em silêncio por um tempo, porque percebeu que a fala de Matthieu não foi uma repreenda. Ele viu nos olhos dela certo fascínio, e soube que não estava louco. Ela o via, talvez como nunca ninguém o vira, e parte de seu coração gélido derreteu um pouco.

— Está em plena razão, Vossa Graça. Não será nada de mais e a duquesa... não saberá de nosso acordo. Seu plano é ausente de falhas e peço perdão se, por um súbito momento, imaginei que o senhor não possuísse controle da situação. — Ela inspirou fundo. — Vejo que mudou muito, não seria diferente ao receber um título de tamanha importância, deduzo. Um dia, me dirá o que ainda não teve coragem, Vossa Graça. O que apenas interpreto, mas sei que será mais do que penso que sei. E então será o momento em que entenderei em totalidade o seu comportamento. Mas quero que *entenda* que o homem que caiu do telhado em Verrières não me traz recordações ruins. Havia um brilho nele, uma vivacidade que estava em falta *dentro* de mim. Ele me fez rir em um dia comum como todos os outros. Por isso, sempre serei grata.

Ela foi a primeira pessoa a não dizer que se ressentia de quem Matthieu já fora. Que o olhara diferente de todas as outras damas da época, que só queriam prová-lo por diversão. Não se fazia de vítima, evidente que possuía certa liberdade e aproveitara isso, mas as palavras de Gwendolyn *foram* diferentes.

Bem ali, naquele momento, se viu incapaz de reagir de outra forma.

O espaço ainda era pequeno, e Matthieu, um homem dotado de pouco autocontrole. Seu corpo já se acendia com uma promessa indireta que Matthieu mesmo nutrira. Deslizando lentamente, o calor foi envolvendo-o a ponto de pairar em uma parte sua que deveria estar em silêncio. O duque olhou para a boca de Gwendolyn, com mais vontade do que jamais poderia pensar que sentiria, e ela umedeceu os lábios, como se se desse conta da atenção. A imaginação de Matthieu voou tão longe que seu corpo agiu antes que ele pudesse pensar. Soltou a mão da dama, que sequer lembrava-se de que ainda segurava, e apoiou-a na lateral do rosto de Gwen, sentindo, pela primeira vez, o calor de pele com pele.

É quente, ele pensou. *É cálida.*

Os olhos dela brilhavam tanto que pensou se devia mesmo se conter.

— Me pare agora se quiser, *madame.*

A mudança em uma mulher, quando estimulada a render-se, era arrebatadora. Apesar de saber disso, por todas que dividiram os lençóis com o duque, Gwendolyn era preciosamente única. E ele, indiscutivelmente, não estava pronto para o que viu. A tonalidade de seus lábios, adotando um tom quase vermelho-vivo pela vergonha, a respiração cadenciada acelerando com vontade e aquele bendito perfume de rosas... tornando a situação ainda mais lasciva.

Gwendolyn é erótica, Matthieu percebeu.

Profundamente erótica quando estava interessada em um homem. Que sorte ser ele ali, do outro lado, pairando o rosto perto do dela, dividindo o mesmo ar de rosas que o dela...

— Dê-me uma razão e juro que não o farei — implorou uma segunda vez.

Silêncio.

Queria que a razão fosse para o inferno, se houvesse uma. E, embora estivesse tão acelerado e com uma ereção dolorosamente pronta, sua vontade era de desacelerar e aproveitar cada mísero segundo daquela tortura.

O duque não fechou os olhos, mas roçou o nariz no dela, enquanto acariciava com o polegar a maçã do rosto. Viu quando as pálpebras de Gwen se fecharam, quando sua boca se entreabriu, quando tudo nela, cada centímetro, pareceu ceder. As chamas invisíveis entre os dois foram se tornando puro incêndio, e Matthieu inclinou o rosto para a direita, pouca coisa...

Uma parada brusca da carruagem fez a mão de Matthieu enroscar-se nos cabelos da Lady Hawthorn, enquanto ambos foram praticamente jogados para o outro lado do veículo, emaranhando-se de uma maneira nada agradável. Por sorte e por reflexo do duque, Lady Hawthorn foi envolvida em um abraço antes de serem arremessados. O vestido de Gwendolyn subiu, a perna do duque ficou sobre a dela e a bagunça era tamanha que jamais poderia ser suficientemente descrita.

— Maldição, Tolentini! — gritou para o cocheiro de sua mais alta confiança que, apressadamente, desceu de sua posição e deu a volta na carruagem, dando suaves batidas na porta, questionando se precisavam de ajuda.

Explicou rapidamente, com o sotaque italiano, sobre uma infinidade de vacas que atravessaram a estrada. Ainda adicionou que dentro de dez minutos chegariam à casa do duque.

— Não abra esta maldita porta! Volte a comandar os cavalos que, escuto daqui, relincham como se estivessem no inferno.

Ele só respirou fundo quando a carruagem voltou a balançar.

— Está bem, Gwendolyn?

— Eu... Ai! — ela reclamou quando tentou se posicionar.

Matthieu percorreu os olhos por ela com pressa, buscando qualquer ferimento, mas havia tanto tecido entre eles que... diabos!

— Acho que apenas machuquei levemente o braço, estou bem. E o senhor?

Ele a ajeitou, sentada, da maneira correta. O penteado da dama estava uma bagunça e algumas partes do corpo do duque doíam, mas não era nada grave. O vestido de Lady Hawthorn parecia intacto, no entanto. Passou mais uma vez os olhos por ela, analisando cada centímetro com medo de ter perdido algo.

— Tem certeza de que está bem, Gwen?

— Tenho, sim. — A atenção dela foi a mesma. Observando-o em busca de algo, enquanto ajeitava seu vestido. — Temo que sua cartola tenha sido completamente amassada.

— Ora... — Deixou a peça em qualquer lugar. — Não importa. — Então sentou-se ao lado da dama. As mãos do duque passearam pelas partes mais delicadas e importantes: os cotovelos, o pulso, os joelhos... — Não há nada quebrado, certo?

Então, ela começou a rir.

— Vossa Graça, está me inspecionando como um médico. Foi apenas um susto. Acho que meu braço está roxo por ter batido no assento da frente. Não é nada.

— Fontaine me ensinou alguns truques. — As mãos do duque pararam nos joelhos de Gwen, sobre o vestido. E ele rapidamente afastou o contato. — Sinto...

— Não sinta nada. Se me pedir desculpas por algo que está fora de seu controle...

— Por tocá-la. — O duque ainda sentia a agitação em suas veias. — Sinto muito por tocá-la. Não quis intimidá-la, apenas verificar se tudo estava bem.

— Eu sei, Vossa Graça. Suas intenções... como poderia pensar algo ruim do senhor? — Os olhos da dama ficaram ternos. Então, ela segurou as mãos dele nas suas. — Terá de me tocar agora, com o meu consentimento. Pode me ajudar com o penteado? Apenas solte-o que eu consigo refazer sem ter a necessidade de me olhar.

Talvez, para evitar o constrangimento, talvez realmente para que o duque a ajudasse com o penteado, Gwen virou o corpo suavemente para o lado, deixando o cabelo bagunçado à vista de Matthieu. O músculo de seu maxilar tensionou, mas o duque, mesmo com as mãos grandes e nada delicadas, tirou cada detalhe, revelando o cabelo castanho e brilhoso da dama, caindo mecha por mecha como uma cascata entre os dois.

A mente de Matthieu era, definitivamente, o lugar para o diabo estar.

Imaginou aqueles cabelos soltos em seus lençóis, em como seria envolvê-los nas mãos, apenas para segurar com força enquanto ela espaçaria as pernas e ele a tomaria.

Une, deux, trois, quatre...

Matthieu passou os dedos pelos fios, sentindo o prazer, que não cessara, se acender novamente em cada milímetro de seu corpo muito saudável.

Para *ajudá-lo*, Gwendolyn *gemeu...*

— Adoro essa sensação.

— Qual? — A voz de Matthieu saiu grave, como quando acordava.

— Seus dedos passando pelos meus cabelos. É nova e é... — Ela ficou em silêncio.

Matthieu se aproximou mais, chegando a curvar o rosto em direção ao pescoço da dama, como se pudesse... como se *devesse...*

A carruagem parou mais uma vez. Agora, de forma suave.

Com certeza, alguma força maior não queria que Matthieu fizesse o que estava ansiando tanto. Talvez, quando estivesse com a mente menos nublada, se daria conta do quanto fora inapropriado, mas agora e *ainda...*

— Obrigada, Vossa Graça. — Gwendolyn o tirou das nuvens. — Vou prender os fios. — Ela fez uma concha com a palma da mão, virando-a para suas costas, sem ainda olhar para Matthieu. — Os meus enfeites, por favor?

O Duque de Saint-Zurie entregou todos a Gwen, enquanto assistia, impressionado, à dama não precisar de uma criada ou espelho para repetir o penteado com que a viu pela manhã. Ela virou-se para ele, corada, talvez tão inconsciente quanto ele se sentia. Mas era mais firme do que ele, porque, a não ser pelos olhos de Matthieu, que já haviam descoberto quase todas as expressões da dama, ninguém mais saberia dizer a situação que eles enfrentaram.

O coração do duque ainda batia descompassadamente quando saíram da carruagem e chegaram como se nada tivesse acontecido.

Seu corpo também permanecia incapaz de se acalmar.

CAPÍTULO QUINZE

A manhã fora tão agradável que Gwendolyn até se esquecera de com *quem* estava. Ninguém menos do que a Duquesa-viúva de Saint-Zurie. O medo que Gwen tivera ao chegar à propriedade de Sceaux, pensando que a duquesa a trataria de forma diferente ou até desgostaria da surpresa de sua visita, passou assim que ela viu o brilho nos olhos da avó do duque que... fora tão genuíno.

A duquesa ficara horas ao lado de Lady Hawthorn, do café da manhã até a sol estar a pino, apresentando a propriedade, o imenso jardim, conversando sobre as flores, os antepassados e seus netos. Havia tanto assunto para compartilhar, como se fossem amigas de longa data que não se viam há muito tempo. Gwen nunca se sentira tão acolhida na vida, e se havia uma coisa que a duquesa sabia bem era ser uma excelente anfitriã.

Durante a conversa longa e esclarecedora, Lady Hawthorn descobrira o nome do irmão do duque, Léonard. Também ouvira sobre seu coração apaixonado e sobre a possibilidade de um noivado em breve na Inglaterra. Escutara também sobre o pai de Saint-Zurie, o antigo duque, que fora um homem muito honrado... No entanto, uma parte da história fez Gwendolyn congelar por alguns segundos, porque a dama não sabia daquilo. Ao descobrir que havia *outro* irmão, mais velho, Gwen imediatamente se perguntou o que acontecera para que este D'Auvray não tivesse assumido o título.

O duque nunca citara esse irmão.

Entretanto, *saber* que outra pessoa deveria ser o atual Duque de Saint-Zurie fez Gwendolyn compreender muito mais sobre o homem com quem compartilhava seus dias. De fato, não *nascera* para ser duque, mas, sim, lorde, talvez militar. Decerto não estava preparado para tamanha responsabilidade. E essa reviravolta em sua vida o fizera perder a liberdade de ser quem era.

O rapaz que caiu em seu telhado não era Saint-Zurie, e sim Lorde D'Auvray.

RESISTINDO A UM LIBERTINO

Agora, as coisas faziam mais sentido para Gwen. Embora ainda sentisse que estava arranhando apenas a superfície.

A duquesa não deu indícios do que acontecera e deixou apenas os seus comentários e impressões a respeito da linda família que Deus lhe proporcionara. O assunto ficou leve quando voltaram para as plantas e as decorações da *soirée*. Gwen não dissera nada ao duque, mas também havia sido convidada para a ocasião, por meio de um mensageiro, naquela semana, endereçado a ela e à Marquesa de Lussac.

O Duque de Saint-Zurie, a duquesa e Gwen almoçaram juntos e, em meio a trocas sarcásticas do neto com a avó, e a comentários doces da duquesa a respeito de Gwendolyn, a dama sentira-se leve e, de alguma forma, parecia certo estar ali, na companhia daquelas pessoas. Saint-Zurie lançara um ou dois olhares significativos para a dama, como se pudesse ler cada um de seus pensamentos, embora não tivesse dito sequer uma palavra para ela após a carruagem.

Saint-Zurie saiu logo após o almoço, para seguir inspecionando a parte externa da propriedade, deixando Gwen na companhia de sua avó, que ainda tinha mais histórias para contar.

Não ficaram sozinhas por muito mais tempo, no entanto. Às três da tarde, a mãe de coração de Gwen chegou. Assim, aquele pequeno grupo de mulheres, de três gerações diferentes, finalmente pôde se divertir uma com a outra com boa conversa, planejamentos da *soirée,* muitos biscoitos amanteigados e chá.

— Devo me recolher agora à tarde, para descansar. — A duquesa abriu um sorriso para Gwen. — Espero que não interprete isso de forma errada. Sou mais velha do que aparento.

— Evidente que não, Vossa Graça. Deve descansar e bem... O que é a idade além de um número? — Gwen garantiu, o que fez a duquesa sorrir. — Ficarei muito bem na companhia da *madame* de Lussac. Descanse, sim?

— Obrigada. — A duquesa fez uma pausa e lançou um olhar para a marquesa, sua amiga. — Por que escondeu a sua Lady Hawthorn de mim todo esse tempo? Uma injustiça! Eu poderia ter uma companheira para minhas conversas.

— Prometo não a manter só para mim de agora em diante, Vossa Graça.

A duquesa acenou para as duas antes de se retirar.

E Isabel, quando percebeu que estavam sozinhas, desatou a falar.

— A duquesa possui uma personalidade muito austera, nunca a vi sorrir assim e conversar tanto como hoje. Ela realmente *gosta* de você, Gwen. Oh, Deus. Sei que ela disse que adora se reunir com as amigas, mas há anos não sou convidada para esta casa. Veja, compartilhamos tantas confidências no passado. — Isabel arregalou os olhos. — É chocante como ela parece adorá-la genuinamente e sem esforço.

— Fui apenas um ouvido para suas histórias e uma companhia para a caminhada. — Gwen franziu a testa. — A duquesa me tratou muito bem.

— A duquesa acredita que o Duque de Saint-Zurie a esteja cortejando?

— Isabel, que ideia! Evidente que não! — Gwen sentiu o calor subir para o seu rosto. Não de vergonha, mas pelos seus nervos, que estremeceram. — A duquesa não fez aquelas perguntas que todas as senhoras fazem a respeito da minha família, de onde vim, quantas economias possuo ou se existe alguém que possa pagar pelo meu dote. Claramente, sequer imagina a possibilidade de uma corte. Olhe para mim! Uma duquesa? É de longe a coisa mais surreal que possa existir.

— Pare de se diminuir! Talvez ela não tenha perguntado porque já *saiba* de todas essas coisas. Ela é idosa, sim, Gwendolyn, mas a duquesa sabe da vida de todos assim como da sua própria. Não por ser adepta a fofoca, mas porque adora ter informações importantes.

— E sobre a família de Saint-Zurie? — Gwen questionou.

— O que exatamente a respeito deles? — Os olhos de Isabel ficaram subitamente opacos.

Gwen cogitou se deveria perguntar a Isabel o que sabia a respeito da família do duque. A curiosidade sobre o que de fato aconteceu estava corroendo-a, mas ainda havia um senso de privacidade muito grande. Ela não era dada a mexericos, e Isabel, por si só, odiava qualquer tipo de fofoca. Talvez fosse errado ouvir essa história de outra boca que não a do duque. No entanto...

— Boa tarde, *madames*. — A voz rouca se fez presente. Saint-Zurie se sentou confortavelmente na cadeira do jardim e relaxou.

Gwen, contudo, congelou por um minuto inteiro.

— Sinto-me exausto. Mas já providenciei uma limonada. A duquesa se recolheu para os seus aposentos?

— Sim, Vossa Graça — Isabel respondeu. — Como está a inspeção?

— Temos um problema com o salão principal para o baile. Acredito que o resolverei. No entanto, pensei em providenciarmos parte da *soirée* dentro da mansão e parte fora. Seria de mau tom?

— Uma *soirée* ao ar livre... — Gwendolyn tirou os olhos do duque para admirar a imensa propriedade e o verde além dela. Era possível ver as montanhas, por ser em uma região alta de Sceaux, o imenso céu azul e a imensidão do mundo. A grama da propriedade parecia um tapete verde e talvez um palco para valsar sob um céu estrelado. No ponto de vista de Gwen, era uma excelente ideia. — Seria lindíssimo, Vossa Graça.

— Acredito que todos se animariam com a ideia — Isabel concordou.

A limonada e alguns quitutes chegaram, porém Gwen ainda não conseguira tirar os olhos da propriedade campestre que fora apresentada pela duquesa. Era uma mansão com mais quartos do que poderia contar, neoclássica, tão destoante das propriedades de Paris que Gwendolyn sentia que estava fora da França. Parecia grega, mas com uma identidade própria, com flores e um jardim extenso. Estava claro que os moradores apreciavam estar ao ar livre, pois fora criada para qualquer um sonhar em passar mais tempo fora do que dentro. Além disso, havia um lago, peixes, natureza e árvores cercando a propriedade.

— Enamora-se pela vista como quem poderia passar horas apreciando-a. Pintando-a. Descrevendo-a. Ou criando canções sobre ela — o Duque de Saint-Zurie observou, e isso tirou Gwen da admiração silenciosa. — Roubarei-a da marquesa por alguns minutos, se me permitirem. Adoraria mostrar à *madame* a minha parte favorita daqui.

— Sim, leve-a antes de voltarmos para casa.

Gwen não teve tempo de processar o fato de que estaria a sós com Saint-Zurie. Ainda estava preocupada com o passado do duque, ainda experimentava um estranho amor em relação àquela mansão e, por mais que as horas estivessem voando, ainda sentia que apenas minutos tinham ido embora desde que estivera prestes a ser beijada.

Um toque, em sua mão já sem luvas, a fez voltar os olhos para ele. A ponta dos dedos do duque tocou as costas da mão dela e, embora eles já tivessem ficado bem mais próximos do que isso, de certa forma, pareceu muito íntimo. Uma linha fora cruzada desde que Saint-Zurie segurara o rosto dela e rodeara o seu nariz com um carinho surpreendente para um, até então, nobre devasso. Gwen não desejaria desfazer o momento, mas isso não impedia o seu coração de temer e ao mesmo tempo ansiar por muito mais daquilo.

Os lábios do duque se entreabriram.

— Concede-me o prazer de sua companhia?

Gwendolyn assentiu suavemente.

CAPÍTULO DEZESSEIS

Ele não sabia como abordar o que queria, mas precisava. Conforme caminhou lado a lado com Lady Hawthorn, sentiu a dúvida sobre quais palavras usar para bloquear a sua desinibição. Não era dado a essas dificuldades, sempre soubera o que dizer e quando deveria fazê-lo. Então, adiou o assunto e se permitiu mostrar a Gwendolyn o encanto de uma de suas propriedades favoritas. Levou-a por toda a volta e apresentou a ela os caminhos secretos até pararem no segundo lago, quase nunca visitado antes, e o seu lugar favorito durante a temporada do verão, na infância.

Tirou o paletó e o colocou sobre a grama, para que Lady Hawthorn pudesse se sentar sem prejudicar o vestido. Ela negou veementemente, mas aceitou quando a persuasão do duque foi inegável. Sentaram-se lado a lado. Lady Hawthorn como uma verdadeira dama, já Matthieu com as pernas esticadas, as palmas apoiadas no chão e a postura tranquila.

— Como foi a sua tarde, Vossa Graça? — Gwen encerrou o silêncio confortável com um assunto seguro, sobre o qual poderiam conversar.

— Trabalhosa, mas proveitosa. Resolvi todos os afazeres e já sei o que devo repassar ao administrador da propriedade. Financeiramente, deixei todas as despesas acertadas de antemão e o arquiteto me ajudará com as mudanças. — Então, fez uma pausa. — É sobre esse assunto que vamos conversar?

— Podemos falar sobre o tempo, sobre a doçura da duquesa ao me receber de braços abertos ou a respeito de suas expectativas com a *soirée*.

— Talvez *devêssemos* falar sobre a carruagem.

Gwendolyn virou o rosto em direção ao duque e, aos olhos de Matthieu, pareceu uma menina — a cabeça levemente inclinada para o lado, a íris brilhando para ele, um sorriso suave em seus lábios.

— Há algo para conversarmos? — ela perguntou, a voz baixa.

— Refleti sobre pedir desculpas ou confessar minhas vontades. O Duque de Saint-Zurie diria que foi imprudente, impensado e descortês. Matthieu diria que foi reflexo de um desejo que sempre existiu e jamais se desculparia por querê-la. Preciso saber qual dos dois a senhora anseia ouvir.

Gwen desviou o olhar e, novamente, encarou o lago, meditando sobre o que ele dissera. As luzes do sol refletiam na água, que dançavam no rosto delicado de uma mulher que havia passado por tanto. Hoje, mais do que nunca, sentia que não poderia apenas... beijá-la. Era mais do que isso, por mais que houvesse um tempo limite imposto por ela, freando o duque.

— Na verdade, Vossa Graça, não quero ouvir nenhum dos dois, porque não há uma necessidade intrínseca de conversarmos sobre isso. Houve um momento em que pareceu apenas instintivo o senhor se aproximar e me beijar. — Então, voltou a atenção para ele. — Eu teria cedido porque também sou humana e possuo minhas vontades. Por mais que fosse *imprudente, impensado e descortês*. Eu o teria beijado de volta.

Matthieu umedeceu os lábios. Ela o atraía tão fortemente que ele mal podia respirar. Não estava acostumado a sentir tanta vontade de ter uma mulher, porque sempre tivera com facilidade todas as que desejara. Gwen também estava ali, disposta a beijá-lo, mas, inferno, a dama *era* diferente!

Ele precisava pisar nesse terreno perigoso com a ponta dos pés.

O duque era conhecido por ser um libertino no passado, mas sentia que Gwendolyn destoava de todo o resto. Por Deus, ele não queria magoá-la. Não queria machucá-la.

Não seria capaz de...

A mão do duque fez o mesmo movimento de quando estavam na carruagem, no delicado rosto de Gwen. A proibição interna que ele mesmo criou, em não ceder a essa tentação, foi se desfazendo como sal sob a chuva. Matthieu sabia que, se a beijasse, não teria volta. Ela não parecia ter um coração tão duro quanto demonstrava, talvez acabasse se envolvendo de verdade. No entanto, ele reconhecia que a dama não ansiava em casar-se ou atrelar-se além daqueles malditos onze dias. A liberdade que ela conquistara com tanto prazer não seria maior do que qualquer atração que porventura a dama sentisse. Ele sabia o custo de perder a própria autonomia.

Além do mais, com ou sem Gwen, Matthieu, até o fim da temporada, estaria noivo. Preso a mais uma das vontades da sociedade. Teria de ser outra, porque Matthieu seria incapaz de reivindicar a independência de Lady Hawthorn em troca de sua própria vontade.

No fim, eles teriam um ao outro, como Matthieu sempre tivera todas as outras, e acabaria dessa forma.

O casamento, como ele desejava, seria um acordo com qualquer outra dama disposta a ser uma duquesa.

Mas por que, para ele, era tão difícil a ideia de deixá-la ir?

Seus rostos pairaram a milímetros de distância, enquanto Matthieu cruzava todos esses pensamentos e contradições em sua mente. Havia uma força que o atraía. Acariciou a bochecha macia e corada de Gwen com o polegar, rodeou o seu nariz com a mesma delicadeza que fizera antes e sentiu o perfume de limão sair de seus lábios.

— Irá me beijar desta vez, Vossa Graça?

Ele fechou as pálpebras, ouvindo o coração nos tímpanos.

— Se me permitir, Gwendolyn.

A resposta da dama não veio com palavras, mas, sim, com uma ação. Doce, quase inocente, mas tão abrasadora para um homem com pouco autocontrole que Matthieu ouviu um grunhido sair do fundo de sua própria garganta. Os lábios macios da dama tocaram os dele, por um breve segundo, mas o suficiente para incitar o convite.

Então o Duque de Saint-Zurie a encontrou.

Segurou as faces de Gwendolyn com as mãos, enquanto sua boca encostava na dela com uma urgência quase delicada. Uma intensidade velada. Uma vontade que Matthieu descobriu, naquele instante, que nunca acabaria.

O duque passeou os lábios nos de Gwen, encaixando o inferior entre os dela, sentindo que a dama correspondia com a mesma curiosidade. Movendo, sentindo, provando, atentando. De olhos fechados, tomando aquilo que sonhara ter, Matthieu percebeu que não era o suficiente. Aquela dança de lábios parecia pouco... até que a língua do duque pediu espaço, invadindo a abertura que Gwen ofereceu timidamente.

Faz tempo que Lady Hawthorn não beija, Matthieu percebeu.

Mas aquilo apenas tornava o seu desejo ainda maior.

Encontrou a língua dela na sua, rodeando o contato até que faltasse ar para respirar. O corpo de Matthieu acendeu de uma só vez, como fogo em palha, como um homem que estava ganhando o que merecia. A temperatura de Gwen subiu sob as mãos do duque e, assim que ela pegou o ritmo, Matthieu pensou que poderia morrer de prazer. Só com um beijo, aquela mulher o tinha.

A língua ávida dele passeou de cima a baixo na boca da dama, fazendo-a gemer com vontade.

E é assim que os franceses beijam, Gwendolyn, o duque pensou.

Gwen envolveu os ombros do duque com as mãos, trazendo-o mais para perto. Ele se tornou consciente do corpo de Lady Hawthorn no seu e precisou de mais. Foram parar na grama, com Matthieu deitando-se sobre ela, sem conseguirem afastar os lábios um do outro. A língua do duque valsou dentro daquela pecaminosa boca que o recebia, as mãos de Gwen percorrendo-o como se as roupas a atrapalhassem, e ele se encaixou entre as pernas da dama antes que pudesse pensar duas vezes sobre o assunto.

Seu membro estava tão dolorosamente pronto, pulsando pela vontade que, assim que o duque ondulou sobre ela, bem entre as pernas de Gwen, ela o agarrou com mais força. Chegou a machucá-lo, mas ela poderia arrancar o que bem quisesse, que ele entregaria naquele momento. Segurou nos longos fios negros de Matthieu, bagunçando-o no processo, beijando-o com ainda mais força e languidez do que antes. Matthieu não se sentia acelerado, mas, sim, intenso, como se cada segundo de cada toque e cada beijo precisasse ser apreciado. A língua dos dois se encontrou fora da boca e ele mordeu o lábio inferior de Gwen, precisando puni-la por ser tão deliciosamente linda. Gwen suspirou alto, abrindo as pernas para o duque, como se o quisesse *bem* ali.

Tudo em Matthieu ardia àquela altura.

Ele pôde sentir o membro levemente úmido pelo prazer, pôde sentir o suor descer sob a roupa, os arrepios em cada parte de sua pele, os músculos de sua coxa contraindo e relaxando enquanto ele provocava Gwendolyn com seus quadris, como se desse uma prévia do que ela sentiria quando estivessem sem roupas.

Matthieu desceu a boca para o queixo, traçando a linha suave e feminina do maxilar, até parar em seu pescoço. As mãos do duque desceram pelo corpo curvilíneo da dama, sentindo o pouco que podia em meio a tanto tecido, e foi quando ele abaixou o decote do vestido e todo o resto que havia sob ele, tomando o seio de Gwen, que sentiu que estava prestes a perder o pouco de razão que ainda restava. O mamilo rosado, a auréola pequena, o bico entumecido. Matthieu desceu o corpo e a boca para aquele ponto, rodeando a ponta da língua por toda a volta, ouvindo Gwendolyn gemer alto.

— Não sei se conseguirei me conter se continuarmos... — o duque murmurou, o timbre grave, enquanto beliscava com os lábios o mamilo exposto de Gwendolyn, apenas para sugá-lo e depois lambê-lo, arrepiando-a. Ela se contorceu sob ele, um sinal que o duque adorava. — Sou escravo de minhas vontades, Lady Hawthorn. E tudo o que desejo é a *madame*. No entanto, agora não é o momento.

Ele parou de provocá-la e Gwendolyn abriu lentamente os olhos. O que o duque viu foi entrega, desejo e uma imensa vontade de ser possuída. E ele queria tanto que doía, literalmente.

Inferno!

O duque sonhava em soltar aqueles cabelos, em envolvê-los em seus dedos, em segurá-la com força enquanto ia e vinha deslizando deliciosamente dentro do corpo de Gwen. Queria vê-la estremecer, clamar seu nome, vibrar quando chegasse ao ápice...

Mas estavam em público.

E havia o seu orgulho, a natureza mais horrível de um homem, em saber que a possuiria... sem tê-la.

Aquilo nunca fora um problema.

Mas, aparentemente, era agora.

Subiu delicadamente, cobrindo o corpo de Lady Hawthorn, que ainda respirava como se tivesse corrido por horas. Ele sorriu para ela, circulando daquele jeito delicado o nariz da dama, até tocar seus lábios carinhosamente nos de Gwen.

— Vamos voltar, Lady Hawthorn.

Ela piscou, a boca entreaberta e ofegante.

— O senhor está certo. Só me beije por mais alguns minutos e o deixarei ir. Faz tanto tempo desde...

Ele acatou esse pedido, porque não se imaginava negando qualquer outra coisa mais. No instante em que suas línguas se encontraram de novo, imaginou-se acatando qualquer uma das artimanhas daquela dama. Se ela pedisse para ele pular nu em um lago congelante, ele o faria. Se ela lhe pedisse para ficar, o duque ficaria até que Gwen lhe implorasse para ir embora. Se ela dissesse que o céu era cor-de-rosa, ele acreditaria. Então, beijou-a com o desespero de um homem que, pela primeira vez, desejou algo que não poderia ter, além de sua própria liberdade.

Ele a beijou como se implorasse que nunca o deixasse se casar com outra.

CAPÍTULO DEZESSETE

— *Seis* da manhã e duas garrafas de licor abertas. Vejo que não dormiu esta noite — Jackson observou, sentando-se à frente de Matthieu. — A Duquesa de Saint-Zurie?

Matthieu fechou os olhos.

— Já conteve seus instintos mais primários porque a dama em questão não passaria de uma aventura?

Jackson ficou em silêncio por minutos inteiros até murmurar:

— Está doente, Saint-Zurie?

Sentia-se doente. Como se uma febre o tivesse acometido. Agora, plenamente racional, ou quase isso, já que sua cabeça rodava pelo álcool e pelo charuto, estava ponderando a razão de não ter tomado Lady Hawthorn sobre a grama. Era isso que ele queria. E poderia ter feito. Gwen respondera aos seus beijos e o agarrara com a mesma urgência que Matthieu sentira. Evidente que havia toda a questão de estarem ao ar livre, sob a luz do sol, mas não foi *isso* que freara a ação.

Fora o simples fato de que não a tinha. De Gwen não ser sua. Mas Matthieu *nunca* teve todas as outras.

Ele não conseguia compreender o que estava diferente.

— Lady Hawthorn... — começou Matthieu.

Jackson cruzou os braços na altura do peito e recostou-se enquanto o amigo continuava.

— Desde que a conheci...

Jackson, seu administrador, era o homem mais racional que Matthieu conhecia. Sob uma ótica científica, ele normalmente tinha solução para qualquer problema. A esperança do duque em desabafar com o amigo era que ele fosse capaz de trazê-lo de volta à realidade. A verdade é que buscava um milagre.

— Sem florear a situação nem dizer que está apaixonado, já que se diz incapaz de...

— Fale logo, Jackson.

— Case-se com ela — arrematou após ouvir tudo.

— Só isso? — Matthieu recostou-se na cadeira, desanimado.

— Está enfeitiçado, como todos os homens ficam após se depararem com alguém que não reage como todas as outras. — Então, o amigo fez uma pausa. — A não ser que a *madame* não queira...

— Lady Hawthorn não anseia o matrimônio. Creio que tenha deixado esta parte de fora.

— Oh. — Jackson arqueou as sobrancelhas e repetiu: — Oh... então talvez a queira justamente por ela ser a última que aceitaria se casar com *monsieur* Saint-Zurie.

— Entendo o desafio e estou fazendo exatamente o que Fontaine me disse para não fazer anos atrás — resmungou, pensando alto. — A diferença é que nosso caro amigo acreditou que a moça não cederia. Mas ela... Lady Hawthorn quer, *entende*? Porém, não anseia que perdure.

— E pela primeira vez, Saint-Zurie...? — Jackson serviu-se de uma dose de licor. — Pela primeira vez, *monsieur* quer que perdure. E crê que não conseguirá dormir com a dama caso ela não seja sua. Veja, que batalha entre seu orgulho e desejo, amigo. De fato, não deve estar apaixonado, apenas cismado. Passará caso encontre outra dama que lhe interesse.

— Devo dormir com algumas prostitutas?

Jackson deu de ombros.

— Se isso lhe fizer bem, mas...

Matthieu levantou-se antes que o amigo pudesse induzi-lo uma segunda vez. Vestiu o paletó, ainda privado de sono e afetado pelo licor.

— Agora são... — Jackson olhou além de Matthieu, para o relógio de bolso do duque, sobre a mesa. — Seis e trinta e cinco da manhã, Saint-Zurie.

— Irei agora. Tirarei de mim essa luxúria desenfreada. Eu não estava sequer conseguindo pensar, *inferno*! — A voz do duque pareceu uma ordem, embora estivesse falando algo cotidiano. Sentia-se irritado, consumido pelo que fugia de seu controle. E, embora não fosse um homem dado a regras, essa situação em si o incomodava profundamente. — Volto às nove da manhã, no mais tardar, pois hoje tenho que encontrar Lady Hawthorn.

— Têm se visto frequentemente, não?

— Todos os dias.

— Talvez deva reduzir...

— Não — Matthieu negou veementemente, enquanto procurava a cartola pela biblioteca. Diabos, até aquele lugar agora remetia à Gwendolyn. Não tinha tocado no livro que ela deixara sobre a mesa. — Ficarei com a dama pelo tempo que ela me permitir. Mas irei fazer outras coisas, talvez... procurar uma esposa e apenas aceitar que o que tenho com Lady Hawthorn é passageiro. O orgulho de um homem não pode se estender por toda uma temporada, não é mesmo? Sou mais forte do que isso. Diabos, sou um maldito duque.

— Duques já se casaram por menos — Jackson o lembrou.

— Esqueça o casamento, Jackson. — Matthieu encontrou a cartola e a enfiou na cabeça. — Ela não me aceitará mesmo que eu seja o último homem do mundo. Eu vejo a liberdade dançar nas veias daquela *madame*. Jamais seria o responsável por tirar a única coisa que pertence a ela e a mais ninguém. Entenda a dualidade: eu a quero, mas nunca poderei tê-la.

Matthieu assistiu, pela visão periférica, a um de seus melhores amigos arregalar os olhos, como se fosse incapaz de acreditar no que acabara de ouvir. Jackson virou-se completamente para Matthieu e o chamou pelo primeiro nome. Um costume tão raro entre eles que o duque se viu compelido a olhá-lo.

— Matthieu... — Inspirou fundo. — Temo não se tratar apenas de seu orgulho.

— O quê? — O duque voltou-se para Jackson. — Por quê?

— Quando prestamos atenção no sentimento do outro, além do nosso, é exatamente quando passamos a nos importar. — Os olhos cinzentos do amigo ficaram semicerrados. — Talvez queira que seja sua porque não se vê capaz de oferecer à dama menos do que isso. Justamente por estimar o custo de sua liberdade. Justamente por saber que não poderia oferecer nada a ela, nada além de tudo o que tem. Se não está cogitando amá-la, amigo, temo que seja melhor se afastar.

Matthieu sentiu grande parte de seu corpo congelar. Seus amigos, todos burgueses, tinham um ideal romântico sobre o casamento. Achava tolo, de verdade, quando traziam o tópico para a conversa como se fosse uma realidade. Era um libertino, por Deus. Como acreditar no amor, sem tocá-lo? Ainda que sentisse as pernas duras como pedra, conseguiu caminhar a passadas largas até a mesa, pegar o livro inglês de uma dama desconhecida e talentosa, e ler a primeira linha:

— "É uma verdade universalmente conhecida que um homem solteiro, em posse de grande fortuna, deve estar procurando uma esposa."

Matthieu o fechou em um baque brusco, minúsculas partículas de poeira voando sobre a mesa.

— Encontrarei uma dama adequada, me casarei com ela e serei capaz de esquecer desse senso de honra que o *monsieur* teme se transformar em amor, Jackson. Funcionará, sem dúvida. Caso não, dormirei com a dama em questão e arrancarei de mim essa cisma. Agradeço por tirar alguns minutos de seu tempo para me ouvir, mas agora cuidarei de minhas necessidades mais primitivas. Com sua licença.

Matthieu, de fato, foi para o antro de vícios e devassidão. Bebeu além do que sua consciência permitia, porém antes entregou-se ao prazer ao lado de três meretrizes, que dividiram, com felicidade e luxúria, apenas uma cama com o duque. Normalmente, não ia a lugares assim em plena luz do dia. Preferiria esperar que as prostitutas viessem a sua casa após as três da manhã. No entanto, mais uma vez, a natureza impulsiva do duque ganhara. Fora Matthieu, como em muito tempo não havia sido, e não Saint-Zurie.

Ele não confessou nem para si mesmo, mas odiara cada segundo.

CAPÍTULO DEZOITO

Uma inquietude desconcertante consumira Gwen por boa parte da manhã até o início da tarde. O Duque de Saint-Zurie enviara um mensageiro para avisar que passaria na propriedade da Marquesa de Lussac às quinze horas. Pediu desculpas por não poder vê-la pela manhã, no entanto, para Gwen, fora até melhor assim, pois pudera cuidar das plantas, organizar a casa da marquesa e...

— Está bem, *madame*? — Angelle, sua criada pessoal, notou, enquanto guardava algumas peças no guarda-roupa, que a sua senhora estava com um livro aberto na mesma página há, pelo menos, uma hora. — Precisa de algo ou...

— Obrigada, Angelle. Na verdade, não preciso de nada...

Olhou para o relógio. Três e meia da tarde. Os franceses davam a mesma importância ao horário que os ingleses. E o Duque de Saint-Zurie estava atrasado.

— Ficarei aqui com meus próprios pensamentos por um tempo. Deixe-me saber *se* eu receber uma visita.

— Claro, *madame*. — Angelle fechou delicadamente a porta.

Gwen notou que estava dando uma importância muito maior a esses encontros do que deveria. Sentia-se feliz com a expectativa de vê-lo e não tinha absolutamente nada a ver com o beijo. Era reconfortante estar em sua companhia. Era tão delicioso manter uma conversa sincera com aquele duque quanto beijá-lo.

Ela fechou o livro *Les liaisons dangereuses* bruscamente.

A cada dez palavras que pensava, ao menos uma tratava-se do tal beijo. Sim, nunca fora beijada daquela maneira, apenas vira em figuras de alguns livros proibidos que a língua fazia parte do processo tanto quanto os lábios. Entretanto, o marido nunca fizera qualquer coisa semelhante, apenas... o coito em si. Gwen nunca fora tocada de verdade. Ou sentida de forma tão intensa, como se cada parte de seu corpo fosse preciosa. A boca do duque caíra sobre o seio dela, e Gwen pensara, naquele momento, que seria capaz de morrer. O coração batera tão forte e seu corpo se dissolvera como neve sob o sol... ela se rendera à luxúria. E não se arrependia nem um pouco. Entretanto, precisava encontrar uma maneira de agir como se isso não significasse nada.

De fato, *não* deveria significar. Boa parte de Gwen queria provar do encanto. Não seria nada ruim ter uma aventura, como tantas viúvas coquetes possuíam, ainda mais nos braços de um homem tão viril.

O problema era se Gwen conseguiria manter seu coração fora desse jogo.

Bem, se ainda não sentia nada pelo duque... não passaria a sentir agora, certo?

— Odeio estar atrasado — Saint-Zurie disse depois de um longo tempo em silêncio, enquanto cavalgava devagar ao lado de Gwendolyn. — Espero que não tenha se ressentido tanto.

Gwen tinha planejado passear a cavalo com o duque longe da vista de todos, não por ter más intenções, mas por não desejar que os vissem em plena *Champs-Élysées*. O local que escolhera era afastado — não havia nada além de um imenso tapete verde e poucas árvores.

— Por que deveria me ressentir, Vossa Graça?

— Fui descortês e... — Ele parou. — Temos esse compromisso...

— Não há compromisso algum. E nenhuma obrigação. Apenas um acordo de aproveitarmos a companhia um do outro. Creio que tenha se atrasado devido aos seus afazeres ducais, não?

— Não. — Ele não deu mais explicações.

— Bem, então *devo* me ressentir?

— Deve. — Ele fez uma pausa, então lançou um olhar de esguelha para a dama. — Veio vestida como uma mulher que está disposta a fazer um homem perceber o que perde quando não a tem. Por isso, acredito que esteja profundamente magoada com meu atraso.

O cavalo de Gwen relinchou baixinho.

— De verdade? — Isso quase a fez rir.

— Pôr do sol é, sem dúvida, a melhor cor que já vestiu, Lady Hawthorn.

A dama trajava uma de suas peças favoritas, talvez seu melhor vestido de montaria e o mais moderno, já que desde 1824 eram permitidos tons mais claros. Não possuía muitos vestidos, é verdade, mas aquele trazia a parte da saia em um imenso volume, cheia de babados e rendas, e uma brincadeira com as cores laranja e creme. Em seguida, vinha justo em sua cintura e mantinha-se assim até cobrir os braços e o colo. Apenas uma parte de seu pescoço estava à mostra e ainda enfeitado com um drapeado suave e nada chamativo. O tecido leve de algodão dava a Gwendolyn mais liberdade, e o fato de deixar a crinolina de lado era de um imenso alívio.

— Pôr do sol, Vossa Graça? Essa é uma cor nova.

— Bem, é como a vejo. Marcamos às três da tarde e vim quase na hora do sol se pôr. Acho que a senhora tem um senso de humor muito incomum e seria capaz desse feito como tantos outros. — Saint-Zurie abriu um sorriso travesso. — Toda vez que a olho, lembro-me do meu atraso.

Gwen esqueceu-se de todas as regras de etiqueta já existentes e gargalhou.

— Como é criativo, Vossa Graça! Acha mesmo que planejei esta roupa apenas para culpá-lo?

— Me sinto culpado.

— Pelo atraso?

Jean *le blanc*, o cavalo do duque, parou e o cavalheiro virou o rosto para Gwen. Ela assistiu, sob a cartola verde-floresta, o rosto lindíssimo de Saint-Zurie se fechar em uma expressão indecifrável.

— Fui a um antro de devassidão pela manhã. E estou me sentindo o pior dos homens. Sabe que sou sincero, poderia omitir esse detalhe da *madame*, mas devo perguntar se ainda anseia me ver todos os dias ou se deseja parar por aqui. Não a culparei qualquer que seja a sua decisão. E respeitarei qualquer que seja a sua vontade.

Gwendolyn não soube dizer qual parte de seu corpo ficou fria primeiro: as mãos, os pés, a cabeça ou o coração. Foi engolida por uma chuva gélida em pleno outono e deu graças a Deus por saber montar em um cavalo com a tradicional sela lateral sem cair. Porque, subitamente, sentiu-se mole. Mil cenas preencheram sua mente, do duque fazendo com outras... coisas *piores* do que fez com ela, o que de fato aconteceu. Não soube quantos minutos ficou congelada naquela posição, as rédeas em suas mãos enluvadas, as pernas tensas, a cabeça erguida e as pálpebras semicerradas.

— Se sente culpado por ter dormido com uma mulher, ou várias, após beijar outra?

— Sim. — Umedeceu os lábios. — Pela primeira vez, sim.

Ele nunca escondera que era um desavergonhado, então por que Gwen esperaria qualquer outra ação dele? Imaginou que não dormiria com outras mulheres enquanto a via? Por que se sentia tão possessiva e ciumenta?

Por Deus, ele quase dormira com ela *no dia anterior*!

A raiva encheu as veias de Gwen, aquecendo tudo o que havia esfriado. Ela exalou com tanta força pelas narinas que Saint-Zurie desviou o olhar exatamente para aquele ponto, como se estivesse anotando todas as expressões furiosas de Lady Hawthorn.

— O senhor não está me cortejando nem prometendo-me o mundo. Já deixei bem claro que não tenho intenção de me casar. Nem com Vossa Graça ou com ninguém. — Ela precisou controlar a voz, que subiu um tom na última palavra. — Não me importa quem passa por sua cama, quantas passam, na verdade, ou se isso faz a sua consciência pesar, Vossa Graça. Não temos nada. Nunca teremos. Não significamos absolutamente nada um para o outro, a não ser um momento de lazer e distração. — Gwen sabia que estava cuspindo mentiras sobre como se sentia. Ela se importava. E estava odiando a si mesma por se importar. — Para que devo parar de vê-lo se não temos nenhum elo significativo? — Ela riu. E não por achar divertido. Mas porque queria fazer exatamente o que dizia não querer. Queria sacolejar as rédeas de seu cavalo e voar para bem longe dali. — Ora!

Sabia que suas bochechas estavam coradas porque sentia o calor em todo o rosto. Saint-Zurie permaneceu ali, sobre o cavalo branco, com aquela maldita cara de duque. O traje primoroso, verde e negro, perfeitamente costurado para causar o inferno na vida de uma mulher.

— Não temos nada, nunca teremos... tem certeza? — Ele piscou, seu olhar cálido. — Gwendolyn, talvez devêssemos...

— Se me oferecer para ser sua amante agora... — Ela apertou as rédeas com tanto ódio que os nós de seus dedos doeram. — Juro por Deus que...

— Me deixará falar?

— Não sei se quero ouvi-lo neste momento, Vossa Graça. Planta mentiras a respeito de nós dois com tanta naturalidade... quanta presunção!

— Mas eu não disse...

— Melhor não dizer.

O duque, então, abriu um sorriso.

— Tem certeza de que não está irritada comigo?

— Agora estou. Estava ótima e perfeitamente em paz comigo mesma quando ouvi sobre suas peripécias... matinais. Mas ouvi-lo *elevar* o seu próprio ego, acreditando que eu me importaria a ponto de parar de vê-lo... Poupe-me, Vossa Graça. Lida com uma viúva como se fosse uma garota de quinze anos!

O duque inclinou a cabeça para o lado.

Deus, Gwendolyn pensou, *como é bonito. E como é um desserviço à humanidade tamanha beleza existir.*

O sorriso permaneceu no rosto de Saint-Zurie, enquanto Gwen ponderava se poderia ir embora naquele segundo sem que fosse mal-educada.

— Jamais correlacionaria qualquer imaturidade a um traço de sua personalidade, Lady Hawthorn. Apenas quis ser claro e lhe dar uma escolha, caso o que fiz ferisse o seu orgulho. O que tive, e o que vivenciei, particularmente foi, de forma inédita, muito desagradável. No entanto, por qual motivo? Ainda desconheço. — Ele fez uma pausa. — Vou repetir o que a senhora sequer quis ouvir antes: *Talvez devêssemos* dar mais uma volta?

Teria tempo para se envergonhar depois por ter cogitado que ele lhe ofereceria a posição de amante. Naquele momento, só conseguia odiá-lo.

Desagradável, o duque dissera que a experiência fora. Como sentir prazer, para um libertino, poderia ser qualquer outra coisa além de uma felicidade imensa? Estivera em casa, naquele lugar de volúpia e pecado.

Ela olhou para o duque quando respirou fundo diversas vezes mais, vendo-o com sinceridade e não apenas dando-se conta de sua presença.

Seus olhos estavam ternos, como talvez nunca tivessem estado. Aquela boca de lábios bem desenhados encontrava-se entreaberta. E tudo era interessante demais para Gwen não prestar atenção. No entanto, as íris de Saint-Zurie, no tom mais profundo de castanho, dançando na sombra de sua cartola, pareciam mais uma vez dizer tanto sem falar nada.

Brilhavam em verdade pura.

Isso a desconcertou tanto quanto a impediu de seguir a discussão calorosa.

— Apenas mais alguns minutos, pois terei de voltar para casa. Tenho um compromisso inadiável com a Marquesa de Lussac.

— Evidente — concordou o duque.

Durante o meio-tempo que compartilharam, a raiva de Gwen foi derretendo em suas veias. Não poderia se sentir magoada com Saint-Zurie por ter lhe dito a verdade. Também não poderia julgá-lo, justamente por todas as coisas que ela mesma contrapôs. Eram apenas companhia um para o outro. Não havia nomeação para aquilo e não existia uma relação parecida no vocabulário francês ou inglês. Ou em qualquer sociedade.

Como cobrar fidelidade de alguém que não pertence a você?

Como cobrar fidelidade de qualquer homem... *ainda que pertencesse*?

Lorde Hawthorn a traiu com todas as amantes da Inglaterra. E ela até fora grata por não ter de fazer suas obrigações matrimoniais tantas vezes durante o casamento. O pouco que vivera já foi difícil o suficiente.

Um dos motivos para Gwen não se casar de novo, além de sua liberdade, era o fato de que seu coração jamais seria capaz de suportar o que enfrentara com Lorde Hawthorn. Se ela o amasse, teria sucumbido ao ódio ou à angústia profunda, como sua mãe. Por isso, em parte, sentia-se grata pelo que vivera e aprendera. Se entregasse seus sentimentos a Sir Lewis, seu primeiro amor, e ele fizesse algo assim, teria desfalecido.

Porque Gwendolyn Hawthorn jamais aceitaria ser uma mulher entre várias.

E que homem seria capaz de amá-la incondicionalmente a esse ponto?

A dama sabia a resposta: nenhum.

PARTE IV

"Haverá um dia, talvez bem próximo, em que mostrarei esses escritos para o companheiro de minha vida, aquele que compartilhará minha felicidade, assim como minhas tristezas. Então ele verá que, sem conhecê-lo, eu sempre o amei, e que todas as minhas ilusões, todas as esperanças de minha juventude eram para ele, ainda que ele fosse desconhecido."

— Pauline Weills, 16 anos
"Diários de Garotas Francesas do Século XIX", de Philippe Lejeune.

CAPÍTULO DEZENOVE

Matthieu D'Auvray, o oitavo Duque de Saint-Zurie, jamais iria por vontade própria a um baile campestre em Saint-Cloud. Mas estava lá, apenas porque Lady Hawthorn não o encontrara no dia seguinte à cavalgada. O duque deduzira que a dama estava irritada o bastante para não marcar com ele um encontro, como normalmente combinavam antes de se despedirem. Para ser cortês, não a visitou em sua casa sem ser convidado.

E esperou...

Ele soube que cometera um erro ao contar a verdade para a dama, mas nunca poderia ter omitido o que fizera — não dela. E era uma sensação tão inquietante. Sempre fora um exímio mentiroso, porém, quando seus olhos encontravam os de Gwendolyn, era incapaz de dizer meias-verdades.

Tinha planejado ficar em silêncio e, quando viu, contara tudo. Que foi a um prostíbulo e que a experiência fora péssima. Que se sentira culpado. E ele vira, nos olhos dela, o quanto ficara magoada. Sua boca dizia que eles não significavam absolutamente nada um para o outro, mas aqueles olhos cor de caramelo garantiram outra coisa.

Bem, a verdade é que, depois de tudo aquilo, o duque esperara uma notícia o dia inteiro. E, quando havia passado das quatro da tarde, a dama enviara, através de um mensageiro, uma carta curta e direta. Pediu desculpas, contudo, garantiu que passara o dia inteiro ocupada com compras e afazeres femininos e, à noite, teria de comparecer a um baile no interior.

Matthieu fizera Jackson tirar da gaveta todos os convites que tinha recebido naquela semana e na anterior. Entre o montante de cartas, encontraram um baile em Saint-Cloud. *Tinha* de ser esse, tendo em vista que o duque recebia convite para todos os eventos, embora renegasse cerca de oitenta por cento deles.

Arrastou consigo Jackson, Pierre e Fontaine, seus amigos. Queria deixar claro para quem quer que fosse que estava lá apenas por coincidência.

— Não acredito que apareceu em um baile conosco, Saint-Zurie. — Pierre balançou a cabeça. — Como se não bastasse a sociedade olhar torto para você por ser amigo de burgueses.

— E lá tenho motivo para ter vergonha de *messieurs*? Vocês são tão honrados quanto qualquer um daqui. — Matthieu pouco se importava, de verdade. Tinha uma imensa estima por seus amigos. — Já que chegamos, vamos circular pelo salão.

— Por que sinto que esta é uma missão e não apenas uma ida ao baile? — Fontaine indagou.

— Porque é uma missão — Jackson falou baixinho. — Ele está procurando Lady Hawthorn.

— Oh, Deus. — Fontaine suspirou. — Ainda, Saint-Zurie?

— Algo assim... — o duque respondeu de forma evasiva, os olhos buscando a dama.

— Bem, de qualquer maneira, amigo, há boatos de que o senhor está em busca de uma esposa. Fui a uma taverna ontem e nobres e burgueses diziam a mesma coisa: que a duquesa-viúva parecia analisar as moças em todos os bailes com uma atenção redobrada. E que a *soirée* da duquesa seria justamente para encontrar, para *monsieur*, uma dama.

— O que disse? — A fala de Fontaine fez o Duque de Saint-Zurie voltar-se para ele.

O duque tinha esquecido, por um momento, que deveria estar procurando uma esposa. Deveria, certo? E estava negando todos os bailes em Paris, em Sceaux, em Saint-Cloud, em Versailles... Sua mente ocupava-se demais com Lady Hawthorn e, de certa forma, Matthieu não desejava, nem por um minuto, dedicar-se novamente a outra mulher que não fosse Gwendolyn.

— Veja com seus próprios olhos... — Fontaine apontou com o queixo para trás de Saint-Zurie.

Quando o duque olhou para onde foi indicado, viu que já havia uma senhora trazendo duas filhas, corando ferozmente e com uma expressão determinada.

— Vossa Graça! — A senhora fez uma reverência exagerada. — Sou Lady Laviolette e estas são minhas filhas...

Inferno, Matthieu pensou. Como encontraria Lady Hawthorn se estava se formando uma fila de mulheres atrás da dama?

— É um prazer imenso conhecê-las, mas acabei de chegar e devo... cumprimentar algumas pessoas. — Matthieu quis ser gentil e olhou para o que parecia ser a mais velha das filhas. *Deus, não deve passar dos vinte anos.* — Talvez, mais tarde, possamos tomar uma limonada... — Acenou com a cabeça, já sendo levado para longe por seus amigos mais fiéis.

— Inferno, Saint-Zurie. — Jackson começou a rir quando estavam a uma distância razoável.

— Há mais damas vindo — Fontaine observou.

— Vamos para o jardim. — Pierre, como era um *gendarme*, já havia ativado a sua postura protetora. — Se ficarmos aqui, Saint-Zurie não terá um minuto de paz.

— Mas preciso encontrar... — Matthieu quis protestar.

— Mais tarde — prometeu Pierre.

Fugir das senhoras que ansiavam em casar suas filhas com um duque sempre era a coisa mais difícil que Matthieu tinha de fazer. Normalmente, quando a temporada começava, as coisas eram um pouco caóticas. No entanto, os dias passavam e as senhoras viam o duque deixar de lado as mais tentadoras oportunidades. Chegavam à conclusão de que Matthieu jamais se enlaçaria com uma dama e desistiam.

Agora, com um boato de que ele estava buscando uma esposa, que certamente fora iniciado por sua avó, na clara intenção de persuadir o neto, a situação de Matthieu seria ainda mais desconcertante.

Ficou por uma hora no jardim com seus amigos e só voltou quando sentiu que a maioria das pessoas estava distraída demais para notar sua presença.

— Como é a dama que está procurando, Saint-Zurie? — Jackson quis ajudá-lo. — Descreva-a.

— Ela é inglesa, então sempre tem uma postura quase arrogante. Não passa da altura dos meus ombros, possui um corpo magro, mas curvilíneo. O sorriso é largo, os lábios, cheios, seu nariz é reto e pequeno, os olhos têm o tom mais claro de castanho. — Matthieu não conseguia parar de correr os olhos pelo salão cheio. Como encontraria Gwen? — Lady Hawthorn, normalmente, traja vestidos com um decote interessante e sua pele é naturalmente tocada pelo sol. Cabelos cor de avelã e brilhantes. Ela será a mulher mais linda do salão.

— Uma descrição bastante poética para quem quer apenas uma noite... — Fontaine murmurou.

— De fato — Pierre respondeu.

Matthieu ignorou isso tudo, os olhos incansáveis...

— Não é aquela dama em um vestido azul-escuro, parecendo a meia-noite? — Jackson observou. — Está na companhia do *vicomte* Albret, do *comte de* La Vilt, do Presidente da Câmara de Verrières e de sua esposa. Oh, acho que o visconde a chamou para uma dança.

— Como... o quê? — Matthieu procurou o cretino que supostamente a teria...

E sim, era ela.

Lady Hawthorn estava sendo levada para uma valsa, enquanto passara o quinto dia do acordo sem Matthieu. Estava sendo levada por outro homem para uma valsa quando aquele tempo *deveria ser dele*. Gwendolyn sequer mencionara onde o baile seria, nem dera uma indicação ao duque de que gostaria de sua companhia. Absolutamente, não. Gwen não dissera nada, de propósito, para ter um tempo livre *dele*.

Poderia culpá-la depois do que fizera?

Não, mas, de certa forma, sentia-se furioso. E não pôde fazer nada quando a música começou a tocar. Teve de ficar assistindo-a ser rodeada e guiada pela agilidade do visconde, que a fez rir diversas vezes e brilhar como se fossem feitos um para o outro. Matthieu sentiu uma dor tão profunda no estômago que pensou que iria vomitar.

— Saint-Zurie... — Fontaine tocou no ombro do amigo. — Talvez devêssemos dar uma volta pelo salão.

— Com certeza. — Jackson adiantou-se, tentando puxar Matthieu dali.

Entretanto, ninguém conseguiu mover um centímetro de onde Saint-Zurie se fincou. Como uma estátua, viu a valsa começar e terminar. Assistiu à Lady Hawthorn ser levada àquele novo grupo de amigos e, para a surpresa de Matthieu, o conde também estava inclinado a seduzir a dama. Sorrindo, talvez elogiando... a imaginação do Duque de Saint-Zurie voou tão alto que não suportaria nem mais um minuto daquilo.

— Venham todos comigo — ordenou Saint-Zurie.

— Como? — Fontaine perguntou. — Não seria melhor nós não...

— Ah, *messieurs*, vão, sim. Quero causar impacto. E não posso fazer isso sozinho.

— Bem. — Pierre, acostumado a amedrontar qualquer um, posicionou-se ao lado de Matthieu. — Se é para afastar os cavalheiros da dama, posso fazer bem mais do que ameaçá-los.

— Não será necessário, apenas a presença de todos.

— Por Deus, Saint-Zurie. — Jackson começou a rir. — E se realmente forem pretendentes em potencial?

Matthieu sentiu a comichão subir por cada centímetro de seu corpo, mas começou a caminhar em direção ao grupo de pessoas a passadas largas. A imagem da valsa ainda estava na mente de Matthieu. Como o visconde manteve a mão na cintura da dama e como seus corpos pareciam tão perto um do outro. Como, pelo inferno, Gwendolyn *sorrira* para o homem, do mesmo modo que fazia com Matthieu.

— Aquela não é a duquesa-viúva? — Fontaine parou a peregrinação do grupo. — Acompanhada da Marquesa de Lussac?

De fato, sua avó e a *madame* de Lussac se aproximaram de Gwendolyn, arrancando mais um sorriso da dama, que parecia oferecer livremente o seu amor para todos naquela fatídica noite. Quando viu a duquesa-viúva tocar no braço do visconde e, em seguida, no de Gwen, como se indicasse que os dois eram bons parceiros ou o que fosse, Matthieu sentiu-se profundamente ferido. E de um modo completamente irracional. Porque não havia nesse mundo uma mínima chance de a duquesa-viúva *saber* do interesse de seu neto por Lady Hawthorn. Determinado, Matthieu quase correu pelas bordas do salão.

Fora difícil para os amigos acompanharem o passo do duque, e ele odiou que houvesse aquela etiqueta estúpida que o impedia de cortar pelo meio.

Alcançou o grupo, sem alterar a respiração, embora os três amigos ao seu lado estivessem quase arfantes. Olhou para todos, com exceção de Gwendolyn, e os saudou desejando uma excelente noite. Recebeu reverências, todavia, o foco do duque ficou um tempo a mais no visconde. Matthieu percorreu o olhar de cima a baixo, desde os cabelos loiros do homem até os sapatos perfeitamente engraxados, como se avaliasse se seria interessante desperdiçar seu ciúme com um homem inferior. Ou se seria conveniente chamá-lo logo para um duelo, por exemplo.

O visconde engoliu em seco com a ameaça na expressão de Saint-Zurie.

Então, Matthieu finalmente pairou o olhar em Gwendolyn.

— É isso que a *madame* Hawthorn gosta de fazer em minha ausência?

CAPÍTULO VINTE

Gwendolyn pensou que estava completamente fora de juízo quando viu o duque. Como uma miragem, como algo surreal demais para acontecer. Trajava azul-marinho quase do mesmo tom de seu vestido, como se tivessem combinado, e havia pouco branco para contrapor o escuro, apenas pequenos detalhes na gola e nos pulsos. Causava o efeito enigmático e ducal que Saint-Zurie desejara, talvez. Afinal, estava excessivamente elegante para um baile no campo. Ainda assim, mesmo vendo-o tão perto, Gwendolyn só teve certeza de sua presença quando o timbre grave soou na conversa.

O silêncio que se seguiu depois da fala de Saint-Zurie foi perturbador.

— Tinha um compromisso marcado com Lady Hawthorn? — a duquesa-viúva indagou, a voz calma.

— Sim — ele respondeu de imediato, sem tirar os olhos de Gwen.

Ela quase gritou de raiva por ele assumir uma inverdade. Mas mentiu tão descaradamente bem que até Gwen se perguntou, por alguns segundos, se havia escrito algo na carta que passara essa impressão.

— De qualquer maneira, fico contente por nos encontrarmos aqui. Devo apresentar os meus amigos?

O duque tomou a frente, como se estivesse em casa, mas tão fino e elegante que Gwen desejou esbofeteá-lo na cara. Como ousava se aproximar assim, alegando que tinham marcado algo e sem dar mais satisfações?

Para se distrair, enquanto o duque os apresentava, Gwen olhou para os amigos de Saint-Zurie. Eram tão belos quanto o duque. *Monsieur* Fontaine, ela já conhecia, era loiro de olhos claros e com um semblante suave. O outro, *monsieur* Jackson, tinha um tom castanho-dourado nos fios e olhos profundos e cinzentos. E o terceiro, *monsieur* Pierre, tinha uma aparência dura e olhos negros, mas criava uma sensação profunda de segurança e proteção.

— Há quanto tempo não o vejo, Vossa Graça — o Visconde Albret tentou iniciar a conversa. — Como tem passado?

— Muito bem — o duque respondeu, virando-se para o visconde.

Gwen assistiu a tudo aquilo como se não estivesse presente. Ainda se sentia irada.

— E o senhor, aproveitando o prazer das companhias femininas?

— Oh, sim. E peço desculpas por não o ter recepcionado assim que chegou. Fui valsar com a *madame*.

— Ah, eu vi. Nitidamente, aproveitou o seu próprio baile, sim? — ironizou. Então, encarou Gwen. Não havia outra descrição para aquele olhar. Ele desejava afrontá-la? — E a *madame*? Divertindo-se, suponho.

— Claro. — Gwen sorriu para o visconde. De propósito. Ele era belo, e não de uma forma máscula, como Saint-Zurie. — Tive ótimos momentos.

— Chegou tarde demais, Vossa Graça. — O Conde de La Vilt brincou com um duque que parecia indisposto a tais zombarias. — Dancei a quadrilha com a *madame* Hawthorn, e ela foi ainda mais brilhante.

— É mesmo? — Saint-Zurie voltou-se para a dama. Por um segundo, Gwen achou que ele seria capaz de fuzilá-la com os olhos. — Que interessante! Perdi um espetáculo, verdade?

— Perdeu, sim — garantiu o conde.

— Definitivamente, foi lindíssima a dança — confirmou a Marquesa de Lussac.

— Ora, se o duque tivesse chegado mais cedo, poderia ter apreciado isso tudo e muito mais. — A duquesa-viúva lançou um olhar para o neto. — Imaginei que não fosse vir tão longe apenas para um baile. O que o motivou?

— Eu estava profundamente interessado em aproveitar o ar do campo, Vossa Graça — *monsieur* Fontaine intercedeu por Saint-Zurie. — Minha noiva tem uma predileção pela cidade e ainda não tive a chance de convencê-la a vir para estes lados comigo. Saint-Zurie, muito gentil, compadeceu-se de meu pedido e aceitou vir para Saint-Cloud.

— Fantástico! Nem eu sou capaz de convencer o meu próprio neto a dar o ar da graça em um baile campestre. Qual é o segredo, querido *monsieur* Fontaine?

— Saint-Zurie encontrava-se com um excelente humor hoje — *monsieur* Fontaine arrematou.

Monsieur Pierre, o de aparência militar, abriu um rápido sorriso. E *monsieur* Jackson, o homem de olhos cinzentos, quase riu.

O duque, no entanto, engasgou com a própria tosse enquanto Gwendolyn semicerrava os olhos. Que mentira deslavada! Ainda assim, Gwen não conseguia compreender o motivo de o duque fazer uma aparição tão repentina e tardia em um baile que ela tinha certeza de que ele jamais se dignaria a ir. Pelo comportamento da duquesa-viúva, também parecia uma surpresa.

— Bem, já que Lady Hawthorn tinha um compromisso com o duque, o que acha de passear com a dama pelo salão? — A duquesa abriu um suave sorriso. — Minha querida amiga jamais se sentirá confortável ao deixar este combinado, de natureza ainda desconhecida, passar. Não concorda, Isabel?

— Certamente. — A mãe de coração de Gwen piscou.

— Peço as mais sinceras desculpas. Esqueci-me completamente de que tínhamos *combinado* um compromisso, Vossa Graça — Gwen alfinetou o duque com sua língua ferina e olhar. — Havia prometido que auxiliaria o jardineiro de *monsieur le duc* com algumas dicas sobre mudas novas, mas a Marquesa de Lussac me ocupou com compras pela tarde, e fui incapaz de comparecer. Sinto muito — mentiu.

— Vossa Graça... que tipo de pedidos tem feito a uma dama como Lady Hawthorn? — O visconde pareceu chocado. — Mexer com plantas? Por Deus!

— Saiba que a dama em questão tem uma predileção por rosas e mudas que nenhum ser humano teria fé que brotariam. — Saint-Zurie abriu um sorriso de canto de boca. — Zomba das paixões dela, Lorde Albret?

— Não há necessidade de me defender, Vossa Graça. — Gwendolyn precisou respirar porque, de fato, Saint-Zurie estava passando de todos os limites naquela noite. Ela voltou-se para o visconde. — Não tomei como insulto, Lorde Albret. Adoro cuidar das plantas e auxilio todos que me pedem esse favor.

— Entendo, Lady Hawthorn. — O visconde não pareceu convencido, entretanto. — Bem, Vossa Graça, rogo que perdoe a minha interpretação errônea.

— Talvez mais tarde.

O duque pareceu ter mais de dois metros de altura naquele momento.

Era grandioso, como nenhum outro parecia ser. Até *monsieur* Pierre pareceu pequeno aos olhos de Gwen. Era o orgulho e o poder de um homem que teria quem desejasse curvado aos seus pés.

— Concede-me um passeio, *madame*? — O duque fez um arco com o braço, permitindo que Lady Hawthorn apoiasse a mão. Assim que ela aceitou, porque não poderia agir de qualquer outra forma na frente de tantas pessoas, a Marquesa de Lussac lhe ofereceu uma piscadela. Gwen quase bufou. — Talvez deva atualizá-la com os acontecimentos a respeito de meu jardim.

— Conversas tediosas para lá, por favor! — A esposa do Presidente da Câmara de Verrières sorriu, aliviando o clima para todos. — Sobre o que estávamos conversando, Lorde Albret?

O duque puxou Gwendolyn antes que ela pensasse em uma alternativa para escapar.

— Foi rude de sua parte mentir que tínhamos marcado um compromisso! Em nenhum momento combinei nada com o senhor! — Gwen arfou, tomando fôlego, e agradeceu a Deus pelo duque ter reduzido as passadas largas e parado no jardim da mansão do visconde.

— Deixou bem claro que nos veríamos por onze dias seguidos. — Ele parecia furioso. Chegou a tirar a cartola, libertando seus fios negros e rebeldes. — Estamos no quinto dia, e a senhora sequer me enviou uma carta, avisando com antecedência. Esperei-a o dia inteiro!

— Não me culpe por suas próprias expectativas, Vossa Graça. Se não marcamos um encontro depois da cavalgada, como esperaria que eu fosse vê-lo no dia seguinte?

— A senhora deixou bem claro que continuaria me vendo depois do que fiz. Isso é uma espécie de vingança por eu ter me atrasado?

— Quão tolo! Não estou vendo-o agora? — Ela fez uma pausa, precisando respirar fundo. — Fala como se eu tivesse acabado de cometer um crime! Não posso mais passear com a minha estimada amiga e fazer compras na *rue de la Paix*? Devo estar disponível sempre que o senhor desejar? Não sou sua propriedade, Vossa Graça.

— Não está me vendo por vontade própria, não é mesmo? Se ansiava cancelar os nossos encontros, deveria ter sido clara comigo. E não a estou proibindo, pare com essas ideias... como se fosse capaz de tal artimanha terrível.

— Eu não cancelei, apenas tive outros afazeres mais importantes — explicou-se pela enésima vez.

— Então por que está tão irritada ao me ver? Parece que mal me suporta. Tive de descobrir em que fim de mundo a *madame* se metera...

Isso fez Gwen parar de rebater. Era ela o motivo de ele ter viajado até o interior atrás de um baile que não parecia combinar com sua estirpe? Lady Hawthorn piscou, contudo, o duque não parou de falar.

— E vim até aqui apenas para vê-la nos braços de um visconde qualquer, valsando como se estivesse profundamente feliz e livre. Como se estivesse *contente* por ter se livrado de mim, na verdade. Em nosso quinto dia, tive de vê-la com outro homem, como se eu tivesse de aceitar tal despautério...

— Em nosso quarto dia, tive de ouvir, de sua própria boca, que dormiu com meretrizes! Devo fazer o mesmo, então? Desnudar-me e deitar-me com o visconde? Se está tão irritado agora, por que não se coloca em meu lugar?

— Então foi isso mesmo, uma vingança? — Seu tom de voz aumentou.

Ele deu um passo à frente, exalando como um touro pelas narinas. Gwen manteve sua postura elegante, inglesa e fria.

— Uma *casualidade*. Pense com racionalidade, Vossa Graça! Eu nem sabia que o senhor estaria aqui e muito menos dei indicativos de que viajaria a Saint-Cloud. Estou lhe mostrando que está furioso por uma constatação inválida. É esse o problema? Eu ter dançado com o conde e o visconde? Então deveria ser um problema *monsieur le duc* ter dormido com outras mulheres? Seria um problema eu deitar-me com outros homens? Da mesma maneira que não o cobro, o senhor carece deste direito sobre mim.

Foi como se Gwendolyn o tivesse golpeado com as palavras. Ela percebeu o rosto do duque adquirir uma expressão tão desolada que se arrependeu, em parte, por ser tão verdadeira. Mas *sentia* que estava certa. Ainda que seu coração doesse ao se imaginar flertando com qualquer outro homem, precisou mostrar o que o duque queria cobrar dela. Como ele queria apontar a conduta de Gwendolyn como errada, se fizera tão mais do que isso?

— Gwendolyn...

Para o choque da dama, Saint-Zurie se aproximou. E ficou tão perto que o pé direito do duque teve de se encaixar entre os dela. O corpo dele pairou sobre o de Gwen numa presença abrasadora, poderosa e inevitável. O duque levou a mão, livre da cartola, até a cintura da dama, e a trouxe para perto. Foi uma surpresa imensa para a *madame* ser capaz de respirar enquanto sentia o calor dele alcançar sua pele, ainda que houvesse tanto tecido os separando.

— Talvez devêssemos colocar algumas regras.

— Regras?

Ela arfou quando o rosto do duque desceu. O nariz dele percorreu o maxilar de Gwen, como se eles não tivessem acabado de ferir fortemente um ao outro. Ela fechou as pálpebras porque, por mais irada que estivesse, ele parecia ser o único capaz de acalmá-la. E esse contato físico mínimo, quase como um abraço, mas sem ser, alcançou a alma de Gwen antes que ela pudesse pensar sobre o assunto.

— Apenas uma. Aja como se estivesse comprometida, embora renegue isso fortemente. Eu farei igual. Não desejarei outras mulheres, o que honestamente já faço, e não carecerei de nenhuma companhia além da senhora. Seja minha, Gwendolyn, pelos dias que nos restam.

O cérebro de Lady Hawthorn parou de funcionar, enquanto seu coração encontrava-se consciente de tudo: o tecido aveludado das roupas do duque, a respiração dele na pele dela, o toque firme da mão grande e máscula em sua cintura, um pouco abaixo do que deveria um cavalheiro. Com uma força além da explicação, ela conseguiu erguer os olhos para o rosto de Saint-Zurie assim que ele se afastou. O que viu ali, naqueles olhos perigosamente afogueados, não poderia descrever em voz alta. Era a chama de um homem com o orgulho ferido, rendido por uma mulher que desejava.

— Fará isso mesmo? — conseguiu murmurar.

— Sim — ele respondeu sem pensar. Subiu a mão da cintura de Gwen para o braço da dama, desnudo, passando a ponta dos dedos na pele. — Sei que é difícil confiar na palavra de um homem como eu, mas veja em meus olhos se desejo alguma mulher além da senhora. Sejamos um do outro pelo tempo que nos resta, por favor?

— Ainda dançarei com os outros cavalheiros que me convidarem.

O duque riu baixinho.

— Contanto que seja minha no final da noite e não ceda aos encantos de nenhum visconde...

— Por que quer essa garantia? — Gwen murmurou. — Acha mesmo que eu dormiria com o primeiro homem que me chamasse para uma valsa?

— Não desconfio da senhora, apenas não quero conviver com a incerteza de estarmos na mesma página. — Ele exalou fundo, angustiado. — Será que pode dizer sim para o meu coração sossegar, Lady Hawthorn?

Ele sempre arrancava uma risada de Gwen, ainda que ela não desejasse rir. Não foi diferente dessa vez. O duque soltou a cartola sobre a grama e segurou o rosto de Gwen, fixamente admirando seus olhos. O olhar de Lady Hawthorn escorregou para a boca do duque, que pareceu muito atrativa.

— Sim — Gwendolyn sussurrou. — Seremos um do outro pelos próximos dias. Agora, precisamos voltar e...

Ele não a deixou terminar de falar. Saint-Zurie completou o espaço que faltava e a beijou. Os lábios quentes, macios e cheios sobre os dela, tão frios, aqueceram todas as ressalvas que porventura Gwendolyn ainda tinha. Ele trabalhou no lábio inferior da dama, sugando-o para sua própria boca, até que ela cedesse e o recebesse com a língua. Talvez Gwen nunca fosse se acostumar com a devassidão com que Saint-Zurie a beijava, como se precisasse tomá-la por completo, ainda que calmamente, em uma tortura excruciante.

Era aquela língua libertina adentrando, girando e provocando, até que Gwen entrasse no mesmo ritmo e atentasse a si mesma em um desejo sem fim.

Os mamilos ficaram pesados sob o vestido e um prazer incontrolável entumeceu o ponto entre suas pernas, molhando-a imediatamente. Essa sensação tão voluptuosa, tão líquida, a ponto de desejar arrancar as roupas do duque até tê-lo *dentro* dela, era uma novidade desde que o sentira sobre a grama, mas aceitou a onda e se entregou à aventura completamente nova.

O duque continuou beijando-a até que Gwen engolisse um grunhido masculino, até que suas línguas acelerassem, até que o duque não pudesse fazer nada além de descer as mãos e apertar o traseiro de Gwen, puxando-a para senti-lo.

Ereto, másculo e longo.

Foi a coisa mais erótica que Gwendolyn já experimentara. Todo o corpo forte do duque pressionando-se contra ela, enquanto o beijo elevava ainda mais o prazer da dama. Era de deixar qualquer mulher insana por mais, pedinte, até que implorasse...

Mas Saint-Zurie reduziu o ritmo, a velocidade, e rodeou apenas mais uma vez a língua pela boca de Gwen, como se quisesse tirar um último proveito. Beijou-a delicadamente nos lábios, depois no queixo e na ponta do nariz. As pálpebras de Gwen ainda estavam cerradas quando ele se afastou.

— Concordo, Lady Hawthorn. Devemos voltar o quanto antes. — Curvou o braço para a dama. — Pronta?

Sentia-se aturdida, mas aceitou o gesto. A cabeça ainda rodava e seu corpo palpitava de uma forma agonizante. Mas caminhou ao lado de Saint-Zurie, grata por ter discutido em um ponto discreto do jardim, o que só percebera quando voltaram. Era isso ou o baile inteiro teria visto a briga e o beijo ardente entre os dois.

Gwen corou fortemente.

— Então, como estávamos dizendo, as rosas... — o duque brincou.

Ela riu e entrou no salão dessa forma: corada, alegre e um pouco apaixonada.

Gwendolyn não percebeu a quantidade de olhares sobre os dois porque estava imersa demais em seu próprio mundo, assim como o duque. Mas boa parte da sociedade francesa apostara, depois daquela entrada, que Lady Hawthorn se tornaria a próxima duquesa de Saint-Zurie.

CAPÍTULO VINTE E UM

Ela era sua. Ao menos, nos dias que restavam. E Matthieu estava determinado a oferecer a Gwendolyn a melhor experiência da vida. Quando saíram de Saint-Cloud pela manhã, fizeram uma curta viagem pelas estradas caóticas da França até a casa da avó do duque, em Sceaux. Tiveram sorte em não serem vistos pelos convidados indo na mesma carruagem, para o mesmo destino, e mais sorte ainda que a duquesa-viúva partira de Saint-Cloud direto para Paris, alegando ter alguns detalhes para acertar da *soirée*. Antes de saírem, Matthieu pediu ao seu cocheiro e ao valete que recolhessem todos os pertences dos dois e os colocassem direto na carruagem, incluindo o pequeno baú de viagem de ambos. Enquanto assistia aos seus criados para lá e para cá, na movimentação mais breve e discreta que já fizeram, o duque avistou Gwen conversando com a Marquesa de Lussac, avisando para onde iria.

Havia muito carinho, empatia e consideração em Gwen.

E isso só aumentava a admiração de Matthieu.

A viagem foi tranquila e não tardou muito para chegarem a Sceaux. Gwen elaborou um piquenique ao ar livre, naquele cenário montanhoso, verde e cheio das mais belas flores. À beira do lago em que se beijaram pela primeira vez, eles riram da delícia de estarem na companhia um do outro, compartilharam algumas confidências e predileções, falaram sobre a infância, os livros favoritos, as peças de teatro e as óperas a que já foram. Falaram sobre política, e o duque achava especialmente cativante poder dividir suas opiniões com uma mulher tão versada. Conversaram sobre as amizades que tiveram e sobre a família. Naquele instante, o humor alegre e divertido foi se esvaindo, e o Duque de Saint-Zurie sentiu que estavam pisando em um terreno delicado.

— Perdi meus pais em um curto prazo de um ano, quando era recém-casada. Embora tenha recebido o apoio de meu falecido marido na época... preferiria nunca o ter conhecido. — Gwendolyn fez uma pausa. — Talvez eu deva pedir um pouco mais de limonada para nós.

Matthieu não era um homem sensível, sentimental ou até empático. Mas Gwen o transformara naquele breve período. Importava-se com a dama. Não sabia como explicar o que sentia, no entanto, havia uma necessidade de ser verdadeiro, de conhecê-la, uma ânsia por saber mais do que demonstrava. A janela que Lady Hawthorn ofereceu naquele segundo o fez tocar no pulso acelerado da dama e freá-la antes que se levantasse e se escondesse ante a vulnerabilidade.

— Quer dividir esse momento comigo? — perguntou suavemente.

Lady Hawthorn usava um chapéu de palha elegante, com um laço de fita cor-de-rosa e um vestido delicado, no mesmo tom, com detalhes em renda branca e pequenas pérolas. Era justo em seu corpo, nada decotado, mas parecia ser tão belo quanto a dama.

— Não há muito a dizer. — Gwendolyn baixou o rosto. — Papai faleceu de difteria, que o levou mais rápido do que poderíamos prever. Em um dia, ele estava saudável, no outro, apresentou alguns sintomas de gripe e foi piorando. Perdi-o em uma semana. Mamãe... entrou em um estado apático em que eu mal a reconhecia. Não tinha apetite, mal se comunicava comigo e perdeu a vontade de viver. Eu tinha de visitá-la diariamente, apenas para colocar comida em sua boca e monitorar sua saúde. Ela foi desfalecendo até ficar tão magra que... — Gwen respirou fundo. — A única coisa que ela me dizia era para sair da Inglaterra, caso algo ainda mais grave acontecesse. Que deveria buscar refúgio com Isabel, a Marquesa de Lussac, que jamais me desabrigaria, mesmo não sendo parentes de sangue.

— Uma amiga de sua mãe?

— Sim. — Gwendolyn olhou além da paisagem, perdida em pensamentos. — Acreditei que jamais teria de sair da Inglaterra, que mamãe estava com as ideias um pouco desencaminhadas e que nunca teria de recorrer a alguém que não fosse sangue do meu sangue. Nunca me imaginei realizando algo tão... extremo. Mas a verdade é que, mesmo naquele estado letárgico em que mamãe se encontrava, ela estava enxergando muito além de minha inocência, e não pude perceber.

O duque soltou o pulso da dama e trouxe a mão de Gwendolyn para o seu colo. Ela desviou o olhar do horizonte, pairando a atenção sobre os dedos entrelaçados, a luva de Gwendolyn incapaz de impedir o duque de sentir o calor daquele contato.

— Gwendolyn... — murmurou. Precisava entendê-la.

— Eu tinha um diário. Devo admitir que ainda o tenho e escrevo diariamente nele, na verdade. — Gwen sorriu tristemente e ergueu o rosto para o duque. Seus olhos brilhavam, como se estivesse segurando uma tempestade de emoções ali dentro. — Hoje, ele é apenas um relato de minhas experiências. Antes, possuía outro propósito. Eu o escondia de minha mãe porque achava que o homem da minha vida o leria. Era supostamente para ele. Nesse diário, colocava todas as minhas expectativas em amar e ser amada, em ser tratada com o mesmo carinho e docilidade que papai dignava à minha mãe. Eles não se casaram por amor, evidente, mas construíram uma relação tão bela. *Pensei* que faria parte daquele pequeno grupo de pessoas que tinha a mesma sorte, ainda que soubesse que a maioria dos casamentos são acordados, infelizes, até violentos. Veja, o meu exemplo de amor veio dos meus pais. E embora papai tenha praticamente me vendido ao primeiro nobre rico que apareceu, ainda assim, eu acreditei — Gwendolyn respirou fundo e não conteve as lágrimas que desceram pelo seu rosto.

Matthieu sentiu uma pontada dolorosa no peito ao vê-la tão machucada. Jamais saberia que Gwendolyn tivera seus sonhos abruptamente interrompidos. Ou que um dia sonhara em ser amada. Era um destino comum e cruel para as filhas de pais endividados.

— No início, meu casamento foi pacífico. Mesmo com a perda de meus pais, recebi o apoio incondicional de um homem que permanecia ao meu lado. Como estava fragilizada, era exatamente o que ansiava. Cheguei a pensar... que o amaria. Mas a personalidade de Lorde Hawthorn não demorou a aparecer. Jogatinas, vícios, mulheres e... violência. Eu teria suportado tudo, até porque não tinha escolha, mas os golpes e... a forma como ele me humilhava física e mentalmente... nunca poderei descrever em... — Ela prendeu o olhar em Saint-Zurie, as lágrimas duras escorrendo. — Não me orgulho de ser grata pela morte de meu marido, mas chegamos a um ponto em que seria a vida dele ou a minha. Ele faleceu por conta de suas próprias negligências, mas eu fiquei aliviada por... ser livre. Consegue entender o sentimento?

— Consigo.

Matthieu foi sincero porque sentiu uma revolta tomar seu coração. A forma como Gwendolyn fora tratada. A maneira que o marido a *agredira*. Não era incomum, mas Matthieu nunca levantaria a mão para qualquer mulher. Ele nunca agiria violentamente. Jamais se imporia sobre a vontade de uma dama. Como aquele desgraçado fora capaz de machucar...

— Conte-me todo o resto.

— Fiz as malas e parti de navio para a França logo após a morte de Lorde Hawthorn. Que até foi bem teatral. Ele morreu nos braços de uma amante. — Gwen aceitou o lenço que Saint-Zurie ofereceu. Secou as lágrimas e segurou o lenço branco com força. — Isabel me recebeu como uma mãe. Sem questionar, até que eu me sentisse pronta para compartilhar a história. O pai da Marquesa de Lussac foi o amigo mais íntimo de meu avô. Isabel... eu devo a minha vida a ela. O filho do primeiro casamento de Lorde Hawthorn sem dúvida me deixaria uma casa e uma pensão, mas eu não confiava na índole dele. Lembrava muito o pai. Certamente, faria uma artimanha até que eu partisse de Londres. — Gwendolyn fez uma pausa. — Tem certeza de que não me julga?

— Como poderia, Gwen? — Ele a olhou, não com piedade, mas com um carinho imenso e uma compreensão real de o que o matrimônio significava para ela. — Não sou capaz de mudar o passado, embora quisesse. Questionei-me tantas vezes sobre tantas coisas, mas adoraria tê-la conhecido nessa época, para conseguir abrigá-la e...

— Não me abrigaria, Vossa Graça. O senhor estaria na companhia de alguma dama, possivelmente seminu e não apto a ajudar uma viúva.

Ela riu, em meio às lágrimas, arrancando do duque um sorriso fraco pela contradição. Não sabia como poderia acalentá-la, não sentia que havia muito em sua alma para oferecer. Mas, por Deus, daria qualquer coisa no mundo para cicatrizar a ferida de Gwen.

— E quais são os seus segredos mais obscuros?

— Não quer ouvir o que tenho a dizer? Vamos direto para isso? — brincou Saint-Zurie.

— E tem algo a dizer? — Gwen semicerrou os olhos. — Acredito que seja muito justo irmos direto para o seu passado. Contei ao *monsieur le duc* até sobre o meu humilhante diário...

O clima parecia agradável. O sol suavemente atingia os dois, mas apenas alguns raios, já que estavam sob uma imensa árvore de tronco e galhos fortes. Não estava particularmente calor nem frio, mas também não se compararia à primavera ou ao verão na França. Era um clima convidativo, de fato, para um passeio ao ar livre e até para...

— Tem toda razão, Lady Hawthorn. — Matthieu se levantou. — Talvez eu devesse compartilhar com a *madame* os meus segredos. Não sei se me sinto preparado, mas talvez eu deva... não apenas contá-los, mas enfrentá-los.

— Talvez? — Gwen estreitou os olhos quando Saint-Zurie começou a desabotoar o paletó. Botão por botão. — O que pensa que está...

— Há muito para ouvir. E não quero entediá-la.

— Então, está se *despindo*? — Gwen gritou a última palavra.

CAPÍTULO VINTE E DOIS

Era impensado, talvez imprudente. Deparar-se com o medo era sempre excruciante. Mas Gwen deixara sua alma à disposição de Matthieu. Como, em vida, ele seria capaz de retribuir o mesmo sem que despisse a sua?

— Sim — o duque respondeu sem se afetar.

Passou o paletó pelos braços, jogando-o de qualquer jeito sobre a toalha de linho branco, ao lado da cesta de piquenique. Em seguida, desabotoou o colete, e Gwen tampou os lábios abertos com as mãos.

— A senhora já viu muito mais do que isso, Lady Hawthorn.

— Estamos em plena luz do dia, Vossa Graça!

— Acho que caí de seu telhado... pela tarde, não?

O colete foi embora, assim como o broche elegante de diamantes e o lenço branco ao redor do pescoço. Matthieu assistiu a Gwen alternar entre fascínio e choque, encarando as peças de roupas sendo empilhadas uma a uma, de modo nada elegante. Desfez-se das botas e das meias e, em seguida, a camisa foi puxada pela cabeça, com a habilidade de um homem que sabia tirar qualquer peça sem se demorar. Não que isso fosse especificado em voz alta, mas Matthieu sentiu o julgamento na expressão de Gwen. Ela dançou o olhar por seu tórax definido, os músculos de seu abdômen e o V que era frequentemente elogiado por tentar muito a imaginação de uma mulher. Ficou apenas de calça, descalço e, aos olhos de Gwen, seminu.

Matthieu abriu os braços.

— Não entro neste lago desde que perdi a minha família.

Ele deu um passo para trás e o sol abraçou sua pele. Sentiu a liberdade por estar sem camisa, o toque do sol acalentando-o mais do que seria capaz de admitir. Gwen não conseguiu desfazer a surpresa em seu rosto.

— Este era o meu lugar favorito, e o de meu irmão. Quando crianças, corríamos pela grama e nos jogávamos na água, como se fôssemos indomáveis.

O duque sorriu, embora sentisse o peito doer com a lembrança. Continuou caminhando para trás.

— Sentíamos que nada nos pararia, até Lorran ter a necessidade de se educar para ser o futuro Duque de Saint-Zurie. Ele passou por tutores tão rígidos, quase não podia nos encontrar, a mim e a Léonard. Com o tempo, sua personalidade também se tornou tão fria quanto o título necessitava. Nos tempos finais da vida de Lorran, brigávamos por eu nunca ser capaz de corresponder às expectativas de nossos pais e de minha avó. Léonard, o caçula, tentava nos reconciliar, sem sucesso.

— Saint-Zurie, eu... — Gwen se levantou e levou a mão até o coração, como se a dor que o duque sentia fosse dela também. — Talvez...

— Eu quero fazer isso. — Ele compreendeu antes que ela pudesse falar.

— Tudo bem. — Gwen assentiu.

— Fui fazer faculdade em Londres. — A garganta de Matthieu começou a coçar. — A última coisa que ouvi de meu pai foi que ele me deserdaria. A última coisa que ouvi de minha mãe foi que ela, apesar de tudo, ainda me amava. E a última palavra de meu irmão comigo foi que eu o havia decepcionado profundamente. Fui para a Inglaterra na esperança de me livrar deles... E consegui, Gwen. O que não sabia era que não adiantava livrar-me da França, porque o meu nome...

Ela caminhou até Matthieu, o que o surpreendeu tanto que a emoção que ele estava carregando — a culpa, o inferno particular do Duque de Saint-Zurie — saiu de uma única vez. Bem ali, admirando-a nos olhos, ele disse em voz alta tudo o que jamais havia compartilhado sequer com seus amigos. Gwen tocou no rosto de Matthieu, e ele só percebeu que as lágrimas tinham caído quando viu a luva da dama molhada. Gwen puxou o rosto de Matthieu para baixo, e ele encostou sua testa na dela, as pálpebras fechadas.

— Recebi uma carta que... — Ele fez uma pausa. — Eles estavam a caminho da Inglaterra para me encontrar e tentar fazer uma surpresa; quem sabe uma reconciliação e nos tornarmos uma família de novo. Os três se afogaram em alto-mar. O navio naufragou. Eu sou o culpado. Vivo com esse peso sobre os meus ombros há anos. Tenho pesadelos sobre eles se afogando.

Não consigo fazer as pazes... comigo mesmo. E não consigo olhar para a água sem pensar que deveria estar lá também.

— Matthieu... — Gwen disse seu nome com seu sotaque inglês e pronúncia errada, mas ele não pôde se importar menos.

As mãos de Lady Hawthorn foram parar no peito de Matthieu, e ela abriu os olhos para encarar os dele.

— Sabe que não é sua culpa.

— Da mesma maneira que sabe que não é sua culpa a morte de seu marido? Pela forma que me contou, preocupando-se que a julgaria, temia que fosse interpretá-la mal por desejar se ver livre de um inferno em vida.

Ela exalou, incapaz de rebatê-lo.

— Carregamos culpas imensas porque não somos capazes de aceitar que a vida é uma sucessão de acontecimentos inexplicáveis — ela disse.

Matthieu segurou o rosto de Gwen.

— Precisamos responsabilizar *alguém*, nunca o acaso — acrescentou Gwen.

— Sei que não há razão para me culpar. Nenhuma razão lógica, ao menos. Mas, toda vez que me recordo, sinto que falhei. Como homem, como filho e como irmão. Eu deveria ter sido melhor para eles enquanto pude. E deveria ter apoiado Lorran quando ele estava à beira do precipício para se tornar duque. A dureza de sua personalidade passou para a minha. São muitas responsabilidades. No entanto, eu aceitaria todas se pudesse trazê-los de volta. Eu falhei, eu os perdi e nada me fará pensar o contrário.

— Falhou mesmo, Matthieu? — perguntou suavemente Lady Hawthorn. — Abraçou um título que sinto que odeia com todas as forças. Cumpriu cada obrigação com o seu nome e a sua família. Deixou sua alma e coração para entregar honra e dedicação. Abdicou de boa parte de quem era, apenas porque nunca desejou que todo o trabalho de seus antepassados fosse em vão. Se pinta como um vilão, um monstro, como já disse para mim. Tudo o que vejo é um homem de palavra e caráter. Nunca, em mil anos, eu poderia enxergá-lo como o responsável por um acidente.

— Como consegue enxergar beleza na catástrofe que sou, Gwen?

— Não me julgue por achá-lo muito mais do que um libertino sem coração, Matthieu. Realmente acha que é o tirano de sua própria história?

Ele não foi capaz de rebater, porque Gwen sabia a resposta. Ela afastou-se dele, tirou o chapéu de palha e as botinas de cano curto que calçava, além das meias. Gwen foi até o lago, molhou um pé, depois outro e, para o choque de Matthieu, mergulhou.

Ele ficou um tempo sem conseguir respirar, num profundo e imenso pânico se a dama conseguiria voltar. Gwen exalou quando a cabeça despontou para fora d'água, e Matthieu fechou os olhos por alguns segundos até ouvi-la.

— Um tirano não escutaria as minhas angústias com a paciência de um monge. Não deixaria o irmão mais novo longe da França, apenas para a segurança dele. Não sacrificaria a vida por ninguém mais além de si mesmo. Não compartilharia onze dias com uma dama de caráter duvidoso apenas por se encantar por ela. Obrigada, de qualquer maneira.

Ele quase riu, vendo-a completamente molhada, com o ego inflado.

— E não diria que me cortejaria, porque seria o *certo* a ser feito. Um tirano jamais ajudaria a avó numa *soirée* por amá-la. Devo continuar listando?

— Ah, Gwendolyn...

O duque começou a entrar na água antes que pudesse pensar sobre isso. Teve de conter o medo, a angústia que sempre lhe tomava o peito quando se aproximava de lagos, rios e mares. Suspirou fundo e, quando estava com a cintura submersa, tentou afastar os pensamentos que o amedrontavam e admirar Gwen, que parecia uma sereia à sua frente — o vestido quase transparente em suas curvas, a desinibição de uma mulher que tinha se apresentado a olho nu para Matthieu. Seu coração gélido, naquele momento, acelerou por um sentimento novo, aquecendo partes desconhecidas da alma do duque. Ele nadou calmamente até Gwen e, quando ficou próximo o bastante, ela lhe deu um sorriso.

— A distância entre o medo e a coragem é tão pequena, Vossa Graça. Às vezes, apenas um passo.

— Não tirará como mérito a sua capacidade indescritível de sempre me arrancar de onde me sinto mais confortável?

— Desafio-o, é verdade. Embora o senhor tenha arrancado as roupas primeiro. — Gwendolyn sorriu.

E ainda que Saint-Zurie não a tocasse, sentiu como se uma ligação invisível estivesse se formando entre os dois.

— Não se faça de rogado. *Monsieur le duc* também me põe em situações inéditas sempre que pode.

Finalmente, puxou a cintura da dama para si. Os corpos molhados e submersos... ela parecia tão leve sob suas mãos. Gwen alternou a atenção entre os olhos do duque e a boca, enquanto ele sentia cada curva da dama tocar seu corpo.

— Preciso lhe pedir apenas mais uma coisa que não está disposta a fazer, Gwendolyn.

Ela piscou um par de vezes.

— O quê?

— Não tenha medo de viver por causa das experiências que passou. Privar-se de sentir, apenas porque seu passado foi tão obscuro quanto o meu, se torna tão injusto com a vida, não acha?

Os olhos cor de caramelo de Gwen cintilaram.

— Algumas experiências ruins são necessárias para entendermos o que é de fato bom quando chega. Sei que é difícil acreditar nos homens depois do que enfrentou, mas acredite em mim quando digo que a senhora merece muito mais do que a vida foi capaz de lhe oferecer — finalizou Saint-Zurie.

Ele não esperava reação alguma, mas recebeu mesmo assim. Os braços de Gwen envolveram os ombros do duque, até rodeá-lo pelo pescoço, e ela o trouxe para si com tanta urgência que ele chegou a perder os batimentos. Encaixou o rosto na curvatura entre o pescoço e o ombro do duque, como se precisasse daquele contato mais do que qualquer outra coisa na vida.

Lady Hawthorn o abraçou com um sentimento que pareceu curá-lo.

No lago que já havia amado e hoje temia, sob as sombras de uma culpa que jamais o deixaria, sentiu a reciprocidade do afeto por Lady Hawthorn. Ela o adorou naquele instante, sem precisar dizer uma palavra, algo tão costumeiro e profundo entre os dois.

O Duque de Saint-Zurie sentiu que não seria capaz de deixá-la ir quando os onze dias acabassem.

CAPÍTULO VINTE E TRÊS

— *Eu* a vejo irradiar uma felicidade enorme — a Marquesa de Lussac notou naquela manhã.

Gwendolyn retornara no dia anterior a Paris, antes da hora do jantar, com o Duque de Saint-Zurie. Ele apenas fora cortês em deixá-la na porta, mas com discrição.

— Tem certeza de que o afeto por Sua Graça não ultrapassou todas as suas ressalvas?

— Já não sei.

Ela não conseguia parar de sorrir. Voltara para casa com as roupas úmidas do lago, porém com uma sensação nova no coração e um sentimento ainda maior de liberdade. Gwendolyn sentia-se tão leve, pela primeira vez em toda a vida, como se um peso tivesse sumido de suas costas. Como se não tivesse 60 anos, e sim a sua idade, 27.

— Essa sucessão de encontros tem sido tão mais do que eu secretamente desejava... Imaginei que encontraria no duque um companheiro para conversas, e talvez um instante ou dois de...

— Volúpia? — A Marquesa de Lussac riu.

— Sim, bem. *Talvez.* Mas trocamos confidências, e alguns beijos. — Gwen nem chegou a corar, pois tinha em Isabel muito mais do que uma mãe de coração, mas uma amiga que jamais a julgaria. — Sinto que posso voar. Estou eufórica, tão ansiosa...

— Preocupa-me apenas uma coisa, *má chérie.* — A Marquesa de Lussac abaixou delicadamente a xícara de chá. — Estará pronta para o fim?

— Sim — Gwen respondeu sem hesitar. — Terei a felicidade por quanto tempo durar. Eu e Saint-Zurie jamais poderíamos... nos casar. — Uma risada saiu de seus lábios. — Uma viúva que não tem um franco próprio... com um duque? Sabe que sou grata por tudo o que fez por mim, Isabel, mas a fortuna que despende comigo...

— Pare com bobagens. Se não gastasse conosco, daria a quem? — A marquesa sorriu. — Se precisasse de um dote, sabe que eu me disponibilizaria a...

— Isso sequer passa pela minha cabeça — Gwen negou com veemência.

— Gwen...

— É verdade. O casamento também é responsável por tirar todo o brilho do flerte. Não existe felizes para sempre. E serei frustrada, como todas as outras mulheres casadas com aristocratas poderosos, ao ver o meu marido rodeado por amantes... Conhece Saint-Zurie tanto quanto eu.

— É verdade? Não sei se o conheço tanto assim. — A marquesa abaixou a xícara de chá e admirou Gwen como faria com uma filha. — Os boatos sobre o duque buscar uma esposa estão fortes por toda a França. Me admira não ter uma noiva à vista.

— Bem, ele deve encontrar uma esposa.

Gwen tinha escutado alguns burburinhos sobre isso, mas era a primeira vez que alguém de sua confiança dizia tão claramente. O chá que havia tomado subiu amargo por sua garganta.

— E ele é um dos poucos em Paris. A sociedade o recriminaria se aparecesse com amantes, como era tão costumeiro na corte de Luis XIV. Estamos em um período em que a nobreza deve tomar cuidado com suas ações. Veja, Gwen, talvez ele não seja inapto a manter a fidelidade. Sei que o seu ideal é ousado...

— Já desisti de acreditar que isso existe. Eu *sei* que não. E Saint-Zurie é muito... intenso para manter-se fiel à paixão. Ainda que ele se apaixonasse por mim, de fato. Sabe que o sentimento perdura por pouco tempo.

— Evidente que a paixão acaba, *chérie*. Mas há tão mais do que isso... a confiança, a amizade, a lealdade...

— Não colocaria meu coração em risco por vontade própria, nem se eu o desejasse com a minha alma. Estou contente pelos onze dias que foram combinados. — Gwen sabia que estava dizendo isso para convencer a si mesma. — Além desse prazo, seria minha perdição.

A marquesa olhou para Gwen com aquele olhar sábio, de anos à frente em experiência.

— Temo que descubra, cedo ou tarde, que, tratando-se de Saint-Zurie, seu anseio seja inesgotável.

Gwen meditou a respeito do que Isabel dissera por toda a parte da manhã e da tarde. Mesmo depois do jantar, já na companhia do duque, olhou para ele com um ar de quem... precisava entender certas coisas que estavam acontecendo em seu coração.

Sentia-se *inesgotável* sobre Saint-Zurie? Parecia uma palavra tão forte.

Olhando o perfil daquele belo espécime masculino, o nariz apontando para cima, os olhos cor de mel, o maxilar largo e o queixo, a covinha que se formava em sua bochecha toda vez que sorria. *Conseguiria* ficar sem isso pelo resto de seus dias? *Sem ele?* Dissera com tanta convicção mais cedo, então por que agora sentia... essa angústia imensa pressionando-lhe o coração?

— Não consegue tirar os olhos de mim esta noite.

— Como?

— Desculpe-me, Lady Hawthorn. — O duque ergueu uma sobrancelha presunçosa. — Enganei-me?

De fato, estava olhando para o duque mais do que deveria.

— Bem, *enganado* não está. Parece-me que há algo diferente em Vossa Graça.

O duque lançou um olhar de esguelha para a dama. Vestia-se em tons de creme e verde-floresta, e Gwen achou-o particularmente mais belo conforme caminhavam pelas ruas mais deselegantes de Paris. O último encontro, escolhido por Gwen, era ousado e ela decidira por isso antes de planejar os dias anteriores. Achou incrível o fato de o duque não a ter como louca ou questionar se estava zombando dele. Saint-Zurie apenas garantiu que faria o que ela desejava fazer.

— O que há de diferente em mim? — o duque perguntou.

— Não sei. Mas *há* algo.

— É tão contraditório se levarmos em consideração o modo como a *senhora* decidiu se vestir...

De fato, Gwen vestira-se de uma maneira que, se o seu pai estivesse vivo, lhe daria uma bela sova no traseiro. Chegara em Palais La Rouge no fim do entardecer e pedira as roupas do duque emprestadas, as menores que ele possuía, para realizar o último desejo de Gwen. Saint-Zurie, como um bom cavalheiro que era, segurara a risada quando se deparou com uma Gwen vestida, dos pés à cabeça, como um rapazote.

— Pareço um belo de um rapaz. E ninguém desconfiou! — Gwen retorquiu, de bom humor.

— Um *belo* rapaz? Não tem altura e porte físico para isso — zombou o duque. — Mais parece-me um diabrete de quinze anos do que...

Ela deu um tapa no braço do duque e ele riu.

— Pare com isso! Sabe que jamais seria permitido que uma mulher desfrutasse do pedido que lhe fiz. Não na França, ao menos.

— A *madame* possui vontades tão incomuns.

Gwen adorava toda vez que ele pronunciava *madame*. Soava como *madãm* e o francês de Saint-Zurie soava ainda mais sedutor naquela voz rouca.

— Desde que o senhor me disse que frequentava esses lugares, fiquei curiosa a respeito.

— Não é com frequência, de nenhuma maneira. Venho apenas quando preciso extravasar. Por vezes, assisto; em outras, participo.

— Me permitirá dar um soco em alguém? — Lady Hawthorn se empolgou com a ideia.

Isso fez Saint-Zurie congelar seus passos.

— Não é porque está vestida de forma essencialmente duvidosa que poderá *participar* de uma luta, Gwen. Por Deus! — Ele riu. — A senhora gosta de me surpreender?

— Eu queria apenas...

— Não terá.

Saint-Zurie apoiou a mão na base das costas de Gwen e a guiou até uma rua estreita. Subitamente, o duque a prendeu entre seu corpo e a parede, as mãos espalmadas de cada lado, na altura da cabeça de Lady Hawthorn.

Ela sentiu o coração acelerar, a respiração titubear e seus joelhos ficarem bambos sob a surpreendentemente confortável calça. O duque a olhou de uma maneira que misturava brincadeira e luxúria, o que foi uma receita perigosa para o coração em dúvida da dama. Gwen já estava brandindo espadas numa luta interna e não sabia se possuía qualquer autocontrole para frear a paixão.

— Não acredito que terei de pedir isso à *madame*... — Ele sorriu, inclinando o rosto para o lado, escorregando o olhar tentador para os lábios dela.

A luz da lua estava forte, quase como se os céus desejassem que Lady Hawthorn visse cada traço de um homem inegavelmente belo.

— Mas imploro que se comporte esta noite, Gwen.

— Me comportar? — sussurrou.

— Seja discreta.

Ele aproximou o nariz do de Gwen, tendo cautela para não derrubar nem a sua cartola nem a da dama. Soltou uma risada, talvez pensando sobre si mesmo, e umedeceu a boca com a ponta da língua.

— Não deixe que percebam que é uma mulher. Não terei como explicar como permiti que se vestisse dessa forma nem em mil anos. Fique em silêncio, acompanhe a luta com os olhos e não com a boca. Assista como uma espectadora, *oui*? Além do mais, se qualquer coisa for demasiadamente perturbadora, iremos embora antes que possa pensar duas vezes. *S'il vous plaît, madame*.

Gwen não teve tempo de responder e sequer de processar. Sentia-se tão envolvida pela colônia almiscarada de Saint-Zurie, a profundidade de sua voz e a maneira que seu corpo se unia ao dela sem jamais respeitar o espaço pessoal...

De repente, Saint-Zurie se afastou, segurou sua mão e a puxou para dentro de uma porta. Caminharam por um corredor parcamente iluminado, e Gwendolyn sentiu o coração bater na garganta quando a realidade do que pedira com tanta veemência tomou forma.

Era um ambiente para homens; estava evidente pela obscuridade do recinto. Entretanto, lembrara-se do brilho nos olhos do duque quando dissera sobre o boxe. Ela queria conhecer todos os mundos pelos quais Matthieu se interessava.

— Tem certeza de que quer ver isso tudo? — Saint-Zurie perguntou quando pararam em frente à última porta do corredor. — Podemos ir para casa...

Gwendolyn aquiesceu.

— Sei que podemos, mas *eu quero* ver onde o senhor luta clandestinamente quando vem a Paris.

— Deus, *madame*.

— Estou bem, de verdade.

Saint-Zurie exalou.

E abriu a porta.

Havia um alçapão no chão, que os guiava para uma espécie de porão, Gwendolyn suspeitou. Saint-Zurie puxou a argola e auxiliou Lady Hawthorn a descer pelos degraus estreitos. Foram para o que parecia ser a porta do inferno, o cheiro de suor e sangue ficando mais forte ao se aproximarem, assim como os gritos da plateia.

Ele parou no meio do caminho.

— Vamos, eu estou animada de verdade!

Saint-Zurie murmurou um impropério e a deixou ir.

Quando, finalmente, enxergou a luta acontecendo, Gwen arregalou os olhos para a multidão em volta, gritando a plenos pulmões, com moedas de ouro, apostando ferozmente em um ou outro competidor. Achou aquilo tudo tão diferente do mundo das damas, presas em suas casas, bordando, pintando e praticando piano, que começou a rir.

— O que houve? — Saint-Zurie perguntou ao pé do ouvido.

Gwendolyn sentiu-se agitada demais para responder. Acompanhou a luta a certa distância, por longos e infinitos minutos. E essa ligação que criou com o palco a fez torcer para o rapaz alto, de porte magro, porém com uma determinação admirável. Assistiu a esse homem golpear e golpear, sem entender muito os movimentos. Aos olhos de Gwen, aparentava ser de uma técnica incrível.

Depois do que pareceu ser um dia inteiro na mais pura aflição, Gwen quase pulou de alegria quando o oponente caiu no chão e sentiu-se uma apostadora nata assim que o homem a quem dedicou a sua torcida e fé foi dado como vencedor.

Ela gritou, embora Matthieu lhe tivesse pedido para não o fazer.

Contudo, sentiu-se tão eufórica!

As lutas seguiram, e o Duque de Saint-Zurie permitiu que Gwendolyn aproveitasse cada segundo daquilo, sem dar-se conta de que os pensamentos de Lady Hawthorn guiavam-se tão além daquele porão fétido e clandestino.

A dama percebeu, naquela noite, que o mundo dos homens era, de fato, diferente do das mulheres. Que eles se divertiam, enquanto as damas só possuíam a companhia uma da outra e de suas famílias. Havia tão mais no mundo, tão mais a descobrir, e ansiou, torceu, de verdade, para que eventualmente fosse possível uma mulher fazer o que desejasse, por sua própria diversão e liberdade, sem que pudessem privá-las de seus anseios mais profundos.

— Divertindo-se, Gwen? — ele perguntou entre uma luta e outra.

— Como nunca! *Merci*, Vossa Graça.

— Sua felicidade é a minha.

Ainda que Gwen não tivesse notado, justamente por ficar tão entretida com adrenalina, pensamentos e euforia, o que o duque disse foi a mais pura verdade.

Ele sorriu ao ver a alegria irradiar dela, durante toda a noite, porque Lady Hawthorn possuía uma personalidade contagiante.

Suas bochechas doeram infernalmente por isso, no entanto.

Mas não pôde evitar.

CAPÍTULO VINTE E QUATRO

Quando Matthieu voltou à Palais La Rouge após deixar Gwendolyn em casa, ainda experimentava uma sensação imensamente satisfatória porque conseguira *fazê-la* feliz.

Havia uma série de correspondências para endereçar, contas para verificar, números para contabilizar ao lado de Jackson... assuntos importantes, ducais e inadiáveis para resolver antes que fosse para a *soirée* da duquesa-viúva no dia seguinte. Mas, ainda que houvesse tantos afazeres, nada abalaria o seu espírito e...

— Vossa Graça. — A voz de sua criada o surpreendeu.

Matthieu deu um passo para trás.

— Desculpe-me. Mas é que... a dama... que esteve aqui mais cedo deixou um traje completo na acomodação. Ela virá buscá-lo?

— Ah... — Matthieu sorriu. — Sim. Deixe tudo preparado, amanhã devolverei... — Nem se dera conta de que a deixara ir para casa com trajes masculinos.

— Dama? — A voz da avó interrompeu os pensamentos do neto e o fez congelar no lugar.

Ele virou-se calmamente, com medo de deparar-se de verdade com a matrona dos D'Auvray, e não ser uma peça pregada por sua mente. Quando viu a figura austera e forte da avó, Matthieu soltou a respiração. O mordomo negou com a cabeça, como se garantisse ao seu patrão que não tivera tempo de anunciá-la.

— Ora, isso é de fato uma novidade. Boa noite, Matt.

— Duquesa. — Talvez a voz de Matthieu tenha falhado por um momento. — O que faz aqui tão... tarde da noite?

— Estava na casa da Marquesa de Lussac. Perdemos a noção do tempo.

Já que amanhã eu e *monsieur* temos de ir a Sceaux juntos, suponho, pensei em passar a noite aqui. Sou uma surpresa desagradável?

— Nunca.

Casa da Marquesa de Lussac.

Ela vira Gwendolyn retornando para casa como um...?

— Achei curioso Lady Hawthorn não se encontrar na propriedade quando cheguei e não a encontrei quando saí — respondeu como se lesse os pensamentos do neto.

Então, sentou-se em uma das poltronas, garantindo que não estava sequer com uma gota de sono. Matthieu manteve-se em pé, duro como uma estátua grega.

— Ela é uma moça tão discreta, não acha? Teria um *affair*?

Se Matthieu estivesse comendo ou bebendo qualquer coisa, teria cuspido sobre o tapete persa da sala principal de sua casa. Discreta? *Affair*?

— Quantas especulações...

— Bem, sou francesa, uma duquesa... como poderia não especular?

— Respeito muitíssimo a sua opinião, mas tenho muitos afazeres antes de irmos à Sceaux pela manhã, e mexericos a esta altura da noite irão me atrasar.

— Vou ser direta, Matthieu. — A avó subiu os olhos claros para o neto. — Notei uma atenção redobrada do senhor com Lady Hawthorn — ela disse sem floreios.

Matthieu, que já se sentia incapaz de mover-se do lugar, pensou que não conseguiria mesmo dar um passo à frente. Talvez nunca mais.

— O modo que a observa, conversa... é tão interessante! E a ausência de modos, num *rompante* de ciúmes, em pleno baile do Visconde Albret, ao descobrir que a dama em questão havia valsado com o cavalheiro. Não fora nada teatral, sarcástico ou parte de seus comentários espirituosos e costumeiros. Havia sentimento ali, qualquer que fosse, e isso tem me intrigado tanto...

A avó ficou em silêncio. Não era um hábito chamá-lo de Matthieu, exceto nas vezes em que deixava o título de duquesa de lado e se tornava uma avó propriamente dita. Por essa razão específica, Saint-Zurie conseguiu sair daquele estado petrificado, sentou-se na poltrona em frente à duquesa, respirou fundo e decidiu dizer a verdade.

— Estou encontrando-me com Gwendolyn sem a intenção de cortejá-la. Por vontade da dama, que não pretende se casar, estou mantendo-me apenas como um amigo. Hoje, ela estava comigo, assim como estivemos um dia antes do baile de Lorde Albret.

Omitiu a parte em que a beijara, em que quase tomara seu corpo. Também escondeu como Gwen o fazia se sentir: a um passo da liberdade, a um centímetro da emoção, como se todas as paredes fortemente construídas ao seu redor fossem feitas de papel.

— Estou conhecendo-a.

A avó ouviu a explicação que, propositalmente, Matthieu ofereceu de forma tranquila, pausada, para que absorvesse cada palavra sem que tivesse a chance de premeditar um casamento. A última coisa que Matthieu queria era a duquesa-viúva xeretando a vida de Gwen, cobrando um matrimônio, ensinando-a sobre qual papel teria como uma duquesa e moldando-a para que fosse compelida a aceitar por expectativas externas.

— Está conhecendo-a sem objetivo algum? Apenas porque anseia passar um tempo com a *madame*?

Ele não viu um julgamento no olhar de sua avó, então aquiesceu. Precisava resolver muitas coisas com Jackson ainda naquela noite. E aquela conversa com a avó, em um momento tão inoportuno, fez Matthieu sentir-se mais agitado do que deveria. Já era um homem de 33 anos, entretanto, sentia-se um rapazote toda vez que a duquesa de Saint-Zurie o chamava para uma conversa.

— Curioso... sempre acreditei que o interesse de um homem em conhecer uma mulher estava ligado diretamente à vontade de querer amá-la. — Então, a avó de Matthieu se levantou, como se não tivesse acabado de sacolejar a alma do neto. — Bem, não me demorarei mais, percebo que há muitos afazeres pendentes, tendo em vista que estava em boa companhia. Se houver necessidade, leve um pouco de trabalho à *soirée*. Boa noite, Matt. — Ela se levantou e subiu para o quarto.

A duquesa-viúva tinha alguns comportamentos que Saint-Zurie, mesmo convivendo com ela por toda a vida, ainda não conseguia decifrar. Minutos mais tarde, enquanto Matthieu servia-se de uma dose de licor para relaxar os músculos tensos de seu corpo, refletiu sobre a conversa que acabara de ter. Pensou que a avó o julgaria, que diria que Matthieu estava desvirtuando uma senhora viúva, que alegaria que ele estava tendo um caso quando *deveria* estar em busca de uma esposa.

Ela não o atacou com uma chuva de nomes de pretendentes e as razões pelas quais Matthieu teria de se casar. Não havia a possibilidade de a duquesa deixar passar um comportamento tão incoerente do neto. Por que, para essa situação em específico, a avó não soltara todas as regras de comportamento que um aristocrata deveria cumprir?

Achava mesmo que Lady Hawthorn seria a nova duquesa de Saint-Zurie?

A imaginação de um homem não é tão criativa quanto a de uma mulher, mas, naquele instante particular em que saboreava seu licor, Matthieu se viu em um altar, aguardando Gwendolyn. Um pensamento que sempre o atormentava, que causava calafrios em sua nuca e comichões por seu corpo. Ainda assim, continuou imaginando até ir para a noite de núpcias, até passarem-se cinco anos, dez... até que Gwen estivesse com os cabelos brancos e rugas no canto dos olhos. Imaginou como seria viver com aquela dama, dividir risadas e aventuras, liberdades pessoais e vontades próprias. Como seria compartilhar o café da manhã, um livro, uma notícia sobre o mundo, uma viagem. Como seria o passeio durante o festival de Longchamps, a alegria de Gwen durante a Páscoa e o Natal...

Nenhuma coceira desconfortável subiu por seu corpo.

Nenhuma falta de ar.

Se viu... gostando da ideia de ter uma vida com Gwen. Como se não fosse sacrifício, como se fosse uma companhia agradável para se ter ao lado, alguém com quem Matthieu *quisesse* compartilhar uma vida.

O Duque de Saint-Zurie sorriu.

Teria a sua avó visto que, para Matthieu, Lady Hawthorn era mesmo diferente de todas as outras? Teria ela sido capaz de ler o coração do neto antes que ele mesmo o fizesse?

Então, Matthieu começou a rir.

— Eu estou apaixonado por Gwen? — questionou-se em voz alta. — Estou *mesmo* apaixonado?

— Definitivamente está, mas temos trabalho a fazer agora, Saint-Zurie — Jackson respondeu.

Matthieu não conseguiu tirar o sorriso do rosto.

— Ora, que sentimento tolo! — Gargalhou de novo. — Me faz rir por nada!

Jackson recostou-se na parede, dobrou os braços na altura do peito e balançou a cabeça em negação.

— Sendo a primeira vez, será ainda pior. Levou anos demais para que sentisse e agora sabe que não é imune ao sentimento, Saint-Zurie. *Ninguém* é. Que pretensão de sua parte acreditar que seria diferente.

— Quando... quando aconteceu? — Matthieu piscou, confuso.

— Nunca saberá. — Jackson fez uma pausa. — Vamos adiantar as tarefas ou terei mesmo de puxá-lo desta poltrona.

— Evidente... Claro...

Mas Matthieu sentia-se tão perdido dentro de sua própria descoberta que não sabia se seria capaz de adiantar muitas tarefas naquela noite.

PARTE V

"O amor é uma flor delicada, mas é preciso ter coragem de ir colhê-la à beira de um precipício."

— Stendhal

CAPÍTULO VINTE E CINCO

As soirées da Duquesa-viúva de Saint-Zurie eram sempre as mais divertidas. Isso era o que diziam as línguas bajuladoras. Gwendolyn nunca vivera a experiência. Bem, até aquele momento. Deu-se conta de que não se tratava de suposições quando pôs os pés na casa de campo em Sceaux antes do anoitecer, junto a Isabel, e provou da atmosfera.

O duque e sua avó organizaram o evento do ano.

Jogatinas em um dos salões, música em outro, caça ao tesouro no jardim para os amantes de aventuras, carteado ao ar livre, quitutes, bebidas e as mais variadas companhias, além de um recinto para as damas que queriam fofocar à vontade sem serem interrompidas. Novos ricos, parlamentares, aristocratas, banqueiros, negociantes... a diversificada e atual sociedade francesa estava em peso em Sceaux.

Embora viesse com certa preocupação a respeito do evento, Gwendolyn se pegara aproveitando mais do que imaginara. Participara de uma caça ao tesouro muito breve, já que o sol estava prestes a se pôr, junto à Marquesa de Lussac. Depois, encontrara uma mesa de cartas e teve sorte de principiante ao conseguir fechar uma rodada de vinte e um. Saint-Zurie fora seu companheiro e sussurrara algumas dicas ao pé do ouvido da dama. Mais tarde, Gwendolyn compartilhara com todos seu talento indescritível ao piano. Era modesta, sempre foi, mas os olhos dos convidados marejaram diante de sua performance, comprovando aquilo que ela humildemente negava a si mesma. Tinha talento para musicalidade, mas raríssimas vezes o apresentava a todos; apenas dançava seus dedos sobre as teclas em sua própria privacidade. Naquela noite, entretanto, Gwendolyn vira-se adorando a sensação de ser admirada e enaltecida. Os aplausos foram tão bonitos e a reação do público, tão passional. Mas o que realmente fizera o coração de Gwen acelerar foi que, de canto de olho, vira Saint-Zurie sorrir como se estivesse cheio de orgulho da mulher à sua frente.

O coração de Gwen dançara.

E sentira-se íntima de Saint-Zurie naquela noite como talvez jamais tenha estado. Foram os toques suaves da mão dele na sua sob a mesa de jantar, a aproximação dos lábios de Matthieu de seu ouvido, a maneira que o duque a puxara para a única valsa da noite, sob as estrelas e o luar, além da magnitude de sua força, perfume e energia. *O calor de seu corpo*. Então, o modo como ele sempre a incluía em suas conversas, fazendo questão de apresentá-la como *cher ami* e confidente, como se o mundo estivesse perdendo caso não a conhecesse. Gwen percebera que, para o público, não ficara claro se Saint-Zurie a considerava uma dama apropriada para um noivado ou se realmente eram amigos de longa data. O poder do encanto de sua personalidade, a facilidade que Saint-Zurie tinha de lidar com situações difíceis e o traquejo necessário para ser evasivo em todas as perguntas indiscretas... isso só a fez adorá-lo mais.

Depois de sua apresentação, Gwen retornou ao jardim, sozinha, enquanto boa parte dos convidados dividiu-se entre os salões. Foi para a área mais escura e isolada que conseguiu. Precisava de ar fresco e sentiu a necessidade de organizar os pensamentos, porque não conseguia escapar do labirinto chamado Duque de Saint-Zurie. Pensava nele com mais frequência do que seria capaz de admitir e preocupava-se quando não estavam na companhia um do outro. Tinha vontade de *cuidar* de Saint-Zurie, o que era de um despropósito sem tamanho, porque nunca teve tais pensamentos sobre homem algum. O duque era forte, nada frágil, então por que sentia essa necessidade de protegê-lo?

Era uma tola.

Uma romântica.

Mas, quando estava em sua presença, o mundo se tornava um lugar pequeno e particular onde cabia apenas os dois.

Gwen parou de caminhar e olhou para o céu.

Então, começou a rir de si mesma.

Tinha me apaixonado?

Sentia-se eufórica por alguma razão, o coração batendo forte toda vez que Matthieu aparecia em seus pensamentos. Não *deveria* ser. Depois de tudo que enfrentara, não poderia ter caído em sua própria armadilha e...

— Pensando em mim? — A voz soou próxima de seu ouvido, grave e masculina, arrepiando a nuca de Gwendolyn.

— Não.

— Mentirosa. — O duque deu a volta e parou em frente a ela, sorrindo. — Acreditei que, por este dia ser meu, eu merecia um pouco de sinceridade.

Por mais que tenha estado com ele todo aquele tempo e nos dias anteriores, ainda não tinha se acostumado com a perturbadora sensação que o duque lhe causava. Era como deparar-se com a beleza mais desconcertante que já vira, repetidas vezes, sem seus olhos nunca se adaptarem. Hoje, Saint-Zurie escolhera um traje azul como a noite, com leves traços em dourado e branco. Os cabelos negros pareciam um pouco mais rebeldes do que deveriam, além de Saint-Zurie ter se desfeito do lenço em seu pescoço, como se não o suportasse. Um duque quase em seu estado mais imaculado, exceto pelos traços visíveis de sua indisciplina.

— Acha mesmo que menti?

— Creio que sim.

O duque deu um passo à frente. Então, Gwen olhou para o seu rosto, desenhado para ser uma obra-prima, sendo iluminado pela lua. Em seguida, deu-se conta da fragrância de sua colônia, talvez única em toda a França, criada para ele. Isso quase a fez amaldiçoar um santo. Era o diabo de um duque. Roupa, voz, aparência, corpo, conversa, personalidade, intensidade.

— Veio respirar ar fresco porque minha presença tem sido abrasadora demais para administrar.

Ah, sem contar o seu profundo ego inflado.

— *Abrasadora*?

— Passei a noite inteira ao seu lado. — Ele inclinou a cabeça para a direita, como sempre fazia quando a analisava, enquanto semicerrava os olhos. — Valsamos, dividimos o jantar, jogamos cartas, trocamos confidências, então a senhora quis me seduzir ao tocar piano...

— Seduzi-lo? — Gwen riu. E desejou ter um leque para se abanar porque sentiu calor. — Poupe-me, Vossa Graça.

Mais um passo. E ele estava com o corpo tão próximo de Gwen que teve de segurar na cintura da dama para mantê-los ali, parados. O tecido do traje elegante de Saint-Zurie estava roçando no vestido da dama, que, de repente, tornou-se consciente de todas as outras coisas, como o calor da pele do duque, a respiração dele próxima ao seu rosto, os lábios cheios e entreabertos...

— Achei que eu já era Matthieu D'Auvray para a senhora — sussurrou. — E senti-me, sim, seduzido.

Quando Gwen ergueu totalmente a cabeça para encará-lo, viu uma vulnerabilidade naqueles olhos que a deixou completamente sem fôlego. Ficou ali, parada, sendo segurada por Matthieu, como se nunca fosse deixá-la ir, o que era um pensamento tão equivocado para sombrear sua mente, já que aquilo teria fim.

Três dias.

Eram o que restava.

— *Matthieu*... — corrigiu-se, e ele abriu um meio-sorriso, de canto de boca, mostrando a covinha. — Não foi intenção alguma...

— Mas fui profundamente envolvido, Gwen. A cada suave som que o instrumento fazia, a força de sua voz com a melodia, a leveza de seus dedos e sua postura. Imagino que os efeitos de minha companhia têm surtido certo frenesi também. Consigo *ver* o quanto me deseja, bem agora, na pulsação de seu pescoço, na maneira que respira, em como seu corpo cede ao meu.

— Eu...

Gwen já se sentia uma bagunça arfante e desejosa, então, quando Saint-Zurie levou uma mão até o rosto dela, traçando delicadamente a pele com o polegar, encarando sua boca daquela forma, seu corpo entrou em rendição.

— Depois de tudo que passamos, será que estou lendo o capítulo errado da nossa história? — Sorriu, confiante. O nariz do duque tocou o dela, e Gwen fechou os olhos. — Vivi um inferno particular durante as horas que seguiram, ansiando em ter um momento a sós com a *madame*. Sem contar os dias anteriores. Na verdade, desejo-a desde a primeira vez em que a vi. Sabe o quão difícil é segurar os instintos?

— Devo lembrá-lo de que estamos no jardim? — conseguiu sussurrar.

O duque riu melodiosamente.

— A *madame* tem frequentado os meus pensamentos, sonhos e vontades mais do que deveria. — A voz do duque soou tão séria que ela teve de abrir as pálpebras. — Não é apenas desejo agora, mas uma vontade imensa de que isso não tenha fim.

— Só temos mais setenta e duas horas juntos...

Como se os céus quisessem confirmar o que Gwen acabara de dizer, as badaladas de um relógio soaram à distância.

Doeu em seu coração frisar o que era óbvio, ainda mais naquele momento, porém a dama sentiu a necessidade de proteger a si mesma dos sentimentos que estava nutrindo por Matthieu. Durante a *soirée*, apesar de ficar muito claro o quanto o duque só tinha olhos para ela, as damas solteiras, jovens, bem-nascidas e ricas buscaram a todo custo chamar a atenção do melhor partido da sociedade francesa.

E o Duque de Saint-Zurie, eventualmente, se casaria com uma delas.

Ele era grandioso, com muitas admiradoras, já que era bem-dotado de beleza, título e fortuna. Gwen não se sentia perplexa. Ela sabia o seu lugar. Além disso, Lady Hawthorn havia jurado, sobre o túmulo de seu marido, que jamais teria outro nome para ser chamada. Hawthorn já a assombrava o suficiente.

Todavia, além de sua razão, existia o seu coração, que nunca havia dançado por outro alguém daquela forma, nem por Sir Lewis, seu primeiro amor.

Matthieu era a cor de sua tela em branco, era o sol da primavera, a diversão de sua vida apática e as flores brotando no jardim. E não sabia como lidaria com o que estava crescendo dentro dela, mas...

"A *madame* tem frequentado os meus pensamentos, sonhos e vontades mais do que deveria."

Ela ficou na ponta dos pés, segurou as laterais do rosto do duque e colou a boca na dele, em uma ação impensada, mas tão passional e humana, que sentiu seus olhos lacrimejarem.

Estou apaixonada.

Profundamente envolvida por um homem que não poderia ter.

O limite de dias não fora apenas para desafiar a si mesma ou ao duque, mas, sim, para freá-la de supostas ilusões de que poderiam ter um final feliz. Queria seduzi-lo, queria envolver-se com ele, contudo, não ansiava ir longe demais. Por ser um duque, por ser além de seus objetivos e promessas. Achou que conseguiria fazer como a maioria das viúvas coquetes que tinham um caso por trimestre.

Mas cá estou, Gwen pensou, enquanto os lábios de Saint-Zurie encaixavam-se nos seus, *jogando-me de um precipício apenas pelo prazer de amá-lo por alguns instantes.*

— Diabos... — ele sussurrou contra a boca de Gwen, refletindo o que ela pensava.

Levou meio par de segundos para o duque compreender o que tinha acontecido e trazê-la completamente para si, beijando-a como o verdadeiro amante francês que era. Os pensamentos de Gwen se transformaram em um céu limpo, sem nuvens, enquanto sentia a textura macia da boca masculina, e gozava do prazer de beijar um homem habilidoso e consciente do que fazia. A chama, que já estava acesa, incendiou-a por completo quando a língua do duque pediu abertura.

Foi suave, como veludo, mas intenso, a ponto de perder o fôlego. Sem pressa, no tempo certo, fazendo-a soltar uma espécie de gemido quando mordiscou o lábio inferior da dama, apenas para mergulhar em seus lábios mais uma vez. Ele rodou o contato deliciosamente dentro de sua boca, exigindo uma resposta ardente, que Gwen não tardou a ofertar. Então, aceleraram. O beijo, as ondulações do corpo, as mãos, os dedos de Gwen passeando pelos cabelos de Matthieu.

Provou-o com as mãos e a boca, mas não pareceu o suficiente.

Não era.

As mãos do duque desceram por todo o corpo dela, que, mesmo com tantos tecidos, pôde senti-lo bem. Sem nunca parar de beijá-lo, sem nunca parar de prová-lo, Gwen estava totalmente imersa nas novas sensações que Matthieu trazia. Dessa vez, não queria que tivesse fim.

Os mamilos ficaram duros, sua pele, arrepiada, o prazer latejando um ponto particular entre suas pernas. Teve a vontade mais primitiva. Ansiava por beijos intensos, peles suadas, corpos nus... queria deitar-se com ele sobre a grama, abrir as pernas e pedir-lhe para tomá-la de uma única vez. Possuí-la. Com força. Nunca, em toda sua vida, pensou que o prazer pudesse ser tão irracional. Entretanto, suas veias estavam latejando, sua pele, pulsando, sua entrada tão úmida e escorregadia que podia senti-la mesmo em pé.

Agarrou as roupas de Matthieu, o paletó, puxando-o pelos ombros, em seguida, pelos braços, sem interromper o beijo até que a peça caísse na grama. Ele respondeu da mesma forma, puxando apenas o decote de Gwen para baixo, com o *corset*, tomando os seios nas mãos antes que o vento da noite esfriasse sua pele. Com o duque brincando com os polegares nos pontos túrgidos, atiçando-a para que estremecesse, Gwen gemeu alto, e ele a calou enfiando mais uma vez a língua em sua boca.

Encostaram em um troco de árvore, delicadamente, com Gwen sendo prensada entre a dureza da madeira e o corpo firme de Saint-Zurie. Escondidos na área mais isolada do jardim, com diversas árvores e arbustos a certa distância, que impediriam a visão de quem viesse, Gwen beijou-o de volta com o mesmo desespero de uma dama que não sabe se terá o amante após a guerra, entregando tudo de si. Ela abriu as pernas, quase por instinto, quando Matthieu puxou o vestido com facilidade para cima por não ter a crinolina. Ficaria cheio de pregas e marcas, mas não poderia se importar menos porque, ali contra aquela árvore, sentia-se exposta.

E maravilhosa.

Estava tão certa do que queria que esperou o duque descer suas calças e imediatamente enterrar-se nela. A surpresa veio quando, ao invés do colocar o membro, ele a tocou. *Com as mãos.* Os dedos encontraram a intimidade encharcada e isso, por alguma razão, fez o duque rir rouco contra os lábios inchados de Gwen. Os pensamentos da dama ficaram completamente incoerentes quando ele iniciou uma espécie de carícia delicada bem naquele *ponto* que...

— Está pronta, já? — murmurou. — Mal comecei, *ma belle.*

— Oh, Matthieu...

— Ah, sim. Diga meu nome. — Ele voltou a beijá-la e a encarou nos olhos quando se afastou. A boca entreaberta, o olhar devasso sob a lua. — Algum homem já a tocou assim?

— Bem... N-não...

— Não vou possuí-la agora, apenas quero lhe dar uma prévia do que seremos quando nos entregarmos. Mas, para isso, preciso que confie em mim, que relaxe...

— Uma prévia?

— Confie em mim, *amour*.

Era delicioso, Gwen percebeu. Os dedos do duque rotacionando onde ela se sentia pedinte era a coisa mais devassa e incrível que aconteceu em toda a sua vida. O resto era um complemento tão intenso quanto a boca dele na sua, o cheiro de homem, a força de seus músculos e o gosto doce do licor que Matthieu havia bebido...

As pequenas ondas de desejo dançaram por sua barriga até pairarem bem onde o duque a tocava.

Provou tremores na pele, os joelhos e músculos falhando, enquanto Matthieu a mantinha a seu bel-prazer, sem nunca parar de beijá-la, cativá-la pelas sensações que dançavam com novidade por seu corpo.

Ele sabia o que estava fazendo, quando Gwen mal entendia o que era aquele desejo imenso.

Quanto mais ele a beijava, quanto mais a tocava e acelerava o contato, mais Gwen ansiava. Pensou que desmaiaria apenas pela expectativa de mais e gemeu pela sensação agonizante de querer chegar a algum lugar sem saber, definitivamente, *onde* isso era. Então o duque beijou seu pescoço, sugou o lóbulo de sua orelha, apenas para voltar a língua exigente para dentro da boca de Gwen e fazê-la abrir ainda mais as pernas quando, de uma única vez, deslizou um dedo na abertura apertada.

O coração de Gwen alcançou o céu.

As estocadas vieram, enquanto o polegar do duque rotacionava aquele ponto minúsculo que parecia carregar toda a tensão e a luxúria do mundo. Ela sentiu o desejo líquido escorrer na parte interna de suas coxas, enquanto Matthieu se dedicava a cuidar apenas da vontade da dama. Nunca pensou que o prazer pudesse ser assim, nunca imaginou que uma mulher possuísse liberdades fisiológicas para sentir algo.

Oh, estava tão errada.

Agarrou os ombros de Saint-Zurie com força quando a pulsação se tornou mais intensa e pensou que morreria assim que seus batimentos alcançaram a garganta. Ele acelerou o dedo dentro dela, adicionando mais um, sem parar de provocá-la de um modo que...

— Matt... — ela murmurou.

Gwen sentiu todos os músculos de seu corpo tensionarem e, em um estalo, o desejo que pareceu ser construído pouco a pouco explodiu em mil partículas, de uma única vez. As labaredas de fogo varreram sua mente e Gwen suou frio quando aproveitou um ápice que nunca havia sentido. Sua visão ficou turva, sua cabeça, latejando, mas aquela onda... quase a fez gritar.

A sensação foi extasiante.

— Shh... — Matthieu a calou com um beijo.

Ela descobriu o que era ser mulher naquele instante, descobriu a razão de tantas se entregarem às paixões, porque era um desejo sentido, experimentado e incompleto. Queria mais, precisava de mais e, no instante em que encarou os olhos afogueados de Saint-Zurie após o frenesi passar, descobriu que aquele homem refletia a mesma ânsia que a sua.

O controle foi perdido.

Ela escutou o som de tecidos descendo e soube o que viria a seguir. Gwen queria tanto provar mais daquilo, provar com *ele* e ser dele. Queria ser tomada, ser possuída e Matthieu parecia tão disposto a atender seu pedido. Ele voltou a beijá-la, dessa vez mais devagar. As mãos passeando com calma pelo corpo de Gwen, até sua boca descer pelo pescoço e encontrar os mamilos expostos. Matthieu começou aquela tortura lenta da língua em torno do bico entumecido e ela estava quase pedindo para eles se deitarem na grama, sob a árvore, quando escutou um conjunto de vozes.

O coração de Gwen parou de bater.

— Ora, estou certa de que vi o Duque de Saint-Zurie vir para estes lados — uma voz doce soou.

— *Chérie*, e de que adianta caçá-lo por toda a residência se claramente Sua Graça não anseia nossa companhia? — outra *mademoiselle* disse.

— Talvez não a nossa, mas, definitivamente, a de outra dama — a voz de uma *madame* mais velha surgiu. — Todos sabem que Saint-Zurie está interessado naquela viúva, Lady Hawthorn. Ela é demasiadamente bela para uma inglesa.

— Mas não será a sua esposa — a *mademoiselle* defendeu.

— Como sabe? — a mais velha indagou. — Duques já se casaram com meretrizes, e não estou dizendo que ela seja uma. Deve ter um sangue aristocrático... Mas a França não distingue mais as classes.

— Ela é viúva de um barão, não? — a dama da voz doce argumentou.

As vozes ficaram ainda mais perto e Gwen viu a preocupação no olhar de Saint-Zurie, que, por mais que não quisesse deixar transparecer, foi evidente. Ele a beijou uma única vez nos lábios e tudo a seguir foi rápido demais para Gwen compreender. Cobriu-a, desceu o vestido e a ajeitou primeiro, preocupado com sua reputação, ainda que Lady Hawthorn não devesse nada para as mexeriqueiras. Em seguida, pegou o paletó na grama, vestiu-se apropriadamente e ajeitou os fios rebeldes do cabelo.

Ele lançou a ela um olhar cheio de significado, pedindo desculpas por serem interrompidos, mas, especialmente, por Lady Hawthorn ter escutado o que acabara de ouvir.

— Vá — Gwendolyn murmurou, sabendo que seria péssimo não o encontrarem.

Matthieu titubeou por um segundo ou dois e soltou um impropério baixo em resignação. Em seguida, segurou o queixo de Gwen entre o polegar e o indicador e a beijou uma última vez.

Ela o viu dar a volta no largo tronco da árvore e caminhar para longe, escorando-se em cada canto que encontrava para não ser visto. Em seguida, despontou a certa distância, o suficiente para parecer que casualmente admirava o jardim.

Gwen poderia rir daquilo.

Se não se sentisse tão devastada.

— Ora, Vossa Graça! — uma das moças deu uma risadinha afetada.

Gwendolyn teve de assistir Matthieu colocar as mãos atrás do corpo, cruzadas na base de suas costas, para não precisar dar o braço para nenhuma delas. Teve de vê-lo com as donzelas rindo de qualquer coisa que o duque dizia. Para coroar, assistiu-o partir sem olhar uma única vez para trás.

Seu coração, que antes estava pulsando pela vontade, ardeu pela ausência.

CAPÍTULO VINTE E SEIS

Levou um tempo para Gwendolyn se recompor. A dama apenas retornou quando sentiu segurança em seus passos e seus batimentos cardíacos. A dignidade, quase intacta, a fez erguer a cabeça e adentrar no salão como se nada tivesse acontecido.

Exceto... uma mudança clara nos ares após sua ausência.

As mães casamenteiras, ansiosas para um pouco de atenção do Duque de Saint-Zurie, que as negligenciou todo o tempo que pôde, ocuparam-no mais do que ditava a etiqueta. Gwendolyn sequer conseguiu se aproximar de Matthieu, não quando uma fila de damas, com suas filhas a tiracolo, parecia subitamente se dar conta de que havia um duque como anfitrião da *soirée*.

Ela não era considerada uma pessoa ciumenta ou possessiva. E sabia as condições do duque melhor do que ninguém. Ele mesmo já havia deixado claro que *deveria* se casar. E o que tinham era tão temporário que Gwen parecia ter um caderno de anotações na cabeça riscando os segundos, minutos e horas.

Ainda assim...

A fila de pretendentes para o Saint-Zurie poderia preencher a casa de Sceaux e talvez mais vinte dessas, se levasse em conta Paris e suas cidades adjacentes. Dar-se conta disso, pessoalmente, ao invés de apenas por mexericos e suposições, feriu a alma de Gwen e a transformou em uma pessoa que essencialmente não era. Sentiu-se menor, do tamanho de um grãozinho de areia, encolhida em uma imensidão desértica da qual não fazia parte. Como se o tempo que tivessem vivido juntos fosse um sonho, como se ele não tivesse a beijado e a tocado. Como se Gwen, perto daquelas moçoilas, fosse indiscutivelmente inferior.

— Não gosto de vê-la sozinha, esquecida em um canto do salão, Lady Hawthorn. — A voz feminina, mas firme, da Duquesa-viúva de Saint-Zurie, a arrancou de seus pensamentos depreciativos.

E a surpreendeu.

— Oh, Vossa Graça. Perdoe-me.

— O que há para perdoar? — A duquesa dobrou o braço, indicando que Gwen deveria aceitar o gesto.

Assim que o fez, ambas começaram a andar pelas beiradas do salão, e Gwen sentiu-se grata por sair daquele infernal campo de visão.

— Sabe, Gwendolyn. Posso chamá-la assim? Normalmente, não interfiro nos assuntos pessoais de meus netos. Lorde D'Auvray escolheu alguém para se casar sem a minha aprovação. Não que eu fosse negar-lhe o direito de ser um tolo apaixonado, mas ele é um rapazinho suficientemente inteligente para saber com quem anseia dividir a vida. Recebi uma carta esta manhã, anunciando que o noivado será longo, mas com toda certeza se casará até a metade do próximo ano em Paris.

— Que excelente notícia, Vossa Graça! — Gwen não tinha certeza se a avó de Matthieu era tão indiferente à vida dos D'Auvray assim, mas jamais diria isso em voz alta. — Deve estar radiante com a novidade.

— Ah, sim, estou. Embora desejasse que Léonard estivesse sob minhas asas, a liberdade que ele conquistou é a mesma que o Duque de Saint-Zurie sempre ansiou. — Ela fez uma pausa. — Meu neto já compartilhou essa história com a *madame*? De como tornou-se duque?

Os passos de Gwen ficaram mais rígidos. De repente, não soube o que dizer. Homens que faziam certas confidências pessoais a uma dama eram vistos como apaixonados, interessados e...

— Sim. — Foi incapaz de mentir para a duquesa.

— Ora, homens odeiam trocar segredos e falar sobre o passado, a não ser que se trate de seu ego ou para gabar-se de alguma aventura. No entanto, Saint-Zurie aprecia a senhora, se compartilha a parte de sua vida que mais o machuca.

Duas moças, que pareciam ter vindo das Terras Altas, se aproximaram de Saint-Zurie. Gwen percebeu isso pela visão periférica. E engoliu em seco.

— Nos tornamos bons amigos.

— É, talvez. — A duquesa começou a caminhar mais devagar quando passaram do campo de visão que atormentava Gwendolyn. — Veja bem, Léonard estendeu o noivado justamente para ver se há tempo de seu irmão encontrar uma esposa. Não que ele tenha dito isso na carta, e aposto que também não disse a Matthieu, mas seria um tanto desagradável um rapaz de vinte anos casar-se enquanto o duque foge do matrimônio como um gato escapa da chuva, não acha? E há tantas outras pressões sociais para um matrimônio acontecer. A nobreza está se desfazendo como poeira. Eu disse que não interfiro nos assuntos pessoais de meus netos, não é? Mas um matrimônio é uma obrigação ducal!

— Tenho certeza... — Gwendolyn inspirou profundamente, tonta com aquela conversa. — Que o Duque de Saint-Zurie encontrará uma esposa adequada para tornar-se a nova duquesa.

— Tem razão, Lady Hawthorn. — A avó abriu um sorriso de lado. — A senhora, como amiga do duque, penso que esteja angustiada pela situação num todo.

— Eu deveria estar?

A duquesa ponderou por alguns segundos.

— Estaria angustiada se fosse apenas uma amiga, porém teria o coração partido ao meio se fosse mais do que isso.

Gwendolyn errou o passo, embora estivessem caminhando na vagarosidade permitida a um baile, e quase trombou em um grupo de jovens à sua direita.

— Não somos *mais* do que isso.

— Não vim sondá-la ou criticá-la, Lady Hawthorn. Eu adoraria, inclusive, tê-la como nossa duquesa, mas receio que a *madame* tenha ocultado seus sentimentos com medo do que virá a seguir.

— Eu não...

— Seria tão ruim casar-se com meu neto?

A duquesa parou em um ponto onde não seriam ouvidas, no canto do salão em que pareciam sumir entre a multidão. Os olhos claros dela, que Gwendolyn percebeu pela primeira vez que eram destoantes, um de um tom verde e o outro azul, fitaram-na com a força de uma mulher que não temia de forma alguma dizer o que pensa.

— Conheço sua história, porque sou amiga da *madame* de Lussac. E é terrível enfrentar um casamento no qual o cônjuge é uma verdadeira maldição em duas pernas.

— Vossa Graça...

— Não usarei meias palavras. — Sorriu, sem arrependimentos. — Na minha época, não havia chance alguma de eu me casar com quem amasse. Fui prometida ao sexto Duque de Saint-Zurie antes de meu nascimento. E, apesar de ele ser belo como uma pintura francesa, eu subi no altar sem uma gota de sentimento em meu coração. Amei-o após cinco anos de convivência. Odiei-o no décimo ano. Não foi um relacionamento fácil e creio que, assim como a senhora, enfrentei o inferno. Ele me traía com a mesma frequência que subia em um cavalo, e a dor de amar e não ser correspondida me corroeu mais do que qualquer um na minha família saiba. Mas fiz o que tive de fazer. Cumpri a minha obrigação. Ora amando-o, ora odiando-o, dei a ele um herdeiro. Fui feliz, no tempo em que Deus me permitiu ser.

— Eu sinto...

— Entretanto, aqui estou, em frente à *madame* — continuou a duquesa —, vendo-a olhar para o meu neto com uma paixão evidente, mas o deixando ir em meio a uma centena de moçoilas que possuem interesse apenas no título e não na essência de Matthieu. E é tão triste ver que a dama está deixando uma situação do seu passado ditar o futuro que não pude me calar.

— Eu prometi, no túmulo do meu marido, que jamais subiria em um altar de novo.

— E pretende deixá-lo ganhar? Depois de tudo o que Lorde Hawthorn fez? Que o diabo o carregue! Deixará um morto ditar a sua felicidade porque ele a machucou? — A duquesa exasperou com força. — Gwendolyn, a senhora tem a chance de viver o que quase ninguém na França ou Inglaterra tem. Amar não é uma escolha e sei disso, mas viver o sentimento ao lado de alguém é. Ter Matthieu ao seu lado, sim, é uma opção sua. É verdade que meu neto não tem um histórico honrado, mas ele é bom.

Tomou as mãos de Gwendolyn nas suas e os olhos da dama se encheram de lágrimas contidas.

— Ele é um ótimo homem e está apaixonado pela primeira vez na vida.

Assim como a *madame*. Não permita que seu receio seja mais forte do que o amor que a vejo sentir. E, se algum dia Matthieu Louis Étienne D'Auvray fizer algo para feri-la, eu me encarregarei de machucá-lo com a mesma força. Caso eu morra, passarei e responsabilidade para Léonard, que tenho certeza de que não se sentiria mal em dar uma sova no traseiro do irmão mais velho.

Gwendolyn ficou sem saber o que responder. Já havia presenciado as conversas mais diretas e incomparáveis de sua vida, no entanto, aquela a arrebatou de uma maneira que lhe faltaram palavras. O olhar da duquesa possuía a mesma intensidade de Matthieu, com a mesma transparência e verdade, e Lady Hawthorn viu-se sem fôlego para negar qualquer afirmação da duquesa-viúva, que se mostrou uma avó naquele momento.

E não dona de um título significativo como o que de fato possuía.

— Vossa Graça e Lady Hawthorn, que prazer vê-las aqui! Parece-me que teremos mais uma rodada de música e dança no salão ao lado e receio ter de valsar, ao menos uma vez, com Lady Hawthorn esta noite. Concede-me uma dança, senhora? Se, claro, Vossa Graça permitir-me roubar a sua companhia por uns instantes — *Vicomte* Albret interrompeu completamente o rumo dos pensamentos de Gwendolyn.

Estava vestido particularmente bem naquela noite, contudo, o coração de Gwen estava ocupado demais para notar a beleza e o porte físico de alguém que não fosse Saint-Zurie.

— Ora, claro, Lorde Albret — a duquesa-viúva respondeu por Gwendolyn, que teria deixado o queixo cair no chão se fosse fisicamente possível. — Lady Hawthorn é uma excelente parceira de dança e sempre me alegra vê-la nos salões.

— Eu...

— Vá, Gwendolyn — A duquesa sorriu, como se compartilhassem um segredo. — Há certos instantes na vida em que precisamos nos deixar levar pelo momento. Se a casualidade ou destino batem à nossa porta, talvez tenha uma razão para tal. Não viria gratuitamente, não acha? E receio que, neste exato instante, não há parceiro melhor para girá-la pelos salões do que o nosso querido Visconde Albret!

— Fico lisonjeado!

A duquesa se aproximou da orelha de Gwen e abriu o leque sobre seus rostos, sem se preocupar em ser indiscreta.

— Dançar com outro homem torna a situação mais interessante, não acha?

Estupefata, Gwendolyn viu a viúva D'Auvray dar um passo para trás e elegantemente sair do canto do salão como se nunca tivesse estado ali. Lady Hawthorn foi levada pelo Visconde Albret com a delicadeza de um cavalheiro e foi envolvida em uma conversa agradável e divertida enquanto valsava.

Aquela noite fora a mais longa de sua vida.

Mas, embora estivesse nos braços de um homem belo como Lorde Albret, sua mente não conseguia parar de pensar na sinceridade da duquesa, no ciúme que corroeu o seu coração e no corpo de Matthieu contra o seu.

"Há certos instantes na vida em que precisamos nos deixar levar pelo momento."

Talvez Lady Hawthorn devesse ser ainda mais imprudente do que já havia sido.

CAPÍTULO VINTE E SETE

Após banhar-se e dispensar o valete, Matthieu sentiu-se inquieto. Chegou a andar de um lado para outro em seus aposentos, como se o chão estivesse em chamas e fosse incapaz de parar em apenas um lugar.

A verdade é que sua mente se encontrava tão agitada que passava a impressão de que jamais voltaria à normalidade.

Por sorte, Jackson, administrador e amigo, havia separado algumas correspondências que ficaram pendentes para o oitavo Duque de Saint-Zurie responder, caso se encontrasse entediado no meio da *soirée* da avó.

Com certeza, *entediado* não seria a palavra certa.

Matthieu sentia-se mais como uma criança insatisfeita — provara em seus lábios o doce mais delicioso de todos, mas não pudera morder.

Engolir.

Ter.

Por Deus, a Gwendolyn...

Abaixou a primeira carta sobre a mesa e, consciente de que não conseguiria respondê-la naquele momento, rendeu-se aos seus pensamentos. Ele esteve tão perto de fazer uma loucura, o que não seria nada perto dos absurdos que Matthieu já realizara. Ainda assim, esteve a um segundo de prensá-la contra a árvore e tomá-la ali mesmo. Apenas para depois levá-la para a grama, espaçando as coxas uma segunda vez e...

Queria que Gwendolyn provasse o quão bom era entregar-se a um D'Auvray.

A verdade é que Matthieu era um dos amantes mais passionais da França, sempre procurado por damas curiosas justamente por isso. Enquanto alguns homens prendiam-se aos conceitos sociais e religiosos de que o sexo deveria ser breve, Matthieu apreciava a intimidade, a demora e a entrega. Sabia que destoava de grande parte da sociedade e seria considerado um depravado por alguém conservador.

Entretanto, nenhuma mulher havia reclamado.

Decidiu voltar para a carta, chegou a respirar fundo antes de abri-la, mas então lembrou-se da sedosidade da boca de Gwendolyn na sua, aquela língua, antes tímida, desbravando o beijo com a mesma vontade de Matthieu. Recordou-se de como a sentira úmida por ele, desejosa, e dos gemidos suaves que Gwen emitiu.

Como lidaria com a vontade não sanada? Deveria procurá-la em seus aposentos e oferecer a si mesmo?

— Deite-se comigo — treinou e pareceu o mais tolo dos homens.

Levantou-se novamente da cadeira. Ele deveria cuidar das correspondências, já que estava certo de que não dormiria naquela noite. O corpo de Matthieu estava fervendo, sua mente só conseguia pensar em Gwendolyn e não seria nada produtivo, entretanto, deveria ao menos tentar.

Voltou a sentar-se.

E amassou uma das cartas quando uma lembrança surgiu em sua mente.

O ciúme se apossara de seu ser quando a viu nos braços daquele maldito visconde. E depois de um conde. Para ir além e dançar também com um banqueiro.

Depois de ser beijada daquele jeito, depois de ser quase possuída contra uma árvore ou grama, o que fosse, Gwen ainda se rendera aos braços de outros homens e parecera...

Feliz?

Que o inferno engula todos eles!

Enquanto estava preso no ataque de mães desesperadas, teve de assistir Gwendolyn deslizar pelo salão como se fosse a debutante da vez. E era tão irritante o quanto os homens viam o mesmo que Matthieu, o quanto era linda, o quanto era versada, o quanto sua companhia era incomparável.

Todos queriam tê-la em seus braços por um momento.

E como era um parvo por pensar que somente ele perceberia o valor de Gwendolyn. Ela tinha uma personalidade cativante e admirável, sabia conversar sobre qualquer assunto e era uma dama muito bem resolvida consigo mesma. Não era culpa dela ser a perfeição em forma de mulher.

No entanto, era inadmissível que não fosse sua duquesa.

Deveria ser àquela altura.

Deveria ser uma D'Auvray.

Deveria aparecer no quarto de Gwendolyn e pedir a sua mão?

Era dado a impulsos, sempre fora. Mas aquele era o mais certeiro de sua vida. Não aguentava mais ser escravo de uma situação que possuía uma resolução fácil. Setenta e duas horas com uma mulher que queria passar o resto da vida? Não...

Eu anseio...

Os passeios com ela, as viagens de verão, as mudas de rosas em seu jardim, as conversas na cama até o sol nascer, os beijos ardentes que não cessariam nem com os anos, a companhia de Gwendolyn nos dias difíceis e seu abraço quando o peso do mundo fosse maior do que Matthieu poderia carregar. Ele desejou ter alguém ao seu lado, para enfrentar a vida, e o desejo pareceu tão natural quanto respirar.

Ele deveria propor.

Mesmo que ela negasse.

Deveria fazer o pedido cem vezes até ela entender que era seguro aceitá-lo.

Foi quando a porta de Saint-Zurie abriu sem aviso prévio. Por um segundo, acreditou se tratar de Jackson, que também se encontrava na *soirée* junto com seus amigos, Pierre e Fontaine, e tinha hábitos noturnos tanto quanto o duque. Mas então seu coração parou antes que sua mente pudesse processar. A porta se abriu de uma só vez e se fechou logo depois.

— Não sei o motivo de estar aqui, visitando o quarto de um homem solteiro, sentindo-me sem qualquer dignidade ou arrependimento. — Ela fez uma pausa. Os cabelos estavam soltos, as suaves ondas castanhas brilhando como bronze sob a luz das velas. Então, tirou o casaco que vestia, fazendo-o cair de uma vez sobre o piso de madeira. — Talvez, na verdade, eu saiba o motivo. Mas não pude evitar.

Gwendolyn estava em seu quarto.

Com as bochechas coradas e a boca pecaminosa e vermelha.

E a *chemise de nuit* feita de um tecido tão fino que o duque pôde ver além.

As curvas do corpo da dama eram mais desenhadas do que Matthieu idealizara. Seus sonhos estiveram tão equivocados. Gwendolyn era curvilínea em cada centímetro, a cintura fina e os quadris largos, como uma ampulheta feita para qualquer homem despender todo o seu tempo. Os seios fartos de Gwendolyn estavam entumecidos por trás da *chemise* e, por mais que já os tivesse visto e sentido em sua boca, tocado, a visão erótica naquela transparência fez o corpo de Matthieu acender depressa. Estava apaixonado demais por Gwendolyn, estava loucamente excitado e pronto para realizar todas as coisas que era particularmente bom em fazer. Ele engoliu em seco, a ereção pesando por trás da calça. Não vestia nada além daquilo. E Matthieu sentiu os pelos de sua barriga se eriçarem com a visão à sua frente.

— Quero que *monsieur* desvende o meu corpo como deseja. Quero ser possuída sem pensar uma segunda vez sobre o assunto. Quero seus beijos e sua pele, quero sentir seu toque de novo, e eu preciso...

A mente de Matthieu se transformou em uma tela em branco.

Deu um passo e depois outro, chocando-se contra aquele corpo feminino, tomando-a em seus braços. As mãos do duque foram parar no traseiro de Gwen, moendo-o em seus dedos fortes no mesmo instante em que sua boca se colava à dela, com a língua ansiosa e ávida por uma passagem. Ela o encontrou no beijo e gemeu dentro da boca do duque quando ele a prensou contra a porta.

O som foi alto.

Mas ele não se importava.

O beijo foi como o último atrito antes de o fogo surgir, antes que ambos ardessem em chamas. Já não havia mais controle, ressalvas ou pensamentos lógicos. Matthieu *queria* Gwen como uma necessidade e não mais por escolha.

O duque mordeu o lábio inferior dela, passando a ponta da língua sobre a mordida, apenas para emergi-la de novo.

E de novo.

Preciso tanto de Gwen molhada, excitada, entregue...

Ondulou o quadril, roçando a ereção dura, para que ela *sentisse*.

Que tudo era completamente dela.

— Matthieu...

Afastou-se poucos centímetros, observando-a. O rosto corado, as pupilas dilatadas, a respiração ofegante. Nunca esteve tão linda. Desceu os olhos para aquele corpo que pretendia lamber e beijar até que ela visse estrelas.

— Está rápido demais? — sussurrou, grave.

— Não. — Gwen puxou-o pelo pescoço e raspou os lábios nos dele. — Quando clamo por seu nome não é um protesto, e sim um pedido.

Inferno de mulher.

Encontrou-a com a língua, do lado de fora da boca, lutando numa guerra em que os dois lados venciam. Suas personalidades pareciam duelar, na forma que ele se apossava de Gwen e no quanto ela correspondia com a mesma urgência. Passeou a ponta pela borda dos lábios, apenas para provocá-la, e Gwen recebeu aquele beijo arqueando o corpo sob as mãos do duque, excitada demais para se conter. E como ele gostava dessa rendição. De saber que não estava louco de paixão sozinho. A ponta dos dedos de Matthieu começou a andar na pele da dama como se quisesse marcar cada centímetro com seu toque, com seu cheiro.

— Este maldito tecido...

— Tire — ela implorou, tonta.

Levantou a *chemise de noir* com prazer, passeando as mãos pelo caminho: os quadris largos de Gwen, a cintura fina, a pele quente e os braços arrepiados. No instante em que a única coisa que a impedia de estar nua foi embora, Gwen o puxou pela nuca. Isso o fez sorrir e reafirmar que não havia outra, que *nunca* haveria outra como ela.

Envolvendo os cabelos do duque com os dedos ávidos, como se precisasse daquele contato para manter a sanidade, ela o tomou para si. E Matthieu sentiu o calor dos seios fartos contra seu peito, sentiu a pele febril de Gwen e pensou que poderia ter isso pelo resto da vida.

Deliciosa, pensou.

Ele agarrou um dos seios, apenas para apertar o traseiro com a outra mão, trazendo-a...

— Oh — ela arfou quando o sentiu de novo.

Matthieu direcionou seus beijos para o queixo e o maxilar, passeando com a ponta da língua até chegar ao lóbulo da orelha e fazê-la derreter.

O cheiro era de mulher e lavanda, e os beijos eram tão inebriantes quanto conhaque. Matthieu nunca sentiu ou teve algo parecido. E sabia que estava condenado quando ela desceu as mãos dos cabelos para o peito de Matthieu, querendo ter um pouco de pele também, explorando. O membro pulsou com força em resposta, latejando em expectativa, o calor indo da base à ponta, umedecendo-o. Então as unhas de Gwen rasparam os contornos de seus músculos, levemente úmidos do banho, e isso fez o duque girar a língua dentro da boca de Gwen com ainda mais avidez. Ele colocou uma perna entre as coxas dela e grunhiu quando se lembrou de que ela não usava calçola alguma.

Ele não era sonoro quando transava, mas Gwen...

Diabos!

— Se quiser me tocar, terei de mostrar como, mas, antes, permita-me. — Ele a pegou no colo, o que fez soltar um suspiro de surpresa e, em uma batida de seus corações, deitou-a na cama.

Era melhor do que ele sonhara.

Os cabelos de Gwen espalhados, os seios pulsando devido aos batimentos erráticos do coração, o desenho de suas costelas, a barriga ondulando com a respiração, a parte interna das coxas brilhando de prazer. E, sustentando o olhar onde mais a desejava, a viu completamente molhada, rosada e latejante.

Ele se ajoelhou diante de Gwen, e ela se sentou na cama, querendo fechar as coxas, que Matthieu gentilmente manteve abertas. Então, ele a trouxe para a beirada do colchão com facilidade.

— O que irá fazer? — Ela abriu mais os olhos cor de caramelo, enquanto Matthieu se aproximava.

— Beijá-la bem aqui... — Deslizou um dedo de cima a baixo da fenda, vendo-a pulsar de vontade enquanto umedecia seu polegar. Ela arqueou e gemeu quando ele fez um círculo suave no ponto de prazer. O duque sorriu. — Beijá-la aqui como faço com a sua boca.

— Mas isso é...

— Ah, é, sim. — Ele deixou o rosto pairar sobre a entrada de Gwen e, encarando-a nos olhos, colocou a língua para fora, brincando levemente, substituindo o polegar por algo mais quente e macio. *A reação de Gwen era tão pecaminosa*, Matthieu percebeu, e seu sexo ficou ainda mais pesado. — É delicioso e sei fazer tão bem quanto beijar.

— Matthieu...

— Vai implorar muito a partir de agora. Só não se esqueça de que não estamos sozinhos neste andar.

Matthieu assistiu a Gwen agarrar os lençóis e se render conforme ele acelerava a língua em torno do ponto vermelho e pulsante. Fez o número oito e círculos, várias e várias vezes, assistindo à sua saliva se misturar ao prazer de uma mulher que nunca havia provado o que era dormir com um homem de verdade. Ela gemeu alto e precisou morder um travesseiro para abafar o som, enquanto Matthieu judiava de sua inocência.

Ele adorou aquilo.

Ser o primeiro a beijá-la ali.

Ser o primeiro a vê-la tremer cada nervo, cada músculo, enquanto rodava o quadril em sua boca, incapaz de se conter.

Matthieu precisou segurar as coxas de Gwen com certa força para mantê-la parada, mas foi em vão. Depois que o instante de timidez havia passado, Gwen revelou-se uma mulher passional. Entregue ao instinto, movimentou os quadris como se quisesse cavalgar em seu rosto, o que ele permitiu com uma risada confiante de que estava fazendo o certo. Colocou a língua dentro da abertura pequena e rosa, estocando várias vezes, molhando os lençóis.

Então, os dedos *com* a língua.

— Oh, por favor... — Gwen implorou, os mamilos pontudos, a pele suada àquela altura.

Ele olhou para a visão à sua frente. Gwen tinha as pernas abertas em seu rosto, a coluna arqueada, os seios arrepiados pelo frio que entrava pela janela e pelo que Matthieu fazia.

— Leve as mãos aos seios e massageie-os enquanto eu a beijo, Gwen.

— Assim? — ela perguntou, baixinho, quando pôs as mãos nos mamilos e tocou os pontos duros.

— *Assim.* — A voz do duque saiu rouca.

O poder de ter Gwen cativa ao prazer fez o sangue do duque ferver ainda mais. Enquanto voltava a estocar dentro dela com dois dedos e a língua, desceu a outra mão para a própria calça, desabotoando-a. Arriou-a pelos quadris, com todo o resto, até segurar o membro na palma da mão.

Diabos!

Gemeu enquanto chupava Gwen, ao deslizar pelo seu comprimento de cima a baixo. A ereção longa e quente, a cabeça úmida pela excitação, parecia molhá-lo por completo. Matthieu tocou a si mesmo, sentindo o prazer retesar as bolas, experimentando sob os dedos as veias, o calor e o pulsar, o que tornou a sensação ainda mais gostosa. Ele estava com Gwen à sua mercê, gemendo seu nome, empunhando deliciosamente enquanto sua língua trabalhava. E foi quando ele desceu pela ereção mais uma vez que sentiu a primeira onda do ápice de Gwen próxima.

Matthieu acelerou. Rodou a língua diversas vezes e intensificou o contato, chupando-a, deslizando dois dedos para dentro, sem deixar de tocar a si mesmo com a mão livre. O duque ansiava pelo momento em que ela pulsaria em torno de seu membro, da mesma maneira que fez com os seus dedos, puxando-os e tomando-os.

Ela gemeu o nome dele.

Alto e com força dessa vez.

Resfolegou quando Matthieu lambeu-a de cima a baixo, dedicando-se ao ponto túrgido e pedinte. Cobriu-a com toda a sua boca, soltando a própria ereção para agarrar as coxas de Gwen, querendo que ela as mantivesse ali. Ela tremeu de novo, vibrando sob Matthieu, agitando-se insanamente. Ele viu seu corpo balançar.

Por ele.

O prazer varreu todo o corpo de Gwendolyn, com espasmos nas coxas, na barriga e em cada centímetro de sua pele. Ela choramingou durante a onda, que se estendeu pelo que parecia durar uma vida e um segundo, fechando as pernas na cabeça de Matthieu. O duque sentiu em sua boca o gosto do prazer de Gwen e viu-se tentado a fazer aquilo de novo.

E mais uma vez.

Por toda a vida.

Ele sorriu quando se afastou lentamente e puxou a calça e a ceroula pelas pernas, livrando-se de vez de tudo o que o prendia.

— Matthieu...

Ela ainda não tinha aberto as pálpebras.

Ele se curvou sobre Gwendolyn e, esperando que ela voltasse a si, brincou com a língua na parte interna de suas coxas, nos seus *lábios* e na virilha, no osso que desenhava o quadril, sobre o umbigo e as costelas, para depois sugar os seios sensíveis com cautela. Gwen gemeu, tonta, mas o recebeu com um beijo delicioso na boca assim que sentiu o nariz do duque passear pelo seu.

— Aquela onda fugaz, do que fez comigo... — Gwen abriu as pálpebras para olhá-lo. — Em pé, hoje, eu a senti. Mas foi... *mais*.

— Eu sei — Matthieu garantiu, encarando-a nos olhos. — E pretendo que a primeira seja tão boa quanto a segunda e a terceira.

Isso fez Gwen despertar quase totalmente.

— É possível sentir *mais* de uma vez? É saudável? Porque penso que vou morrer.

O duque riu, rouco.

— Nós chamamos de *la petite mort*, que é a letargia após a "onda fugaz". — Ele adorou o termo que Gwendolyn usou. — Essa onda é construída e pode ser vivida diversas vezes. Seu corpo nasceu para isso, Gwen. Apenas confie em mim.

As mãos de Gwen passearam pelos ombros de Matthieu, para depois subirem por seu pescoço, irem para os cabelos e, em seguida, para o rosto.

— Eu confio.

Ela o fitou com aquele olhar lânguido de quem havia sentido tudo e de quem compreendia a sua alma. Desde que se reencontraram, trocavam confidências dessa forma.

Ainda assim, *naquele* momento, o mundo parou de girar.

Porque não havia pudor, desconfiança ou ressalvas. Era a certeza de uma intimidade que nunca havia experimentado com qualquer mulher. Talvez porque houvesse sentimento, talvez porque Matthieu conseguisse sentir algo em seu coração ao mesmo tempo que seu corpo inteiro fervia.

O sexo, para ele, sempre fora o instinto mais primário do ser humano.

Entretanto, era tão mais com *ela*.

— Preciso saber se está comigo, Gwen.

Ele a beijou delicadamente nos lábios e se acomodou entre as pernas dela. Sentiu, em volta da ereção, a umidade da parte interna das coxas de Gwen o fazer deslizar ainda mais. No entanto, parou antes que sua glande tocasse a entrada febril. Segurou as laterais do rosto e, sem se conter, olhou para a boca feminina antes de beijá-la uma segunda vez.

— Não há volta depois disso.

— Sei que não há.

Ela passou as mãos nas costas do duque, os músculos se retesaram e a pele de Matthieu ficou ainda mais arrepiada. Saint-Zurie não tinha certeza se Gwendolyn sabia do que ele estava falando, se compreendia que, depois daquilo, seria sua.

— E eu quero, Matthieu. Tive apenas experiências desagradáveis antes, mas tudo o que tenho vivido agora com você... é tão diferente. Preciso de mais.

— Precisa de mim? — ele questionou, vulnerável pela primeira vez em um momento tão íntimo.

— Sim, Matt. Preciso de *você*.

O duque sorriu com os olhos.

— Me dê a sua mão, então.

Gwen piscou, mas ofereceu o que foi pedido.

Ele se apoiou no antebraço e, com o outro braço livre, tomou a mão dela na sua. Beijou delicadamente a ponta dos dedos, cada um dos cinco, e viu Gwen ficar com os olhos marejados diante do carinho. Não precisava ser nenhum gênio para compreender o que Gwen quis dizer com experiências desagradáveis.

— Matt...

— Sinta-me.

Espalmou a mão delicada em seu peito, enquanto fixava o olhar nos olhos caramelo à sua frente. Foi descendo a mão de Gwen, permitindo que ela viajasse por seu corpo, pelo tórax torneado, pelos bicos eriçados de Matthieu, em seu torço e para baixo, a caminho do estômago. Contornou as saliências musculares, a trilha de pelos que levava além, até descer e encontrar a ereção. Gwen refletiu sua surpresa com um beijo, que Matthieu percebeu, e recebeu com um sorriso antes que sua língua adentrasse.

Ele a ensinou como tocá-lo, fazendo-a deslizar por seu comprimento com carinho, até abraçar a pele da glande e fazê-lo tremer em todos os lugares certos. Gwen gemeu na boca de Matthieu quando o sentiu latejar por ela e, de forma instintiva, o guiou para sua abertura calorosa e molhada. Um músculo saltou no maxilar do duque, seu corpo inteiro respondendo ao desejo. Pôde sentir poucos centímetros espaçando-a, depois mais alguns e outros mais torturantes, até que a glande entrasse completamente.

Matthieu prendeu a respiração.

E acomodou os quadris, abrindo mais as pernas de Gwen, que o envolveu com as coxas. Com apenas uma pequena parte do membro dentro, Matthieu segurou as mãos dela acima da cabeça de ambos, esticadas na cama, entrelaçando cada um de seus dedos. Fitando-a nos olhos, deslizou para dentro de novo, indo e vindo, porém, cada vez chegando mais longe. Devagar, encarando os lábios de Gwen, a viu expirar e gemer conforme a possuía.

O membro retesou.

Cada terminação nervosa de Matthieu sentiu o calor e o latejar de Gwen.

Que se encaixou com perfeição em seu sexo, como se fosse feita para recebê-lo.

Matthieu provou, na ponta da ereção, que havia chegado ao limite de Gwen. Segurou as mãos dela com mais força e recuou o quadril apenas uma vez para depois mergulhar de novo. Gemeram juntos. Ele sentiu suas bolas se retesarem, úmidas por Gwen, o corpo ser beijado por labaredas de fogo e o coração bater em seus tímpanos porque ela era tão molhada e febril que seu sexo a sentia dilatar para acomodar a grossura.

E foi como chegar ao paraíso em segundos, porque Matthieu não pôde mais se conter.

Beijando-a na boca, agarrando-a pelas mãos, fazendo seu quadril descer e subir com a ondulação perfeita, se tornou um selvagem. Apenas seu traseiro se movendo, para cima e para baixo, mais rápido do que o ponteiro dos segundos, os seios de Gwen balançando contra o peito de Matthieu, arrepiando tudo. O suor escorreu do centro de suas costas para baixo, e eles estavam tão molhados que Matthieu a sentia encharcá-lo de prazer onde se conectavam. Os *lábios* dela o engolindo... era tão delicioso que seu sangue pareceu queimar nas veias.

A língua de Gwen o encontrou de novo e ela mordeu o queixo de Matthieu quando o atrito ficou mais alto. Pele com pele, o estalo era mais sonoro do que o crepitar da lareira. O atrito o incentivou a ir ainda mais depressa e, quando Gwen passou a acompanhá-lo no ritmo dos quadris, Matthieu emitiu um som que misturava uma risada confiante a um gemido.

Ele beijou o ombro provocante de Gwen, depois o pescoço, para, em seguida, abocanhar o lóbulo.

E a provar nos lábios.

— Matt? — disse quando notou uma movimentação nova.

Matthieu se ajoelhou na cama, sem tirar o membro de dentro dela, e a puxou mais para si, trazendo-a pelos quadris. Era um sonho tê-la sob ele, mas ele *precisava* ver isso acontecendo.

Os olhos duvidosos de Gwen o fizeram sorrir.

E decidiu explicar como sabia melhor: fazendo.

Deixou o peso do corpo ceder e ficou quase sentado, com os joelhos bem espaçados e o traseiro quase tocando a sola dos pés. Olhando para baixo, viu seu corpo dançando pelas chamas da lareira e das velas, assim como o de Gwen, e percebeu que o questionamento dela cessou quando ele a trouxe totalmente para si, apenas para recuar o membro e mergulhá-lo mais uma vez. Ela pareceu surpresa por um segundo, como se assim fosse ainda melhor.

O duque, ondulando apenas o quadril, passeou as mãos pelo corpo de Gwen, dançando por ela. As veias evidentes, a pinta que ela possuía bem abaixo do umbigo, o largo quadril, sua carne. E inclinou apenas um pouco para alcançar os seios e massageá-los enquanto sentia seu sexo sendo engolido e puxado por Gwen. Escorregou os olhos para baixo uma segunda vez, assistindo à abertura acomodá-lo com desejo, pingando prazer na cama, nele todo. Matthieu mordeu o lábio inferior e entreabriu a boca para expirar quando seu corpo começou a dar sinais de que aquele seria o seu fim.

— Oh, isso é...

— É bom, não é? — perguntou o duque, umedecendo os lábios subitamente secos. — Gosta de como eu a tomo, Gwen?

Ela corou.

O que foi adorável.

E fez Matthieu sorrir.

— Sim.

— Gosta do quanto é minha agora?

— Sua... — Ela estremeceu quando uma das mãos de Matthieu desceu de seus seios para a barriga.

Sem parar o vai e vem, ele chegou naquele pequeno ponto pulsante e vermelho e começou a massageá-lo.

— Deixe-me possuí-la como merece, então — pediu, fixamente encarando-a nos olhos.

O aperto no seio de Gwen ficou mais forte e duro, assim como o acelerar de seus dedos no pequeno ponto feminino. O membro veio com tanta força contra Gwen que parecia que estava batendo de mão cheia. Em um impulso, segurou a parte de trás das coxas dela e as abriu um pouco, mantendo-as no ar, agarrando com vontade sua pele, que deixaria marca. Isso fez Gwen arquear as costas, agarrar os lençóis até que os nós de seus dedos ficassem brancos, enquanto ele estocava deliciosamente com tudo de si.

O quarto ficou quente como o inferno.

Matthieu sentiu o suor escorrer em sua pele, sentiu o cheiro salgado e pujante de sexo no ar, assim como ouviu os gemidos dos dois preenchendo cada centímetro do quarto. Levou minutos e horas, tudo ao mesmo tempo, naquele ritmo perfeito que o levava além. Subitamente provou, bem na glande, os espasmos de Gwen engolindo-o por completo, num ápice tão alucinante que quase o levou junto, mas Matthieu trincou o maxilar quando o prazer desenrolou por sua barriga, ameaçando.

Respirou fundo.

— Estou questionando se mereço tanto.

Em resposta, ele sorriu e montou sobre ela.

— Merece tudo o que posso oferecer e mais, Gwendolyn.

Agora era um devasso, um libertino.

De uma só mulher.

Com as mãos espalmadas em cada lado da cabeça dela, sobre o colchão, Matthieu pairou sua presença. Afundando o quadril, com os joelhos mais espaçados que conseguia, o duque foi e voltou em um ritmo forte, frenético, a ponto de rotacionar o contato para ter tudo e ir ainda mais fundo. Gwen parecia disposta a entregar o que Matthieu pedisse. Ela segurou nos ombros de Saint-Zurie, arranhando-o, acompanhando o ritmo do quadril dos dois até que o prazer se construísse.

E ele a beijou, com a língua girando dentro daquela boca calorosa ao mesmo tempo que o quadril rodava em Gwen, sentindo-a latejar nele. O membro já estava completamente molhado àquela altura, batendo no ritmo veloz de seu coração. Foi a vez de Matthieu agarrar o lençol, porque precisava se segurar em qualquer coisa. Estava perto, tão perto, e Gwen estava ali, adorando-o com um olhar cheio de luxúria que...

Maldição!

Ela se apertou em Matthieu, oferecendo a última gota do orgasmo que possuía, e o agarrou em um beijo mais feroz, engolindo a respiração do duque, passeando as mãos por todo o corpo másculo enquanto sua entrada palpitava.

Ela o tomou.

Foi o beijo de Gwen, aquela língua, somando as unhas agarrando seu traseiro, o calor da pele feminina, o atrito e o prazer que fizeram o corpo de Matthieu se retesar em cada centímetro. Como se tivesse acabado de ingerir uma alta dose alcoólica, o calor desceu em seu umbigo, indo para baixo, acelerando e o fazendo pulsar até que explodisse em mil partículas no ar. Sentiu-se queimar enquanto derramava-se completamente dentro de Gwen, deliciosamente, os músculos de sua bunda se encolhendo enquanto provava a sensação de que ela pertencia a ele, e a mais ninguém.

Resfolegou e gemeu, por longos segundos, e talvez tenha grunhido alto demais, entretanto, Gwen esteve ali para beijá-lo com a mesma vontade que ele a beijou, para silenciá-lo ao meio à força da entrega. Porque foi maior do que apenas aliviar e sanar a vontade que tinha dela. Teve o ápice, sim, onde sentia-se mais pedinte, como também em cada parte de seu corpo.

— *Ma belle* — ele sussurrou.

Seus músculos finalmente relaxaram, toda a tensão se esvaindo como uma pilha de sal sob a chuva, mas ele continuou a beijá-la e a adorá-la. Porque *precisava*. Tinha de transmitir que não eram só isso, que os dias que passaram juntos não foram apenas para renderem-se a um coito sem propósito. A mera ideia de ela pensar que não estava no coração do duque o deixou a um passo da ansiedade.

Então definitivamente a beijou com idolatria, a beijou como se prometesse uma vida inteira, deitou o seu corpo suavemente sobre o dela, ainda imerso em Gwen, porque não queria que aquele instante acabasse. E segurou nas laterais do rosto delicado, enquanto sentia-se suado, destruído, sem qualquer traço de arrependimento por ter se apaixonado tão intensamente por alguém.

Acreditava que nunca viveria o sentimento. Mas a verdade é que já havia dentro dele um coração, que ainda não tivesse encontrado a quem pertencer.

Talvez acreditasse que não era capaz até que uma mulher provasse o contrário.

Havia Gwen no mundo.

E era muito melhor viver sabendo que era capaz de amá-la.

Com as respirações ainda sendo compartilhadas, segredos silenciosamente sendo divididos, Matthieu sentiu-se completamente despido. Não porque estava sem roupa e havia acabado de viver o ápice da intimidade, e sim porque tinha certeza de que ela era capaz de enxergar nos olhos, antes frios do duque, a calidez do que sentia.

Estou apaixonado por você, implorou com o olhar. *Consegue ver?*

— Eu...

— Durma comigo esta noite — Saint-Zurie pediu em um impulso.

Porque a verdade era que queria dizer outra coisa.

— Achei que já tivéssemos feito isso. — Gwendolyn piscou, subitamente confusa.

Matthieu riu baixinho.

— Este é oficialmente o meu primeiro dia, e eu quero, como pedido, dormir sabendo que a tenho em meus braços.

Ela deixou um sorriso doce preencher aquela linda boca, ainda úmida e vermelha dos beijos que compartilharam há pouco.

— Mas, aqui, no seu quarto? — sussurrou.

— Sim. A não ser que haja outro lugar...

— Estou dois andares abaixo do seu, sem tantos convidados ilustres — Gwen explicou. — O meu é o último do corredor e imagino que tenhamos mais privacidade pela manhã.

— Teme que nos vejam?

— Decerto. Espero que não tenham nos escutado já, de qualquer maneira.

O duque acariciou o rosto de Gwen, tirando uma mecha do cabelo castanho da testa. Uma pontada em seu coração surgiu, porque aquilo só tornava ainda mais forte a sensação de que Gwen jamais aceitaria o pedido. Evidente que poupar um escândalo era necessário, mas não queria unir-se a ele de qualquer modo? Definitivamente queria o término em algumas horas?

O coração do duque ainda batia como um estrondo contra seu peito, seu corpo ainda se encontrava letárgico após o sexo, e por que para ele, de repente, tudo o que vivera parecera tão breve?

Como se fosse o fim?

— Se sentirá mais confortável se formos para o quarto que designaram a você?

— Sim — ela respondeu sem hesitar.

Matthieu quis lê-la naquele segundo.

No entanto, não conseguiu.

— Então iremos para lá, se prometer que ficará comigo até o sol nascer.

— Eu fico, Matt. — As sobrancelhas de Gwen arquearam, confusa com a insegurança dele. Ela traçou o rosto de Matthieu com a ponta dos dedos, e pairou-os sobre os lábios inchados do duque. — Eu fico.

Depois de se amarem um pouco mais, com beijos e carícias, eles se vestiram e combinaram que iriam um após a outro, em um espaço de tempo de quinze minutos para não serem pegos juntos. Matthieu assistiu Gwendolyn se vestir com a *chemise* que ele tirara, o casaco que havia deixado no chão, e parecia que absolutamente nada havia acontecido naquele desconhecido intervalo de tempo. Com exceção dos cabelos desalinhados, as bochechas coradas e os lábios quase no tom de vinho.

— Te espero — ela sussurrou.

Matthieu assentiu.

E, quando viu a porta fechar, ficando completamente sozinho, teve a certeza de que desejava Gwendolyn como a duquesa de Saint-Zurie.

Não haveria alternativa além dela.

Seria infeliz se fosse de outra forma.

E o quarto ficava demasiadamente frio sem a sua presença.

CAPÍTULO VINTE E OITO

— *Meu* Deus — Gwendolyn sussurrou para si mesma, perdida em pensamentos, e se levantou quando percebeu que não conseguiria encontrar o sono após uma hora de tentativa.

Matthieu estava dormindo completamente nu em sua cama. Como prometido, havia aparecido em seus aposentos exatos quinze minutos após a sua partida. O duque surgira em sua porta apenas de calça e camisa, além de um olhar afiado e ainda faminto. O que aconteceu depois disso foi consequência mútua de uma atração que ela não pôde e nem quis controlar. Foi adorada pela segunda vez na noite com o corpo de um homem que a desejava de verdade, foi beijada com uma admiração nunca sentida, foi possuída com a alma. Ela nunca havia provado o prazer dançando embaixo da sua pele e nunca pensou ser capaz de encontrar o ápice, além disso...

Ela lançou um olhar para o duque sereno em seu sono.

Houve *tanto* sentimento ali. E ela se sentiu amada. Como era possível experimentar uma mistura de emoções durante uma atividade tão... carnal? Sua mente estava confusa e com medo da novidade, mas o coração de Gwen estava tão cheio. Tinha se apaixonado por Matthieu D'Auvray intelectualmente antes que pudesse senti-lo em seu corpo. E agora que o havia provado... não sabia como conseguiria afastar-se dele.

Resta tão pouco...

Vendo-o em sua cama, Gwen abriu um sorriso quase nostálgico; ainda que Saint-Zurie permanecesse em presença, ela não sabia se o sentia ali, com ela. Parecia uma estátua de músculos e masculinidade, tão irreal quanto um sonho.

Desejou ser capaz de congelar o momento.

Um de seus braços estava dobrado, com uma mão sob a cabeça, os suaves cachos negros espalhados no travesseiro, enquanto a outra mão relaxava sobre a barriga. E havia os ombros largos, os contornos do tórax proeminente, os músculos desenhados em seu abdômen, os pelos que desciam em direção ao umbigo até pairarem no centro de seu V profundo.

Gwen mordeu o lábio inferior, punindo-se pelo prazer que sentiu ao vê-lo tão à vontade.

Ela o quis mais.

Então escorregou os olhos para o membro que, embora estivesse sem qualquer traço de excitação, ainda era no mínimo quatro vezes maior e mais largo do que qualquer estátua grega ou figura de livros proibidos.

Ela respirou fundo quando sentiu seu sangue ferver.

Queria-o dentro dela, ainda que já o tivesse tido duas vezes em uma noite.

Continuou a cobiçá-lo, embora soubesse que isso a faria enlouquecer. As pernas do duque formavam o número quatro, permitindo-lhe ver com clareza as coxas incrivelmente largas e desenhadas por linhas marcantes. Tantos músculos ali, até na panturrilha. Os pés, magros, porém imensos comparados aos de Gwen, faziam jus ao homem que o Duque de Saint-Zurie era.

Arrebatadoramente irresistível.

Gwen sabia que, se entendesse melhor sobre a intimidade entre homens e mulheres, se tivesse vivido o ápice do prazer antes de Matt, não teria resistido tanto tempo. Porque provar isso com o duque acendeu uma chama em Gwen que agora ela não conseguia mais apagar. Seus seios já estavam pesados, os mamilos pontudos, e não era porque estava completamente nua. Um desejo começou a umedecer suas partes mais íntimas e ela sentiu um peso bem naquele ponto onde o duque a beijou.

Devo acordá-lo?

Ela quase gemeu em protesto.

Não, não devo.

Pensou no que fazer para se livrar da sensação quente e pulsante.

Talvez escrever em meu diário?

Olhou para o caderno aberto na última página escrita. Definitivamente, não conseguiria se concentrar.

Decidiu acender uma vela, embora o quarto estivesse iluminado pela lareira. E teve uma ideia. Percebeu que ainda havia água nos baldes que os criados deixaram em seu quarto, e resolveu que seria aprazível banhar-se antes de se deitar. Quem sabe, assim, o sono pudesse encontrá-la.

Ainda que houvesse uma polêmica imensa a respeito da prática, Gwen adorava a sensação.

E *precisava* que a chama que sentia fosse apagada.

Despejou a água na banheira, aproveitando que havia uma, com cautela para não acordar o duque. A imagem dele ainda a excitava, e decidiu que não o olharia mais.

Maldição, pensou.

Então imergiu. O banho estava tão frio que seus dentes bateram audivelmente, porém levou apenas poucos minutos para se acostumar à temperatura e relaxar com o aroma agradável de flores.

Recostou a nuca na borda da banheira e tornou-se consciente de suas próprias curvas, os seios pesados e os mamilos pontudos submergindo e afundando na água, a barriga plana, a cintura estreita, suas coxas. De olhos fechados, em sua imaginação, estava sendo tocada pelas mãos quentes e ásperas do duque. Ela passeou a ponta da língua por seu lábio superior e inferior, fazendo um círculo, imaginando o beijo de Matthieu, imaginando sua própria língua dentro daquela boca ávida. Um encontro quente e forte, o cheiro de homem e a colônia almiscarada. A voz dele rouca em seu ouvido. Sentiu-o chupando seu pescoço, para depois apertar seus seios com força. Desceu a mão por sua barriga, pela parte interna das coxas e rotacionou bem no ponto que pulsava.

Ela latejou.

E gemeu.

Baixo, calando-se ao morder o próprio lábio inferior.

Mas suspirou fundo quando começou a fazer círculos ali, rendendo-se. Em seu sonho acordado, era Matthieu na água com ela, e Gwen beliscou um dos mamilos entre o indicador e o polegar enquanto a outra mão passeava por seu corpo apenas para voltar à sensação pulsante em sua entrada. Ela sentiu uma umidade mais densa do que a água, pegajosa, e arqueou a coluna assim que fez um círculo com a ponta dos dedos, porque era tão delicioso. As pernas de Gwen espaçaram, ao máximo, e ela sentiu o ponto deliciosamente pronto e duro piscar de prazer.

Lembrou-se do que o duque fez, de sua língua, de seus dedos e tentou realizar os mesmos movimentos sozinha. Agarrou um seio com a mão livre, abrindo os lábios para respirar com mais vontade, soltando um gemido mais alto no processo. Ousadamente, deixou que um de seus dedos mergulhasse onde pulsava. Sem parar de pensar nele, naquela grossura e imponência de homem, ela sentiu a entrada apertar o dedo e seu corpo começou a tremer como se uma onda estivesse prestes a chegar. Acelerou o contato, sentindo que apenas o indicador não era suficiente e enfiou o dedo médio, imaginando-o batendo o quadril contra o dela em um som estalado e bruto. Gwen girou o quadril, acompanhando o ritmo de seus dedos, de baixo para cima, assim como fez quando o duque estava sobre ela. Pensou no peso de seu corpo, no cheiro masculino, na fragrância dele impregnando toda a pele dela. Pensou na boca do duque invadindo a sua ao mesmo tempo que o membro entrava e recuava, largo e luxurioso, arrancando o fôlego de Gwen. Pensou em como o viu na cama, de pernas abertas, apenas para depois possuí-la com aquela sede de quem sabia o que queria. Os músculos saltados, as coxas grossas, a ereção pulsante em Gwen. A água começou a se agitar assim como seu corpo, transbordando, e foi quando a imaginação não parecia fazer jus ao homem de seus sonhos que ela abriu as pálpebras para olhá-lo.

— É isso que a *madame* Hawthorn gosta de fazer em minha ausência? — Ele riu, rouco, usando a mesma frase de quando a encontrou no baile com outro homem.

Ela piscou e tirou as mãos do corpo numa velocidade surpreendente, mas não a tempo suficiente para que Matthieu não tivesse percebido. Gwendolyn sentiu as bochechas ficarem vermelhas e pensou que fosse desmaiar pelo constrangimento. Ficou cega por talvez um minuto inteiro, presa aos olhos castanhos, ao sarcasmo e ao... desejo evidente em Saint-Zurie.

Gwen escorregou o olhar.

E percebeu que Matthieu estava sentado na beirada da cama, virado para ela, com as pernas bem abertas e a ereção dura e larga batendo em seu umbigo enquanto se acariciava com os dedos. Ele estava se tocando ao vê-la, com a pele dourada sob a luz da lareira, cada músculo de seu corpo saltado, inclusive o do maxilar. Parecia o próprio pecado encarnado. O membro úmido, sua ponta latejante e roxa de vontade, os testículos se retesando cada vez que Matthieu subia os dedos. Então ele abriu os lábios e soltou um grunhido que Gwen sentiu bem no meio de suas próprias pernas.

— Não pare — o duque exigiu, com aquela voz que parecia uma sentença e uma ordem ao mesmo tempo, que qualquer ser humano obedeceria.

Ela desceu as mãos e se tocou, percebendo que o desejo que havia construído não desaparecera pela vergonha.

— Feche os olhos — ordenou de novo.

Gwen quis protestar, porque havia aquele espécime masculino bem à frente dos seus olhos, e sentiu que precisava vê-lo para que o prazer se concretizasse. Contudo, o duque a admirou como se estivesse à frente do tempo, mordendo o lábio inferior enquanto dava prazer a si mesmo, e Gwen teve de obedecer.

Com aquela imagem do duque vívida em sua mente, as pálpebras desceram. Ela ainda conseguia sentir a presença de Matthieu no quarto, ainda conseguia ouvir a respiração pesada dele, e seus dedos entraram na abertura antes que ela pensasse uma segunda vez. Estava latejando quando mergulhou em si mesma, e o formigamento entre suas pernas ficou mais forte à medida que acelerou. Os batimentos retumbaram em seus tímpanos. De repente, só havia ela naquele quarto, com a imagem de Saint-Zurie forte e seus sentidos aguçados. Só havia ela com ele em seu corpo, só havia a boca dele sobre a dela, só havia os gemidos roucos do homem em seu ouvido. A imaginação de Gwen foi tão vívida que seu corpo acreditou ser real e, quando abandonou instintivamente o estocar em sua abertura para rotacionar o ponto entumecido, cada músculo de seu corpo se contraiu. Foi como um estalo. A respiração ficou presa em sua garganta ao mesmo tempo que os dedos dos pés se retorceram. A onda fervente abraçou cada músculo e nervo de seu corpo, fazendo-a arquear as costas. Foi nesse exato segundo que um par de mãos tocou cada lado de sua cabeça, e ela sentiu a respiração do duque em seu queixo enquanto a beijava de ponta-cabeça. A língua dele invadiu sua boca e ela viveu aquele prazer em cada célula, como se o contato do duque aumentasse o prazer e a fizesse ver estrelas. Ela perdeu o fôlego, mas girou mais uma vez os dedos em seu calor molhado e um último resquício de orgasmo, que durou menos, mas foi tão arrebatador quanto, a dominou. A língua do duque continuou a trabalhar em Gwen, até que ela fosse capaz de relaxar.

Abriu os olhos.

E encontrou Saint-Zurie olhando-a de cima, provavelmente ajoelhado no chão às suas costas.

— Acreditei que estava sonhando quando ouvi o seu gemido e meu corpo respondeu imediatamente. Quando abri os olhos e a vi, Gwen... Que o inferno me carregue, mas eu a quero ainda mais agora.

Os batimentos de Gwen ainda estavam atrapalhados, porém ela sentiu o coração alcançar o céu quando Matthieu se levantou e encaixou-a em seus braços, tirando-a completamente da água. Ficou presa nos olhos avelã, sem se importar de molhá-lo, assim como todo o chão de madeira, porque era tão fácil se perder nas pupilas e no fogo da expressão daquele homem. Sua entrada, que parecia saciada há menos de um minuto, voltou a pulsar quando o duque escorregou o olhar para sua boca.

Ele a colocou sobre a cômoda e a virou para ele, espaçando suas pernas. A cômoda era baixa, mas talvez o suficiente para que ele a possuísse sentada? Não imaginava que seria possível uma coisa dessas, mas então Matthieu segurou o queixo de Gwen entre o polegar e o indicador e abriu um sorriso. De repente, as mãos foram parar no traseiro dela, e ele a puxou para si, deixando-a na beirada do móvel. A ereção bateu em sua entrada, e Matthieu umedeceu os lábios antes de sorrir mais uma vez de lado.

Gwen soube que Saint-Zurie não seria gentil.

E ela não queria que fosse. Precisava da boca dele na sua como o ar que respirava.

O duque a beijou.

A língua invadiu seus lábios ao mesmo tempo que o membro deslizou com força dentro de seu calor molhado, fazendo um estalo de corpos e o móvel ranger. Todas as terminações nervosas de sua vagina latejaram na mais profana aceitação, e Gwen o envolveu com os braços enquanto lhe permitia ser dela.

Cada centímetro.

Dela.

Eles gemeram juntos, dentro da boca um do outro, com Matthieu girando a língua enquanto recuava o quadril pela primeira vez.

Nunca se cansaria da sensação deliciosa de ser preenchida por Matthieu, por mais que fosse surpreendentemente dolorosa e ardente no início, até se tornar uma luxúria completa. Nunca se cansaria daquela língua consumindo sua boca com o poder de sua presença. Era como se o duque mostrasse que poderia possuí-la por ser quem era e, assim como sua palavra era um decreto, seu corpo era lei. Uma lei que Gwen adorava obedecer.

O duque agarrou seu traseiro com mais força, os dedos afundando na carne a ponto de doer. Gwen passeou as mãos pelos cabelos de Matthieu, sem parar de beijá-lo, para depois ir para o pescoço e peito, descendo a ponta dos dedos e sentindo o vai e vem palpitante dentro de si e pelo toque. Matt soltou um grunhido profundo, afastando o beijo quando ela o arranhou de leve na barriga. Gwen pareceu tentada a levar a ponta dos dedos para onde eles se conectavam.

— Sinta — ele pediu no lóbulo de Gwen, mordendo de leve. — Como a reivindico com vontade.

E ela sentiu. Seus dedos sendo apertados cada vez que ele batia contra Gwen, aquele ponto sendo tocado exatamente no lugar certo. Os seios de Gwen pesaram e o seu centro estava tão molhado que ficou escorregadio tocar ali. Ela o fez mesmo assim, rotacionando como quando se tocou sozinha, enquanto Matthieu se afundava nela mais e mais, rápido, tão rápido que os segundos jamais seriam capazes de acompanhá-los. E ele a consumiu com um beijo no pescoço, mordidas em seu ombro, para depois tomá-la na boca, sem parar de possuí-la selvagemente. Gwen acelerou, e Matthieu acompanhou o ritmo, o som do móvel arranhando o chão não sendo mais alto do que os gemidos.

Quando ela estava prestes a ver estrelas, o duque a tirou de cima do móvel e a segurou no colo. Em pé. Gwen não teve tempo para ficar chocada, ela simplesmente continuou as estocadas junto com Matthieu, porque precisava chegar lá, batendo o seu corpo contra o dele, envolvendo-o pela nuca, como se sua vida dependesse disso. Ele ia tão fundo e recuava exatamente no ponto certo que... As pernas de Gwen ficaram mais pesadas quando seus músculos se retesaram e ela só percebeu que suas coxas estavam nos antebraços do duque quando ele a fez ir e vir como um balanço. Ela tremeu, dos pés à cabeça, enroscada naquele homem, ouvindo o coração pulsar na garganta. Matthieu a prendeu em seu membro como se nunca fosse deixá-la ir, lá no fundo. A onda fugaz veio forte. Deliciosa. Varrendo qualquer traço de sanidade de Gwen, até que ela perdesse o ar e ficasse tonta.

Matthieu não parou.

Ela não queria que ele parasse.

Ele a levou para uma superfície macia, e Gwen entendeu que era a cama antes que pudesse tocá-la. O duque a virou de barriga para baixo, pedindo que ficasse de joelhos, com as palmas sobre o colchão. Por um segundo, Gwen duvidou se estava fazendo certo, até Matthieu segurá-la pelas nádegas com vontade, murmurando "assim". Ela sentiu o colchão ser afundado com a presença do duque.

— Agora, agarre-se à cabeceira.

Ela fez o que foi pedido, esticou os braços e segurou na cabeceira.

Imediatamente, sentiu o membro de Matthieu entrando com cautela.

Gwen gemeu.

Como é possível sentir ainda mais prazer assim?

Matthieu riu rouco quando provou o pulsar dentro de Gwen. E ela afundou os dedos na madeira para não gritar. Sentiu que poderia ter mais uma vez a onda fugaz, e não teve dúvidas quando Matthieu recuou e a possuiu de novo.

O duque acelerou.

Intenso.

Duro.

Impiedoso.

O bate-bate do quadril de Matthieu contra as nádegas de Gwen foi audível, assim como os gemidos deles e as respirações pesadas. Em algum momento, as mãos de Gwen cederam e ela empinou-se ainda mais, instintivamente, recebendo-o com satisfação. Espaçou os joelhos quando sentiu que era mais delicioso assim e afundou o rosto no travesseiro.

Porque precisava gritar.

Matthieu passou as mãos pelo corpo de Gwen e deu um tapa no traseiro dela, o que pareceu tornar tudo aquilo ainda mais animalesco. Não era uma punição, talvez fosse... por ser tão incrível que não havia palavra que expressasse. Ela sentiu o corpo do duque montando sobre o seu, a boca dele em algum lugar da sua pele, o aroma de lavanda exalando mais forte. Ainda estava molhada e talvez suada, mas não podia parar. Não estava cansada, e queria...

Tinha que...

Ele acelerou e estocou longamente, colocando tudo dentro dela, apenas para tirar e mergulhar mais uma vez. Gwen o sentia. A ponta do membro vibrando toda vez que entrava, os testículos de Matthieu tocando-lhe, as coxas do duque mantendo as dela ainda mais espaçadas. E aquelas mãos. Ásperas e perigosas em seu corpo. Gwen estava tão febril e encharcada, que sentiu o desejo escorregar por suas coxas, pingando na cama.

Estava perto...

— Agora não, *amour* — ele grunhiu e saiu de dentro de Gwen em meio segundo.

Ela desabou no colchão, o coração batendo tão forte no peito como no centro de suas pernas.

Ela queria ter aquela onda de novo.

Estava tão perto.

Quase levou a mão *lá* por si mesma para dar o último atrito que a faria alcançar o ápice. Matthieu segurou-a pelo pulso, montando sobre ela de novo.

— Shh — sussurrou em seu ouvido.

Em seguida, desapareceu completamente.

O peso do duque sobre o colchão se foi. Levou talvez um minuto inteiro para que Gwen o procurasse com o olhar. Estava arfante, ardendo, precisando dele mais uma última vez antes que chegasse lá. O corpo parecia exausto, mas havia ainda mais uma última onda para desfrutar e...

Ela abriu as pálpebras e o encontrou sentado numa cadeira.

A ereção longa molhando o umbigo e os pelos que havia ali, além de outras partes do corpo úmidas por causa do banho dela.

Um sorriso zombeteiro se abriu em seu rosto.

— Me quer, Gwen? — sussurrou. — Venha me pegar.

Ela piscou.

Uma ou talvez duas vezes.

— Sente-se no meu colo — explicou.

— Isso não é possível — sussurrou de volta.

— Ah, é muito possível. Venha. — Ele dobrou o indicador um par de vezes, chamando-a.

Gwen se levantou da cama, desconfiada. As pernas estavam bambas, porém não precisou de três passos para chegar até ele. Mesmo sentado, Matthieu parecia magnificente e poderoso. Ela chegou perto, bem perto, e ele espaçou as pernas de Gwen, trazendo-a para cima dele, com ela ainda em pé. Ficou surpresa por aquilo.

Literalmente me sentaria em seu colo?

O duque abriu um sorriso perverso, olhando-a de baixo, com os cabelos desalinhados, o maxilar tenso e olhar ardendo em chamas.

Passou as mãos pelo corpo de Gwen, os seios, a cintura, fazendo-a derreter no processo. Ela, imediatamente, começou a esquecer as dúvidas sob o toque do duque, como se ele fosse capaz de encantá-la através do contato, como se fosse o único responsável por fazê-la ceder. E era. As mãos foram para os quadris de Gwen e, no instante em que ele a desceu e Gwen o abraçou com sua entrada pedinte, ela entendeu o propósito daquilo.

Ela montaria em Saint-Zurie.

E teria o poder de guiar aquilo como nunca teve.

Sentiu-o completamente dentro de si quando suas nádegas tocaram as coxas grossas de Matthieu e o procurou com os lábios. Encontrou-o num beijo em que Gwen foi a dominante, a língua buscando a parte interna da boca de Matthieu, fazendo-o grunhir. Ela afundou as mãos nos ombros de Saint-Zurie e subiu com o corpo, afastando-se e testando, apenas para recebê-lo dentro de si de uma só vez.

— Diabos, Gwen...

Foi a vez dela de sorrir com malícia.

Como se estivesse cavalgando, Gwen arrematou-o lá no fundo, subindo em seguida, conforme percebia o que era mais delicioso para os dois. Sentiu as coxas trabalharem, seus quadris, os seios esbarrarem na boca de Matthieu conforme acelerava. E ela foi depressa. Tão depressa que o subir e descer não pareceu suficiente, então sentou-se no colo de Matthieu por completo e começou a ir de encontro a ele e recuar, sem tirar o membro de dentro de si. Indo e vindo para a frente e para trás, mexendo apenas os quadris. O atrito foi delicioso, montar em Matthieu, uma perdição e ter o controle sobre aquilo foi surpreendentemente bom demais para que ela se calasse.

Então gemeu o nome de Saint-Zurie, descobrindo como era controlar o membro dele dentro de si, pulsando em volta e o engolindo conforme o apertava. Descobrindo o vai e vem que ela mesma poderia criar, a velocidade que dependia apenas dela. Deleitou-se ao perceber que poderia chegar lá por si mesma, pelos próprios movimentos que fazia.

— Ah, Matthieu...

— *Ma belle*... — ele gemeu. — Inferno! *Assim*... bem assim.

Ela mordeu o lábio inferior do duque quando desceu o rosto e engoliu a respiração dele sem parar de ir e vir, toda a parte de cima do seu corpo travada, apenas seu traseiro se movendo para possuí-lo. Era a rendição de um libertino. Viu-se dona de Matthieu. Dona daquele corpo másculo sob o dela, dona daquele membro imenso e largo, dona dos gemidos de um homem rendido pela surpresa, dona do prazer de Saint-Zurie.

Circulou o quadril, testando movimentos novos, rotacionando quando o queria mais fundo, acelerando quando o queria mais perto. Ela desejava horas daquilo, ainda que soubesse que se entregaria fácil, construindo o seu próprio prazer.

Matthieu agarrou sua pele como se quisesse castigá-la.

Ele bateu em sua bunda duro e com força, agarrando as nádegas de Gwen em seguida.

Acelerando o movimento.

E foi tão depressa que as bocas se separaram; não havia mais como se beijarem naquela velocidade. E ela adorou isso. Adorou ver Matthieu perdendo a cabeça enquanto o recebia. Adorou o formigamento em seu corpo ficando mais forte, os músculos mais tensos, os seios latejando junto ao seu coração. Gwen o segurou pelos cabelos com dureza, puxou-o para a boca quando firmou o corpo e guiou-o para dentro em seu próprio ritmo.

Ele soltou as mãos do corpo de Gwen, largando-as em cada lado da cadeira.

Deixando-a ir e vir.

A vergonha, o pudor, nada disso tomou conta da consciência de Gwen. Ela tornou-se instinto e pura fúria luxuriosa, surpreendendo a si mesma quando o ritmo a fez gritar. O som estalado de corpos ficou audível e escorregadio, o suor de Matthieu se misturando à umidade de seu corpo, e o cheiro do sexo tornando-se sua nova essência favorita. Era Matthieu D'Auvray em seus braços, e ela o segurou com propriedade, enfiando a língua naquela boca máscula, quando o último movimento do quadril a fez tremer.

Ela vibrou tão forte que quase caiu.

Matthieu a segurou, as mãos nos quadris, mantendo-a lá no fundo para depois ele mesmo estocar deliciosamente naquele prazer que consumiu Gwen.

De forma completamente nova.

Ela sentiu as veias latejarem, o coração parar, o ápice entre suas pernas lamber cada centímetro da entrada, fazendo-a explodir. Pensou que tivesse agarrado Matthieu em algum momento, porém não possuía mais força. Seus olhos se encheram de lágrimas — foi uma onda tão dura que o tempo parou. Matthieu segurou-a, possuindo-a devagarzinho, prologando o maior prazer da vida de uma mulher, beijando-a e adulando-a naquele espaço-tempo que mais parecia um sonho. Ela respirou em algum momento, entretanto, ainda sentiu a sensibilidade entre as pernas quando conseguiu estocar por si mesma uma última vez no membro do duque. A última onda de prazer a arrebatou, derramando-a em Matthieu. Gwen sentiu um líquido entre os dois, gotejando no membro do duque, que não pareceu se importar.

Estava cega e surda, mas sentiu-o pegá-la no colo e posicioná-la na cama. Sentiu o membro de Matthieu entrar em seu corpo, o peso e o calor sobre ela. Sentiu-o possuindo-a uma vez e duas mais. Mesmo sem energia, o quis. Tateando as costas fortes do duque, o rosto, recebendo-o em sua boca quando ele gemeu brutalmente que Gwen pertencia a ele e a mais ninguém.

Nunca imaginou que seria assim, nunca pensou que poderia provar algo tão intenso na vida. E ela o recebeu, dedicada, ainda sentindo uma espécie de letargia. Talvez já tivesse se esgotado sexualmente, porém o deslizar de Matthieu era bom, a forma que ele a possuía com carinho também. E a ânsia carnal e animalesca que Gwen sentiu foi substituída por uma profunda emoção. Os lábios cheios trabalhando nos dela, os quadris de Matthieu recuando e mergulhando de forma lenta e ritmada. Ela o abraçou com as pernas, envolvendo-o pelos quadris, deixando que Matthieu fosse tão fundo quanto conseguia. E ela o beijou em agradecimento, o beijou de forma apaixonada e deixou tomar o controle da situação porque...

Matthieu estava certo.

Ela era dele.

As pálpebras de Gwen finalmente abriram e Matthieu se afastou do beijo, olhando-a como se soubesse que ela havia retornado para o mundo naquele instante. Então Gwen deu-se conta do lindo homem que a dominava. Os cabelos negros como uma cortina em volta do rosto úmido de suor, os lábios vermelhos entreabertos e inchados, as pupilas dilatadas, a veia na lateral da testa saltada, assim como a linha forte de seu maxilar. Ela o viu e perdeu o ar quando o duque acelerou e a segurou em seus braços, como se nunca quisesse deixá-la ir. Envolvendo-a em um abraço, sem parar de mover o quadril.

Matthieu gemeu contra o ouvido de Gwen.

— Case-se comigo — pediu, rouco.

Ela congelou e despertou imediatamente.

Ele continuou estocando, mas Gwen... *tinha escutado errado?*

— Case-se comigo — repetiu. Então afastou a boca da orelha de Gwen e a encarou fixamente. *Deus!* — Seja a minha duquesa, Gwendolyn. — O duque gemeu, afundando-se nela. — Permita-me fazê-la feliz.

Ela tocou o rosto de Matthieu, na dúvida se estava vivendo fora da realidade. Tocou-o porque, embora o sentisse dentro dela, ainda não sabia se ele estava *ali*.

— O que quer dizer...?

— Não quero mais horas contadas ou dias.

Matthieu mordeu o lábio inferior, com o membro dentro dela. E recuou o quadril devagar, os olhos fixos nas pupilas de Gwen. Ela perdeu o fôlego.

— Quero ter a minha melhor amiga, a minha amante e a minha paixão como esposa. Você é a soma de todas as coisas que nunca pensei que pudesse querer. Gwen, dê-me a honra de mudar o seu sobrenome e deixe-me unir os nossos destinos assim como estou unido a você agora. Eu a quero, a quero tanto.

— Matt... não está dizendo isso porque... pelo que... — Ela arfou quando ele arremeteu com força.

— Não estou fazendo isso por obrigação. Não me conhece? Estou apaixonado, maldição! — Ele sorriu e, em seguida, riu de si mesmo, como se fosse algo incrédulo até para ele. Espaçou mais as pernas de Gwen e montou sobre ela, beijando-a. — Estou loucamente... — A língua dele entrou, apenas para tirá-la um pouco. — Estou loucamente apaixonado, *ma belle*. Case-se comigo, Gwendolyn. Seja uma D'Auvray. Seja minha.

Gwen havia jurado que nunca se casaria, mas, naquele segundo, a promessa que fez se tornou uma gota no oceano. Não poderia abdicar de sua felicidade por orgulho. Ela *amava* Matthieu. Antes de amar o corpo daquele homem, amou-o por ser quem era. E não tinha absolutamente nada a ver com o maldito título ou o que quer que fosse. Ela o amou pelo desafio, por ser indomável, o amou por ter uma personalidade que destoava de qualquer um da sociedade, de qualquer país, de qualquer continente. Amou-o pelo bom humor, por suas dores e por ouvir os próprios medos de Gwen como se fossem os próprios. Ele plantou mudas de rosas com ela! Amou-o porque o viu despido de alma e coração. E não conseguiria viver sem ele sem que isso deixasse uma ferida irreparável em sua vida.

Ela o amava.

E isso nunca iria embora.

— Diga-me em voz alta, Gwen, por mais que eu veja a resposta em seus olhos — ele murmurou, gemendo.

— Sim — ela sussurrou de volta.

Porque era a única coisa que poderia dizer.

Matthieu grunhiu o nome de Gwen e seu corpo se rendeu. Ela viu o prazer varrer sua sanidade da mesma forma que fez com a dela. Sentiu-o molhar todo o seu centro, sentiu-o se contrair dentro dela, sentiu os espasmos, o tremor. Viu as pupilas do duque se dilatarem, ouviu os gemidos que ela engoliu com um beijo. Sentiu os lábios trêmulos nos dela e os braços do duque a envolverem como se o peso de mundo saísse de suas costas. Ele continuou beijando-a, ainda que a onda fosse se esvaindo com os segundos, ainda que o ritmo de seu coração fosse se acalmando contra o peito dela.

E Gwen pensou que a vida poderia parar ali.

Porque nunca se sentiu tão feliz.

Nunca imaginou que era possível existir uma alegria tão imensa quanto amar e ser amada.

Ele a olhou e sorriu.

— Quis mesmo dizer sim?

— Eu quis. — Gwen sentiu a emoção formar um bolo em sua garganta. — E realmente teve a intenção de fazer o pedido em um momento como esse?

— Na verdade. — O duque respirou fundo e passou o polegar pelo maxilar de Gwen. — Na verdade, não. Eu ia pedir sua mão em um momento mais oportuno. E quero deixar bem claro que não foi porque dormi com a senhora e possa haver consequências. Eu já a queria, Gwen. Desde a ópera, falei que a cortejaria. Mas precisei conquistá-la de forma decente, não?

— Ora, Matt.

Ele riu.

— Minha mente começou a processar que a *madame* era minha, até deixar de ser por algumas horas. E eu não queria perdê-la. Não amando-a.

— Amando-me? — Parecia uma debutante ouvindo uma declaração pela primeira vez, porém não pôde evitar. Sorriu como uma tola, os olhos marejando nos cantinhos.

O duque umedeceu os lábios, secando as tímidas lágrimas dela.

— Você é o meu primeiro e último amor, Gwen. — O duque travou o maxilar, e ela viu certa emoção passar por seus olhos. — Nunca imaginei que seria possível eu me casar se fui um filho, neto e irmão tão temível. Mas a *madame* me dá esperanças e me faz perceber que eu quero tudo o que puder viver. Desde que seja com você. Anunciarei amanhã o nosso noivado.

— Tão rápido...

— Não quero perder um segundo de tê-la oficialmente como a minha duquesa.

Ela sentiu-se leve quando Matthieu se acomodou e a envolveu nos braços. Sentiu como se fosse certo. A ansiedade, a angústia e o medo evaporaram de sua mente com rapidez, porque o Duque de Saint-Zurie lhe dera segurança. E não pelo pedido, mas porque ele estava sentindo o mesmo que ela.

Era possível morrer de felicidade e continuar vivendo?

Gwen caiu em um sono profundo antes que pudesse descobrir a resposta.

PARTE VI

*"Só o último amor de uma mulher pode igualar-se
ao primeiro amor de um homem."*

— Honoré de Balzac

CAPÍTULO VINTE E NOVE

— *Gwendolyn...*

Uma voz pareceu querer trazê-la de volta à vida, mas estava tão cansada. Cada músculo seu doía e o sono era tão revigorante. Agarrou-se mais ao travesseiro, disposta a ignorar.

— Gwen?

A colônia almiscarada de Matthieu estava em nos lençóis.

— Matt? — murmurou, tocando a cama para procurá-lo, sem sorte.

— Gwen, acorde — a voz tentou de novo. — Desculpe-me, mas *precisa* acordar.

Ela finalmente abriu os olhos.

E encontrou Isabel com um semblante apreensivo.

— Viu Sua Graça recentemente? — perguntou Isabel, baixinho.

Gwen sentia-se tão sonolenta que levou um tempo para que se desse conta de estar nua sob os olhos da *madame* de Lussac. Então percebeu que havia um cobertor na cama que antes não tinha e que... foi protegida até o pescoço. Lançou um olhar em torno do quarto. A lareira havia queimado toda a madeira, a janela estava fechada, e apenas um lado da cortina estava aberto. Não havia roupas masculinas no chão, embora parecesse que ele tivesse deixado tudo pronto de alguma forma e...

— Eu... — Gwen se sentou, puxando a coberta consigo, dobrando os joelhos quase até seu queixo. Então coçou as pálpebras com os nós dos dedos e bocejou. — Qual pergunta me fez? Perdoe-me.

Isabel sentou-se na cama e tocou no joelho de Gwen.

— Está devidamente acordada?

— Talvez. — Gwen bocejou de novo. Os músculos de seu corpo retesaram e ela sentia-se dolorida, mas conseguiu focar no rosto de Isabel. E a expressão que viu fez seu coração congelar. — O que houve?

— A criada pessoal tentou acordá-la mais cedo, sem sucesso. Já passou da uma hora da tarde! E não tive escolha. O Duque de Saint-Zurie não foi encontrado em seus aposentos e...

— Oh... — Gwen sentiu as bochechas adquirirem um tom rosado. — Isabel, eu...

— Passou a noite com ele? Não irei contar, mas preciso que me diga a verdade.

— Sim. — Gwen piscou, confusa. — Por quê?

— Talvez deva lavar o rosto antes de termos essa conversa. Não estamos em nossa casa e... talvez... — Isabel suspirou e se levantou da cama, andando de um lado para outro no quarto. — Não sei como dizer.

— Isabel. — Gwen se levantou, agarrando-se às cobertas.

Foi então que um pressentimento amargo passou por sua mente e seu coração. A acidez cobriu a garganta de Gwen, seus músculos ficaram gelados e seu corpo pareceu tremer sem que houvesse uma razão lógica para isso. Sentiu-se assim apenas duas vezes em toda a sua vida — antes de receber a notícia de que seu pai havia falecido e, pela madrugada, quando foi checar sua mãe e viu que seus olhos não abriam mais.

Algo *estava* errado.

— Que horas o viu ontem? — Isabel sussurrou, sem olhar para Gwen.

— Pela madrugada e ficamos juntos quase até o dia amanhecer. Talvez... até quatro da manhã?

— O duque comportou-se de forma estranha?

— Não. — Gwen travou no lugar e sentiu-se incapaz de respirar. — O que está acontecendo, Isabel?

— Desde as seis da manhã, os criados estão procurando Saint-Zurie. Procuraram-no pela mansão e redondezas.

— Talvez ele tenha saído para resolver algum assunto. — Pareceu óbvio assim que saiu da boca de Gwen, então por que aquele desespero imenso nos olhos de Isabel?

— Todos os criados do duque estão na residência, assim como todos os pertences e seu dinheiro. A carruagem está aqui, assim como o cocheiro e o valete. Ninguém o viu sair da propriedade, ele não avisou à avó... a duquesa está à beira de ter um colapso. Estamos procurando Saint-Zurie há horas e não existe um bilhete ou...

Isabel continuou falando, enquanto Gwen perdia-se em pensamentos.

Ela empurrou a sensação agonizante que ameaçava espreitar seu coração. Ele a *pediu* em casamento na noite anterior. Esteve com ela por toda a madrugada e, quando dormiram, ela o sentiu em seus braços em vários momentos da noite. Aconchegou-se em seu calor e foi envolvida por seu corpo forte. O duque, sem dúvida, saiu para espairecer ou resolver assuntos de extrema urgência. Apesar de não levar o cocheiro ou a carruagem... tudo estava bem.

Deveria estar bem.

Certo?

— Me vestirei e encontrarei a duquesa para tranquilizá-la. Isabel, nada de errado aconteceu. Ele pediu a minha mão...

Os olhos de Isabel se encheram de lágrimas.

— Então por que sinto que algo grave está debaixo de nosso nariz e não estamos conseguindo ver?

— Ele aparecerá — Gwen garantiu e pediu para Isabel chamar a sua criada pessoal para que a ajudasse a se vestir.

A *soirée* fora encerrada, a duquesa de Saint-Zurie enviara quase todos os convidados para casa por motivos óbvios. Quando o relógio marcou oito horas da noite, Matthieu D'Auvray ainda não tinha aparecido. Por mais que a duquesa tivesse enviado cada criado e os melhores amigos de Matthieu em busca do neto, conforme retornavam e partiam novamente, a duquesa percebia que todo o esforço não trouxera resultado algum. Não havia uma pista sobre o paradeiro do Duque de Saint-Zurie, por mais que a duquesa tivesse revirado a propriedade dez vezes, assim como toda a pequena cidade de Sceaux.

Não havia um indício da existência de seu neto durante todas aquelas horas.

Ninguém o vira, ninguém se encontrara com ele. Não fora achado na cidade, nem nas pequenas lojas, em uma taverna ou prostíbulo. Não alugara uma carruagem, afinal, não levara um tostão. Desaparecera de Sceaux com a roupa do corpo e sem nada.

Nada.

Absolutamente...

A duquesa-viúva perdeu a consciência, desmaiando, às oito horas e treze minutos daquela fatídica noite.

Ele se foi?

Gwendolyn questionou a si mesma diversas vezes. Quando montou em um cavalo e o procurou por toda a cidade, junto a *messieurs* Fontaine, Pierre e Jackson, seu coração foi doendo pelo que o pressentimento pareceu querer avisá-la.

Ele se foi?

A dama se uniu à busca e não se importou com os olhares tortos e as opiniões de que uma *madame* não deveria ir atrás de um cavalheiro. Saint-Zurie era seu noivo, por mais que somente ela e Isabel soubessem disso. Sua alma sabia, seu corpo sabia, seu coração pertencia a Matthieu, e ela jamais pararia de procurá-lo.

Ele se foi?

A sensação de angústia, que Gwen pensou que nunca mais sentiria, corroeu suas veias a ponto de deixá-la sem ar. A ansiedade formou um nó em sua garganta e, em algum momento, seu corpo perdeu as forças como consequência. Teria se espatifado no chão se *monsieur* Fontaine não fosse mais rápido, segurando-a.

— São onze horas da noite. Talvez devamos ir para a casa da duquesa. *Madame* Hawthorn não se alimentou... — Jackson tentou.

Estavam em meio a um campo vasto, iluminado apenas pela lua, onde tinham visitado a pequena casa de uma tecelã em busca de informações.

— Continuaremos a busca. — Gwen respirou fundo, odiando a si mesma. — Tem certeza de que Sua Graça não disse nada, *monsieur* Jackson? Vocês são tão próximos...

— Saint-Zurie não deu indícios de que havia algum assunto urgente para tratar. Ele me pediu algumas cartas para trabalhar à noite caso estivesse entediado na *soirée* da duquesa. E marcou de irmos na próxima quarta-feira à propriedade de Verrières resolver alguns assuntos importantes. Ele... — Jackson pareceu dez anos mais velho em segundos. — Matthieu nunca... ele nunca iria... nunca faria... por mais que seja difícil o encargo de ser duque, ele sempre honrou a família e...

— Retornarei a Paris nesta madrugada. Convocarei meus colegas *gendarmes* para procurá-lo. Iremos encontrá-lo — Pierre garantiu, sucinto e racional.

— Falarei com todos os colegas médicos que conheço e pedirei uma pintura de Saint-Zurie para mostrá-la a esses amigos. Se for alguma questão de saúde, certamente alguém, em algum lugar, o terá visto. — O maxilar de Fontaine travou.

— E se ele retornou a Paris? — Gwendolyn sentiu uma esperança colorir seu peito. — O cocheiro deu por falta de algum cavalo de Sua Graça? Eu... eu preciso voltar à casa da duquesa de Saint-Zurie e verificar pessoalmente.

— *Madame*... — Pierre tocou delicadamente no ombro de Gwendolyn.

— Preciso voltar. Agora. — Ela estreitou os olhos em direção ao amigo de Matt. — E, se estiver faltando um cavalo sequer, saberemos que Sua Graça não está a pé e, *definitivamente*, foi a algum lugar.

Gwen montou, embora sentisse cada músculo de seu corpo fraco e pedindo descanso. Estava faminta, com sede e com uma exaustão que fazia sua cabeça latejar. Cavalgou pelo terreno, ouvindo os cascos dos cavalos de *messieurs* às suas costas. Quis ser mais rápida do que o vento, embora isso não fosse fisicamente possível.

Desejou encontrá-lo.

Matthieu, onde você está?

Todos os criados da duquesa-viúva estavam fora da mansão de Sceaux, como Gwendolyn percebeu assim que pisou na propriedade e avistou o caos. A duquesa ainda os mantinha fazendo inspeções por toda a cidade. Os cavalos estavam sozinhos no estábulo e, quando entrou na casa e perguntou à Isabel se Matthieu havia retornado, recebendo uma negativa em resposta, decidiu procurar os cavalos por si mesma. Pediu que *messieurs* entrassem e dessem todo o apoio necessário à duquesa-viúva, que Gwen soubera que havia desmaiado em algum momento naquela noite.

Com um lampião e os músculos trêmulos, Gwendolyn começou a caminhar pelo estábulo, olhando para a cabeça de todos os cavalos, buscando um em específico. Jean *le blanc* era o garanhão favorito de Matthieu. E, se ele tivesse saído da propriedade, o teria levado. Seus passos começaram a acelerar quando ela se deu conta de que havia um branco, sim, na última baia, mas não com a pelagem grossa e muito menos com a beleza de *le blanc*.

Ela verificou de novo.

E de novo.

Seu coração começou a bater com força no peito quando se deu conta de que...

Jean *não estava ali.*

O ardor subiu pela garganta de Gwen e fez seus olhos pinicarem. Em um primeiro momento, por alívio. Porque deu-se conta de que o duque não tinha sido levado de sua casa contra a vontade, embora não tivesse inimigos ou qualquer pessoa que sonharia em desejar seu mal. Nunca trouxera esse pensamento à tona, por medo de sequer cogitá-lo, mas era uma consolação que as evidências não apontassem para um feito desses.

Matthieu não estava a pé, sozinho, no frio.

Ele se foi?

Se fora de propósito?

Sem levar economias, sem levar suas roupas?

Por que tanta pressa?

Gwendolyn queria entender, porque o homem que havia dormido com ela na noite anterior e dito que a amava não faria isso. Ele nunca a abandonaria após pedi-la em casamento. Ele nunca deixaria a avó. Nunca largaria o irmão que estava noivo, por Deus.

Teria pensado que faria um curto passeio...?

Algo aconteceu.

Gwen sentiu a respiração presa em sua garganta e foi incapaz de respirar. Ela tentou, tentou de verdade, e o coração acelerou quando se deu conta de que o ar era incapaz de entrar em seus pulmões. Escorregou direto para o chão, agarrando-se à alça do lampião para que ele não caísse no feno e causasse um incêndio.

Foi tudo tão rápido.

Tão lento.

E, quando o ar finalmente voltou ao seu corpo, Gwen soluçou.

Não pôde controlar. A torrente de lágrimas desabou de seus olhos, por todo o seu rosto, de forma punitiva e dolorosa. A lamúria de Lady Hawthorn foi alta e tão agonizante que seu corpo doeu por inteiro. Ela sentiu exatamente o instante em que seu coração partiu, bem no centro de seu peito, e as lágrimas ficaram ainda mais densas e pesadas. Então gritou como não fazia em anos, porque alguém que ela amava não estava ali.

Ela não o sentia.

Algo aconteceu.

— Oh, meu Deus! *Ma chérie!*

Isabel a encontrou e tirou o lampião das mãos de Gwen quando viu que ela havia queimado o braço, sem que sentisse nada além da dor emocional que a devastava. Ela chorou no colo da segunda mãe que Deus lhe deu e foi envolvida por um carinho que, infelizmente, não a confortava. Gwen o procuraria durante toda a noite, mesmo que o céu estivesse coberto de nuvens. Ela o procuraria...

— Isa-bel...

— Eu sei, querida. Eu sei... — Isabel beijou o topo da cabeça de Gwen, como se ela fosse uma criança.

— Diga-me que ele está bem... diga-me... por que Matthieu não voltou?

— Vamos encontrá-lo. — Isabel repetiu isso vinte vezes mais para que Gwen tivesse a mesma esperança. — A duquesa não medirá esforços até que Saint-Zurie esteja em casa.

— Eu preciso...

— Vamos entrar.

— Preciso avisar que o cavalo de Matthieu não está no estábulo.

— Primeiro se alimentará e beberá água. Prometa-me, Gwen.

Ela não se sentia disposta a cuidar de si mesma quando não fazia ideia das condições em que o duque se encontrava. No entanto, assentiu e conseguiu ficar em pé, com a determinação de encontrá-lo.

Matthieu pode estar em uma estalagem, a razão dela tentou tirá-la da chuva de emoções. *Talvez não em Sceaux, talvez... talvez em Paris... talvez ele tenha ido por alguma questão urgente e... As cartas de Matthieu. Ela precisava lê-las.*

— Vamos. — Isabel puxou Gwen para longe dali.

E, embora o corpo de Lady Hawthorn estivesse exausto, sua mente não conseguia parar de imaginar toda e qualquer possibilidade.

Ela o encontraria.

Gwen não pararia até encontrá-lo.

CAPÍTULO TRINTA

— *Quantas* vezes leu essas cartas, *madame* Hawthorn?

Fontaine se aproximou, mas Gwen o ignorou. Ele tinha passagem livre pela casa da marquesa, o que Gwen passou a odiar. Fontaine invadia sua privacidade mais vezes do que deveria àquela altura.

— Já se passaram quatro semanas e a senhora está presa a elas como se fosse encontrar alguma resposta. Sabe que nesses papéis não há nada além de assuntos burocráticos.

Estava em casa, em Paris. Havia levado todos os pertences importantes de Matthieu com a autorização da duquesa-viúva. Incluindo as cartas. Perdeu as contas de quantas vezes as lera durante o mês. Assim como não fazia ideia de quantas vezes saíra para procurá-lo.

Ninguém, nenhuma alma, o vira.

— *Monsieur* Pierre já verificou todos os endereços dos remetentes e ninguém o viu. Fui ao porto mais uma vez para ver se Matthieu saiu do país.

Então ela finalmente olhou para Fontaine. O médico parecia preocupado. Não que Gwen se importasse com sua saúde naquele momento.

— Ele não foi embora. Está aqui, na França, em algum lugar.

— Lady Hawthorn...

— Novidades com os médicos? — ela o cortou.

Fontaine suspirou fundo e se sentou na cadeira em frente à Gwen. Ela sabia que estava em seu pior estado. Não se vestia mais adequadamente e encontrava-se quase na mesma situação que sua mãe ao perder o seu pai. Ela não queria cair naquele poço sem fundo, porém sentia-se sendo puxada para lá, de qualquer forma.

— Nenhuma novidade. Pierre também está em uma busca implacável. Jackson... bem, ele tem lidado com todas as atribulações até que Saint-Zurie retorne, mas já faz um mês...

— Vamos encontrá-lo.

Gwen não sabia o que era dormir decentemente desde que tudo acontecera. Sentia-se cansada, uma exaustão grande que nunca experimentara. Tentava manter-se positiva, pensando que Matthieu estava bem em algum lugar, saudável.

Vivo.

— Na verdade, estou aqui pela saúde da senhora e por outra razão.

Ela abandonou as cartas, encarando os olhos claros e cálidos de Fontaine.

Os amigos de Matthieu a tomaram como uma espécie de obrigação, como se fosse da responsabilidade daquela santa tríade. Ela odiava ver a misericórdia no olhar dos cavalheiros, odiava ser o centro das atenções, mas, de alguma maneira, sentia-se grata por haver alguém no mundo, além de Isabel e da duquesa, que se importasse com Matthieu a ponto de cuidar de quem ele amava também.

Se os seus amigos perceberam isso, significava que Gwen não ficara louca.

Que ela *vivera* aquilo tudo.

O tempo passara sem piedade. E ele buscava assoprar para longe alguns detalhes que Gwen jamais poderia esquecer. Especialmente quando via os amigos de Matthieu e a duquesa-viúva, que estava em plena saúde e comandando o ducado com a força de uma francesa, tinha a certeza de que Matthieu fora dela, e ela também pertencera a ele.

Não fora um sonho.

— Qual razão, *monsieur*?

Fontaine se levantou da cadeira e abriu a porta atrás de si. Por um segundo, mísero que fosse, o coração de Gwen parou de bater por causa da esperança. Apenas para acelerar como louco... e voltar ao ritmo normal.

Não era *ele*.

Um cavalheiro bem-apessoado adentrou no escritório, alto e de ombros largos, tirando a cartola e ficando completamente visível para Gwendolyn. Levou um tempo para ela assimilar aquele maxilar, o nariz arrebitado e a força de sua presença. Mais um tempo para que ela entendesse de onde aquilo pertencia. Mas aqueles lábios, maxilar e nariz... eram os mesmos de...

Matthieu.

O cabelo era curto e claro, em um castanho-avelã, e havia um brilho de sarcasmo nos olhos que, embora fossem tão destoantes dos de Saint-Zurie, pareciam ter a mesma energia, o mesmo atrevimento. Eram tão enigmáticos — um castanho e um azul. Tinha a pele dourada, talvez o mesmo amor pela natureza, e a altura de um nobre, ainda que fosse imensamente largo e forte. Sem dúvida alguma, era um dos homens mais belos de toda a França. Gwen ficou presa naquele olhar, porque viu tanto de Matthieu no rapaz que perdeu o fôlego, embora fossem tão diferentes ao mesmo tempo.

— Lorde D'Auvray a seu dispor, *madame.*

Ela se levantou da cadeira e sentiu as lágrimas imediatamente encherem seus olhos.

Léonard...

Sentia que o conhecia, sem conhecê-lo de verdade. Nunca imaginou como seria a aparência de Léonard, mas havia escutado histórias sobre seu coração bondoso, sobre o sarcasmo e sua paixão pela liberdade e novos horizontes. Sabia a personalidade daquele nobre ainda que ele nunca a tivesse visto.

Deu a volta na mesa e fez uma mesura, ainda que atrapalhada, porque havia tanta emoção em seu coração que não conseguiu pensar direito.

— Lady Hawthorn — ela sussurrou.

— O amor da vida de meu irmão, sim? — Léonard sorriu com os olhos. — Preciso agradecê-la. — Lorde D'Auvray se aproximou e tomou intimamente as mãos dela nas suas. O gesto fez as lágrimas de Gwen finalmente caírem. — Por nunca desistir, por procurá-lo, ainda que seja difícil, por amá-lo mais do que pensei que Matthieu merecia. Acho que ele é mais difícil do que eu nesse quesito.

— Oh...

— Fontaine, me permite um momento a sós com a Lady Hawthorn?

— Evidente.

Fontaine assentiu para Gwen, que se sentia perdida por aquela surpresa, em um misto imenso de felicidade por finalmente conhecer o irmão de Matthieu e por afogar-se ainda mais na saudade do seu duque.

A porta se fechou delicadamente.

— Por favor, sente-se, Lorde D'Auvray. — Gwen ofereceu a cadeira e ele aceitou com um aceno. — Eu sinto muito por não o ter recebido da forma correta, na sala de visitas com um chá e biscoitos, mas... devido às circunstâncias...

— Não peça desculpas, tenho estado constantemente preocupado com meu irmão e mal durmo desde que recebi a notícia. Vim assim que consegui para a França, e já reuni mais esforços junto à vovó para que possamos encontrá-lo o mais rápido possível. Eu... queria conversar com a *madame* em particular... — Léonard suspirou fundo. — Posso chamá-la pelo primeiro nome? Acho que não somos íntimos o bastante para tal informalidade, porém meu irmão contou-me tanto da senhora através das cartas que é inevitável sentir que já a conheço e que já somos parte de uma família.

Ele era adorável. Gwen sorriu pela primeira vez desde que Matthieu fora embora porque Léonard era um ser humano cheio de luz. E transmitia exatamente a mesma sensação que ela tinha com o duque.

— Claro, Léonard.

O Lorde assentiu e respirou fundo.

— Há tanto para falar... — Léonard umedeceu os lábios secos. — Não sou bom com palavras, entretanto, treinei um discurso bem interessante antes de chegar aqui.

— Sinta-se à vontade para dizer o que quiser.

— Ótimo. — Ele se acomodou na cadeira de forma mais confortável e respirou fundo. — Meu irmão iria para o outro lado do mundo por minha causa. Ele sempre me protegeu, embora parecesse egoísta aos olhos de muitos na sociedade por me afastar para Londres. Mas lá eu pude ter uma chance de viver muito melhor do que aqui. Fiquei noivo, sem que fosse uma obrigação, e sim devido aos meus sentimentos. Pude trabalhar com o que gosto e fazer o que bem entendesse. Matthieu quis que eu tivesse a liberdade que ele nunca pôde ter, sendo o irmão mais velho. E, após a morte de Lorran, ele se tornou...

— O responsável pela família.

— Sim, de fato. Matthieu se tornou o Duque de Saint-Zurie, embora não estivesse pronto para o título. E ele estudou, dedicou-se, afastou-se de todas as coisas mundanas que o tornavam infiel às tradições. Ele foi contra si mesmo, em essência, para entregar aquilo que a família D'Auvray esperava.

Gwen reconheceu isso em Matthieu e talvez tenha sido essa uma das razões que a fizeram se apaixonar perdidamente por ele. Era um libertino aos olhos de tantos, mas tinha um admirável senso de dever.

— O que eu quero dizer com isso tudo é bem simples. Não consigo imaginar meu irmão abdicando de tudo, especialmente da senhora, após o que li. Ele se apaixonou perdidamente, como vi na última carta, que nem teve tempo de enviar para a Inglaterra, e estava aqui, na França, e que fiz questão de trazê-la para a madame. Entenda, Gwendolyn, quando digo... eu tenho certeza de que ele não fugiu. Não espero também que esteja morto. Matthieu é mais forte do que qualquer suposição da sociedade.

Havia muitos burburinhos. Que Matthieu fugira com uma criada para as Índias, que se casara com uma herdeira da Inglaterra sem avisar a família, que havia sido assassinado por seus amigos burgueses ou que morrera em um duelo. Que Matthieu abdicara do ducado pela opressão da duquesa-viúva para que se casasse. E o mexerico favorito de Gwen: que Matthieu tinha predileções sexuais por homens e havia se envolvido com algum italiano.

Gwen precisou ser mais forte do que já era durante esse mês. Teve de escutar as coisas mais infames sobre um homem que seguiu os ditames da sociedade com toda a força de seu caráter, ainda que odiasse cada segundo de sua vida por isso. Em algum momento, Gwen perdeu as estribeiras e disse diversos impropérios a uma modista. Desde então, decidiu que sairia de casa apenas para procurá-lo e sem conversar com ninguém que a conhecesse no caminho. Desde que Pierre estava à frente da investigação, o conhecimento ficava limitado ao que sabia: Jean *le blanc* sumira com Matthieu.

Era a única coisa que havia descoberto em trinta dias inteiros.

— Eu só *preciso* que ele esteja bem. Mas me amedronta o fato de Matthieu ainda não ter voltado para casa.

— Dizem que más notícias chegam rápido demais, e não creio que meu irmão esteja morto. Não sinto que ele esteja, Gwendolyn. — O semblante de Léonard se tornou mais sombrio. — Preciso cavalgar pelas cidades adjacentes a Sceaux. Tenho um pressentimento de que ele foi fazer algo, que acreditou ser breve, e talvez tenha acontecido alguma coisa que o prendeu nesse lugar. Talvez esteja preso. Talvez, adoentado. Mas não morto. Eu não aceitaria isso jamais, entenda.

— Também custo a aceitar, mas os dias têm sido difíceis.

— Eu consigo imaginar porque a sua angústia é a mesma que a minha. — O irmão do duque puxou de dentro de seu paletó um pedaço de papel: a carta. — Vim deixar isto com a senhora. Partirei em breve para Sceaux com Pierre e alguns *gendarmes*.

— Obrigada, Léonard.

— "A constância não consiste sempre em fazer as mesmas coisas, mas aquelas que tendem para o mesmo fim." — Léonard fez uma pausa. — Irei encontrar o meu irmão, Gwendolyn. Vivo e saudável. Custe o que custar.

Ele pegou a mão de Lady Hawthorn e a aproximou de seus lábios, sem beijá-la, com a clara intenção de respeito. Curvou-se diante dela e partiu com um sorriso em seu olhar. Talvez porque a tristeza que assolava sua alma o impedisse de sorrir de verdade e com os lábios.

Ela escutou os passos dos cavalheiros afastando-se e só abriu a carta quando estava, definitivamente, sozinha.

Ao ver a letra de Matthieu, seus olhos ficaram turvos. Gwen fechou a carta e só a abriu uma segunda vez quando se sentiu preparada para lê-la.

Querido Lorde D'Auvray,
Alegra-me o fato de que está gozando de
boa saúde, felicidade e paixão. Seu noivado
será longo, pelo que me disse na outra
correspondência, embora ache isso de um

despropósito sem tamanho. Case-se logo com a mulher que ama! Para que esperar o amanhã quando se tem o hoje?

Deseja casar-se na França apenas para alegrar a duquesa-viúva, faço-me certo? Bem, age com o que é de bom tom. Não esperaria menos de você, meu lorde!

Cavalheiros ou não, nós, D'Auvray, somos o que somos. Humanos. Passionais e entregues quando o sentimento nos assola. Pensei que fosse o navio fora da rota nesta maldita ou abençoada família, dependendo do ponto de vista. E creio que pensei errado sobre mim mesmo. Sofro do mesmo mal que você, Léo. Que loucura! Encontro-me apaixonado, pensando nela neste momento, enquanto escrevo para você. Acabei de retornar de um de nossos encontros regados a farpas e sentimentos. Pensei que não viveria isso, que era tão desprovido de amor quanto Napoleão era de altura.

Pensei tão errado!

Ah, caro irmão. Ela é bela, versada, enigmática e perfeita. Sinto-me bem quando estou em sua presença e, conforme o tempo passa, mais a quero ao meu lado. Deveria fazer a proposta, é algo que quis desde o primeiro minuto em que a reencontrei, mas a dama em questão, que a chamarei de Lady H nesta carta, buscando sua privacidade, não enxerga o matrimônio com bons olhos.

Como culpá-la se penso o mesmo?

Mas a quero, como nunca quis algo na vida. Sinto-me vivo, sinto que poderia ter a felicidade ao lado dela. E será uma tremenda e absoluta duquesa! Quando a conhecer, saberá do que estou falando.

Talvez, quando Lady H enxergar o amor que você sente por sua mademoiselle, ela possa ter fé de que conseguiremos viver o mesmo.

Estou divagando já nesta carta, e terei de começar mais uma folha se precisar explanar tudo o que Lady H significa para mim. Mas acredito que você seja a única pessoa no mundo que sabe como o meu coração encontra-se agora.

Como sinto sua falta! Deixá-lo em Londres foi a melhor e a mais difícil escolha da minha vida, e anseio pelo momento em que o abraçarei e caçoarei por você ter resolvido a sua vida antes de um duque. Entretanto, eu o quero rindo ao meu lado, praticando esgrima e tomando *algumas sovas no traseiro, como bem merece desde que era um rapazote!*

Espero que esta carta o faça rir quando descobrir que o seu irmão mais velho está sofrendo por amor.

Poderá caçoar de mim na próxima correspondência, que já aguardo com ansiedade.

Cuide-se.

Seu melhor amigo,
Saint-Zurie

Ela riu e chorou conforme lia. A chuva de emoções e sentimentos que Matthieu transmitiu naquela correspondência foi demasiado para Gwen. Ela o amava tanto e da mesma forma que seu coração doía. Colocou a correspondência no peito, tomando cuidado para não a amassar, e fechou os olhos, precisando reunir forças que não sabia que possuía.

Matthieu não a abandonaria.

Então, o que aconteceu com o Duque de Saint-Zurie?

Ela não poderia perdê-lo.

Não quando havia descoberto, naquele homem, o amor verdadeiro.

CAPÍTULO TRINTA E UM

A esperança é uma muda de rosa que, se não for cuidada com carinho, murcha. Gwendolyn se viu murchar aos próprios olhos. Estava completamente sem forças depois de dois meses de busca por Matthieu, perdera quilos e mais quilos e suas olheiras estavam tão fundas que não sabia se um dia voltaria ao normal. Ou se queria que voltasse.

Após sessenta dias sem notícias, sem qualquer traço de que o duque existira depois daquela noite de paixão, apenas as lembranças pareciam se esvair como poeira sob uma tempestade. Gwen não se levantava mais da cama, comia apenas por necessidade e tomava água a colheradas. A duquesa-viúva parecia mais forte do que Gwen quando vinha visitá-la, e tentava transmitir um pouco dessa força para Lady Hawthorn, que, sofrendo pela saudade, caiu naquele poço em que nenhum ser humano caía por escolha.

Mergulhara de uma só vez.

Sem volta.

E sentira-se enferma de verdade, ainda que nenhuma doença tenha sido diagnosticada.

Léonard a visitava diariamente, assim como Pierre, Fontaine e Jackson. Os quatro pareciam tão preocupados com Gwendolyn, como se fosse uma irmã. Tentaram animá-la com o pouco que conseguiam, mas ela também via nos olhos deles a esperança se esvair. A duquesa-viúva, entretanto, acreditava que havia uma resposta lógica para aquela situação, e lutava como uma leoa para encontrá-la.

Mas a verdade era que a falta de notícias consumia qualquer expectativa e, sem perspectiva, a fé se esgotava.

Gwen não dizia em voz alta, mas achava que Matthieu não estava mais vivo. Era isso ou ele tinha abandonado tudo e todos, como era o seu sonho, e partido para a Grécia ou o diabo de lugar que fosse.

— Por que está enchendo o baú de roupas? — Ela abriu os olhos assim que ouviu a movimentação. A criada pessoal embalava os vestidos que possivelmente ficariam imensos em Gwen.

— Foi ordem da *madame* de Lussac.

— Não vou a lugar algum.

— Ela comprou os bilhetes para uma viagem até a Inglaterra, pelo que me parece, senhora.

— Não piso em Londres nem como um cadáver.

— Deixe-a comigo, Angelle — a voz da marquesa soou nos aposentos.

O quarto cheirava a umidade, talvez a mofo e coisas guardadas. Era exatamente como Gwen se sentia. Esquecida à própria sorte depois de gastar sua última gota de vontade de viver.

Fora Matthieu que a tirara da letargia e a fizera querer mais do que já tinha. Ele lhe apresentara o mundo sem que saíssem do lugar. Viajou em uma experiência magnífica em que tudo que temia sonhar finalmente estivesse a seu alcance, apenas para ser tirado dela numa guinada do destino. Se Matthieu estivesse realmente morto, em uma floresta ou num riacho, perdido no fundo do mar como sua família...

Gwen não queria viver.

Se ele a tinha abandonado.

Ela também não queria viver.

Não tinha mais forças para cavalgar, cuidar de suas plantas ou ir à missa aos domingos. Tentaram chamar um padre para ela, como se estivesse possuída por um espírito maligno, e Gwen quase riu quando se deu conta de que até aquele tipo de fé... sumira.

Já não mais conversava com Deus, já não abria seu coração para Isabel, e Léonard não era mais um pedaço de Matthieu, mas, sim, uma lembrança dolorosa do que ela perdera.

Ela não queria ver ninguém.

Viver mais nada.

E, sem dúvida, não tinha paciência para fazer uma viagem àquela altura.

— Gwendolyn Hawthorn. — A voz de Isabel soou brusca até para os ouvidos cansados de Gwen.

Ela não respondeu.

Isabel tirou as cobertas de Gwen, jogando-as no chão. Em seguida, sentou-se na cama e a encarou com uma ferocidade que...

Gwen não se importou.

— Eu perdi a minha melhor amiga, que era como uma irmã para mim, em uma cama como esta, em um quarto escuro como este, que cheira a morte à espreita, porque ela se recusava a se levantar após perder o marido. Então, fui até a maldita Inglaterra e a tirei da cama na marra, embora ela me odiasse por isso. Eu a fiz odiar a mim, o luto e até o marido, até que ela pudesse sentir *qualquer* coisa além da letargia. E, quando fui embora, essa amiga me abraçou, agradecendo. — A marquesa fez uma pausa. — Tive de voltar para a França por causa de assuntos burocráticos. E aquele foi o nosso último abraço. Eu a perdi porque eu era a única pessoa que poderia ajudá-la. Sabe de quem estou falando?

— A morte de minha mãe não foi culpa sua.

— Não é esse o ponto. O que importa é que não vou perder a minha filha do mesmo mal sem tentar fazer o máximo que eu conseguir. Vamos para a Inglaterra, conversar com um amigo alemão de Léonard que é especialista em filosofia, ou seja lá o que for, e ele irá cuidar de você devidamente.

Gwen respirou fundo.

Não havia um problema com a sua cabeça, ela estava em plena faculdade mental.

— Converse comigo, Gwen.

— O que há para dizer? — murmurou.

— Há tanto!

— Pois não há. Matthieu desapareceu como se um ser celestial o tivesse engolido e não há nenhum rastro de sua existência há meses! — ela gritou.

— E isso não te deixa com raiva?

— Não sei mais o que sentir! Na verdade, não sinto nada. Parece que há um oco no meu peito, no lugar do coração. Ele pode estar morto ou vivo. Ele pode estar... aleijado. Pode ter acontecido algo com sua perna ou com suas duas pernas. Ele pode ter sofrido um mal do coração em cima do cavalo e só Deus sabe onde seu corpo está. Ele pode estar na Grécia agora, com cem meretrizes. Minha imaginação é bem fértil, mas eu estou cansada. Cansada de imaginar.

— Gwen...

— Não quero que sinta pena de mim.

— Não sinto. Quero que saia dessa cama e se vista, quero que veja que o mundo lá fora continua a existir. Quero que saiba que todas as pessoas que a visitam estão sofrendo ao vê-la assim e também sentem falta de Matthieu. Ele não apenas a deixou, deixou todos nós.

— E o que essas pessoas sabem sobre ser abandonada após ser pedida em casamento? Após eu... — Gwen riu. — Após *justamente eu* negar com veemência o matrimônio porque qualquer traço de romantismo é mera ilusão? Entreguei-me para ele, entreguei não só o meu corpo, que é a última das minhas preocupações, mas eu o deixei entrar... em meu coração. E para quê? Para ele morrer em um lugar desconhecido? Para me abandonar, ou o que seja? O que essas pessoas *sabem* sobre como eu me sinto? Matthieu olhou dentro dos meus olhos e disse que me amava, que via um futuro comigo. Há uma carta para o seu irmão, que eu releio todas as noites e que agora parece tão amarga para mim! Ninguém seria capaz de entender...

— Sei como você se sente porque perdi um homem que amava.

Gwen piscou, as lágrimas voltando a cair.

— E ele era gentil, e me prometeu o mundo, e nós entramos na igreja com o coração certo de que teríamos o para sempre. Até deixarmos de ter. Eu sofri por um ano, e fiquei em um quarto cheirando a esquecimento porque não tinha forças para ver o céu límpido e belo enquanto, dentro de mim, existia uma tempestade.

— Desculpe-me, Isabel.

Gwen sentiu vergonha por esquecer o que Isabel enfrentou. Ela perdera seu marquês, porém não perdera sua vida. Isabel era uma força da natureza, mas Gwen não conseguia ser quando a incerteza sobrevoava sua mente. Não sabia o que havia acontecido com Matthieu, e isso a estava corroendo por dentro.

— Quando você chegou na minha casa, sob a chuva, eu tive uma nova razão para viver. E é errado colocarmos nossas esperanças em outra pessoa, quando temos de nos bastar por nós mesmas, mas você foi a minha força. E eu quero ser a sua. — Isabel tocou nas mãos geladas de Gwen. — Você pode odiá-lo e odiar a si mesma por ter se apaixonado por ele. Pode ter se culpado por conhecê-lo e ter se permitido viver uma experiência abrasadora. Pode me culpar por eu ter incentivado. E pode culpar a duquesa por ser a favor de vocês. Assim como pode culpar a aparência de Léonard por ser tão semelhante ao duque. Pode odiar os amigos de Saint-Zurie por se importarem com sua saúde. E pode odiar até a Angelle, por estar separando as suas roupas. Mas o ódio é melhor do que a indiferença. E eu vejo em seus olhos o quanto você quer sair disso, sem saber por onde começar. Então, eu lhe rogo, vá comigo para a Inglaterra. Se não resolver, tentaremos novas alternativas. No entanto, não desista de si mesma quando ainda há a incerteza, Gwen.

— Como vou ter forças para me levantar desta cama e enfrentar o mundo?

— Ora, você tem a mim. Serei sua força quando não houver mais nenhuma. E teremos o mar. Você verá os pássaros, o sol e o céu, e então entenderá e sentirá forças para viver.

— Isabel...

— Esta casa a lembra dele, Paris o lembra e todo mundo que falar em francês recordará você dele. Não vê que estamos conversando em inglês agora? Quero que se sinta bem, quero que seja aquela menina forte que abandonou Londres e bateu na minha porta sem uma moeda no bolso. Aquela mulher, com aquele olhar, que veio para a França como uma força celestial... é ela que busco. Você precisa se reencontrar e eu quero a minha filha de volta. É para isso que esta viagem serve. — Isabel entregou as passagens para Gwen. — Eu a deixarei escolher suas roupas básicas, e compraremos os vestidos tediosos e ingleses assim que chegarmos lá.

Chorar era algo que Gwen fazia diariamente, mas as novas lágrimas que caíram foram diferentes. Fazia semanas que estava na cama e não tinha vontade alguma de sair dali, mas Isabel tinha razão. Ela precisava de ajuda, e não ia conseguir sozinha. E era tão difícil aceitar a mão estendida de sua segunda mãe quanto admitir que havia um problema sério. Ela vira sua mãe naquele estado e caíra na mesma situação, embora soubesse o resultado. Não era uma escolha sentir-se assim, não tinha controle de suas emoções, assim como não controlava a falta delas, mas a raiva que sentiu minutos atrás...

Gwen conseguiu se levantar da cama.

— Daremos um passo de cada vez, *ma chérie* — Isabel prometeu. — Primeiro, irá banhar-se, depois...

Ela obedeceu ao que Isabel ordenou. Deixou que penteasse seu cabelo e que colocasse um dos vestidos que antes não entravam em Gwen, ainda que estivessem dez anos atrás na moda. Permitiu que os baús de viagem fossem preenchidos com suas roupas, assim como seus itens básicos e pessoais. Gwen assistiu a tudo aquilo como se sua alma estivesse fora do corpo. Entretanto, aceitou cada pedido e continuou obedecendo até estar dentro do navio.

É como se eu estivesse abandonando Matthieu, pensou, quando o solo francês parecia distante. Prometeu que nunca o abandonaria, que nunca deixaria de procurá-lo, mas a verdade é que, ao fazer isso, estava abandonando a si mesma.

Ele se foi.

E ela também.

CAPÍTULO TRINTA E DOIS

Estou morto?

Sentiu um gosto amargo na boca e uma secura indescritível. Seu corpo parecia pesar mil toneladas, e não tinha forças para abrir as pálpebras, mas elas estavam ali. Ao menos sobre isso tinha certeza, já que não enxergava nada.

Estou cego?

Não. As pálpebras, de alguma forma, pareciam unidas à pele, e, com muito custo, ele as abriu.

Luz...

Dor...

Fechou os olhos de novo e tentou umedecer os lábios, sem sucesso.

Ouviu alguém pedir ajuda.

Onde estou?

Uma sombra cobriu seu rosto. E... sede. *Diabos*, uma sede descomunal tomou sua garganta.

Desmaiei?

— *Monsieur*, pode me ouvir?

Quis dizer que podia, mas não conseguiu falar. Então, movimentou a boca da forma que foi capaz e acreditou que se fez entender: precisava desesperadamente de água.

— Ele está acordando!

Acordando?

Ah, sim. Estava acordando. O que pareceu estranho... acordar. De alguma forma.

Sentiu os lábios sendo umedecidos e então a água passou por sua garganta. Ele engoliu com prazer e, quando esgotou a fonte, sentiu que tinha forças para abrir os olhos uma segunda vez. As cortinas foram fechadas e havia uma porção de... *freiras*?

— *Non timebo mala quoniam tu mecum es!* — exclamou a madre, em latim.

— Desculpe-me... — Matthieu conseguiu dizer. — Onde estou?

O que havia acontecido? Lembrou-se de ter dormido com Gwen, então levantou-se da cama no meio da noite, por não ter sono. Decidiu que seria mais seguro abrir as cartas e cuidar de seus afazeres do que adorá-la por uma quarta vez, sendo que a dama dormia profundamente.

As cartas...

— *Monsieur* está em Le Havre — a madre tomou a frente, respondendo. — E é um verdadeiro milagre que esteja consciente agora.

— Le Havre?

Sentiu o cheiro de mar. Teria viajado para tão longe? Jean *le blanc* jamais conseguiria fazer um trajeto tão extenso, nem que fosse o próprio Pegasus. Matthieu quis questionar tantas coisas, sua mente parecia agitada e, sem dúvida alguma, estava ansiosa por respostas.

Gwendolyn.

A carta.

Então tentou se sentar e percebeu... que não tinha forças nos braços para se impulsionar.

Assim como não possuía força alguma para empurrar-se para cima sem eles.

Olhou para baixo.

Havia braços.

E mãos.

Mas seu corpo parecia tão esguio.

— É normal sentir-se confuso, nós mesmas estamos estupefatas. Tivemos fé e oramos todos os dias, velando-o em seu sono e na esperança de que Deus concedesse um milagre e o fizesse se restabelecer. Então, *monsieur* moveu os braços um dia, e uma lágrima escorreu de seu rosto em outro, e aos poucos... acredito que foi despertando dia após dia. No entanto, nunca vimos algo parecido!

— Algo parecido...?

A madre tinha um semblante bondoso, nada austero. Seus olhos cálidos e castanhos pareceram envelhecer mil anos naqueles poucos segundos em que ela o admirou.

— *Monsieur* ficou desacordado, como se estivesse dormindo, e nada o fazia despertar — sussurrou, com calma, como se quisesse que Matthieu a entendesse completamente. — Foi como... um dos contos de *Les Contes de ma mère l'Oye*[5]. — Suspirou fundo. — Uma de nossas freiras possui uma habilidade especial com plantas, cuidamos de muitos enfermos nesta simples casa de Deus, e tratamos todas as suas feridas mais graves, até as posteriores que surgiram. Entretanto, embora *monsieur* se restabelecesse fisicamente, seus olhos... não abriam. Sabíamos que *monsieur* estava vivo, respirava normalmente e o coração batia, algumas partes se moviam e o senhor chorava. Todos os dias lhe dávamos água a colheradas e sopa da mesma maneira. E orávamos, *monsieur*. Severamente.

— Perdoe-me...

Matthieu sentiu seu coração parar de bater e uma sensação gelada tomou-lhe o estômago vazio. Tentou mais uma vez se sentar e foi preciso ajuda de duas freiras, segurando-o pelos braços, para que conseguisse. Assim que o fez, respirou tranquilamente, como se precisasse se acalmar. Estava entendendo... direito?

— Fiquei *dias* dormindo?

A madre hesitou.

— Conte-me, reverendíssima.

Ela puxou uma cadeira, que já parecia próxima à sua cama, sentou-se e então exalou, tomando as mãos de Matthieu nas suas.

— Dias? Não, filho. *Monsieur* dormiu por exatos dois meses e uma semana.

---

5   *Coleção de oito contos de fadas de Charles Perrault, publicada em 11 de janeiro de 1697, que inclui A Bela Adormecida. (N.A.)*

— *Dois* meses? — Matthieu quis gritar, mas a voz não saiu da forma que esperava. Não, aquilo não estava certo. De modo algum...

— Receio que seja difícil acreditar, mas olhe pela janela... — A madre abriu uma fresta da cortina. — E veja por si mesmo.

As freiras começaram a murmurar entre si, enquanto Matthieu tentava compreender tudo o que foi dito naquele curto espaço de tempo desde que havia acordado. E, por mais que estivesse em completa negação, não pôde mais ir contra a constatação de seus próprios olhos. As janelas estavam nebulosas, porém podia enxergar a neve caindo lentamente do lado de fora, marcando o inverno rigoroso da região. Sentiu-se gelado imediatamente, não apenas pela temperatura, mas também...

Dois meses.

Gwendolyn.

Matthieu entrou num afoitamento tão grande que sentiu que o ar esvaziou seus pulmões e não pôde mais entrar. Ele tentou, mas não conseguiu — era como se a ansiedade o engolisse por completo. Lágrimas se formaram em seus olhos, e ele olhou desesperadamente para a madre, que ainda segurava suas mãos, como se nunca fosse abandoná-lo. Ela se levantou em um rompante, e Matthieu sentiu o desespero em seu coração aumentar.

— Chamem a irmã Pauline, rápido! — rogou. — E traga as ervas!

O Duque de Saint-Zurie caiu em completa escuridão.

CAPÍTULO TRINTA E TRÊS
Dois meses e uma semana atrás...

$\mathcal{N}$*ão* conseguia dormir, porque aquela noite fora a melhor de sua vida. E estava noivo, por Deus, finalmente! Matthieu sentiu uma euforia imensa tomar seu coração. Nunca pensaria que ficaria feliz em se prender a alguém por toda a vida, até entender que estar apaixonado era mais libertador do que qualquer poeta conseguiria definir.

Definitivamente, não conseguiria pregar os olhos, ainda que Gwendolyn estivesse em seus braços. Precisava gastar a energia remanescente de alguma forma. E, sem dúvida, não a acordaria para uma quarta vez. Então, beijou-a no topo da cabeça, saiu com cautela de debaixo do corpo quente e feminino e puxou um cobertor que estava sobre o baú, protegendo-a do frio. Teria de sair dos aposentos cedo ou tarde, e não desejava que sua noite de paixão, amor e luxúria caísse na boca dos fofoqueiros como se fosse se casar apenas por obrigação.

Amava-a.

Desesperadamente.

Vestiu-se e colocou um pouco mais de lenha na lareira, para manter o quarto o mais aquecido possível. Cuidou das cortinas e até deixou a *chemise* de Gwen sobre a cadeira, para que ela se vestisse com facilidade quando levantasse nua.

Lançou um olhar para a dama, que dormia profundamente, com os cabelos bagunçados e a respiração tranquila, pensando que não queria deixá-la sozinha.

Mas o dever e seus impulsos o obrigaram a isso.

Chegou ao seu quarto quando os sons da madrugada ainda se faziam presentes e o sol não tinha intenção alguma de aparecer. Sentou-se novamente na cadeira, acendendo suas velas, em frente à mesa que usaria para responder às correspondências.

E sorriu como um tolo.

Gwen dissera sim ao seu pedido, e Matthieu estava ponderando se poderia usar uma licença especial para se casar. Não queria demorar como seu irmão, Léonard, que parecia ansiar por um noivado extenso e apaixonado. O Duque de Saint-Zurie queria a duquesa bem ao seu lado, em sua casa, com apenas um quarto durante a lua de mel e depois dela. Queria passar todo o tempo do mundo com sua esposa, cuidar do jardim e viver todas as experiências mais tolas e piegas que era capaz de imaginar.

Ele a queria de verdade.

E para sempre.

Balançou a cabeça quando percebeu que estava divagando e começou a olhar suas cartas de caráter mais urgente. Jackson sempre as organizava de acordo com as obrigações ducais, para deixar os assuntos pessoais como último tópico a ser tratado. Matthieu fez o contrário dessa vez, sem saber bem o porquê, talvez por desejar receber mais uma carta de Léonard. *Sentia falta do irmão.* Passeou pelas cartas, buscando esta em específico, quando algo entre todas capturou sua atenção. Não havia remetente, apenas um endereço que Matthieu não conhecia, em Rouen, a cidade medieval da Normandia. Estava endereçada a ele, em Paris.

Franzindo a testa, Matthieu pegou o abridor de cartas e rasgou o selo simples, sem qualquer insígnia. Seu coração começou a acelerar em expectativa, sem que entendesse bem o porquê.

Prezado Duque de Saint-Zurie,

Respirou fundo quando viu o tratamento formal e correto na correspondência. Sempre dava calafrios em sua espinha, mas continuou a leitura.

Não sei como devo iniciar esta carta, se fiz certo em escrevê-la ou se irei lançá-la na fogueira assim que concluí-la.

Pensei diversas vezes se, após encontrá-lo, deveria escrever. De qualquer maneira, se a estiver lendo, saberá que a enviei apesar de todas as ressalvas.

A caligrafia não era estranha a Matthieu. Ele desceu os olhos para o fim da carta e leu o nome Sébastien. Não havia sobrenome ou posição social, apenas... um nome. Que Matthieu não conhecia.

Acredito que deva contar a minha história ou o que sei dela para que, quem sabe, assim, entenda a razão de estar lhe escrevendo. Quero deixar claro que não nos conhecemos e que, se isto for um equívoco, espero que esqueça estas confissões e lance a maldita correspondência na fogueira, como eu pretendia antes.

Isso fez o duque sorrir. E capturou sua atenção.

Anos atrás, fui encontrado desacordado em Le Havre. Na verdade, quase morto. Havia ingerido uma quantidade imensa de água, além de ter um profundo ferimento na cabeça. Fui salvo por um milagre, na beira da praia.

Na verdade, pelas freiras e pela madre do convento de Vincent Depaul, que conseguiram tratar-me com a mesma maestria de um médico, senão mais.

Quando acordei, não conseguia me lembrar de quem eu era, de onde vim ou como fui trazido pelo mar. As freiras me tranquilizaram e a madre me garantiu que a memória voltaria com o tempo, mas o desespero foi imenso quando me dei por conta de que... não conseguia, de fato, me recordar de quem eu era.

Deram-me o nome Sébastien, que representa o sagrado, não que eu seja um santo, estou longe disso, mas o recebi em troca do carinho das pessoas que se dedicaram a salvar minha vida. Anos após isso tudo, meu passado continua uma tela em branco...

Matthieu parou de ler a carta por alguns segundos e voltou a lê-la, do começo, quando seu coração acelerou. Tentou prestar atenção em cada detalhe, mas as emoções estavam falando muito alto àquela altura. Um reconhecimento, que seria absurdo se Matthieu dissesse em voz alta, fez sua mente se agitar.

Continuou de onde havia parado, o ar entrando e saindo de seus pulmões com dificuldade.

Entretanto, recentemente, estive na companhia de uma madame. Tivemos uma tórrida noite de amor e caímos no sono em seguida. Peço que perdoe este detalhe desonroso e tão íntimo, mas preciso que entenda que havia alguém ao meu lado quando acordei, após anos sem sonhos, de um pesadelo. Em minha mente traiçoeira, vi-me no mar, com um casal afundando ao esquecimento. Acordei gritando um nome, que se referia a um tal de Lorde D'Auvray.

Não me recordo de ter dito, mas a dama que estava ao meu lado jurou que foi o que saiu de minha boca...

Matthieu se levantou da cadeira com brusquidão. As lágrimas em seus olhos imediatamente se acumularam, ainda que nunca se rendesse a emoções. Odiou a si mesmo por parar a carta naquele momento, mas sua visão ficou turva.

Não era possível.

Não era possível.

Ele queria *tanto* que fosse possível.

Procurei Lorde D'Auvray e encontrei apenas um na Inglaterra, até que minha fonte me informou que o rapaz tratava-se do irmão do Duque de Saint-Zurie, que, consequentemente, teria o mesmo nome. E morava na França.

Acredito que monsieur le duc entenda a razão de estar escrevendo esta carta agora. Não sei se temos alguma relação ou se conhece o meu passado. Mas sinto, em minha alma, que não posso seguir adiante sem entender quem já fui um dia. Confesso que temo a descoberta na mesma medida em que anseio pela resposta. Por mais que nunca tenha dito em voz alta, sinto algo muito amargo quando forço-me a descobrir quem eu sou, como se não gostasse totalmente de ser quem já fui. Faz sentido? Ao mesmo tempo... preciso saber.

Se fomos amigos ou se o seu irmão foi meu amigo. Se nossas famílias, por ventura, se conheceram no passado. Ou se Vossa Graça sabe de alguém que tenha perdido um familiar nas profundezas do mar, rogo que me responda. Não sei o motivo de ter dito Lorde D'Auvray quando acordei, porém deve fazer parte da última carta do baralho que finaliza o jogo de quem já fui um dia ou... de quem poderia ter sido.

Um desconhecido (até para si mesmo),

Sébastien

O Duque de Saint-Zurie não soube o momento em que caiu no chão, de joelhos, mas estava ali, sobre a madeira, repetindo a carta mentalmente, por mais que estivesse à frente dos seus olhos. Não conseguia lê-la. Estava chorando, como um desequilibrado, incapaz de conseguir se conter quanto tudo parecia asfixiá-lo. Levou minutos, talvez horas, agarrado ao papel, como se pudesse abraçar...

Eles não foram amigos, não foram conhecidos.

Eram irmãos.

Sébastien não era um ninguém.

Era Lorran D'Auvray.

E estava vivo. Ele *estava* vivo? Poderia passar a vida inteira sem saber que o mais velho dos D'Auvray respirara durante aqueles longos anos. Passaria a vida inteira achando que eram apenas ele, a duquesa e Léonard vivos, mas *Lorran...*

O duque se levantou em um rompante, embora suas pernas tenham bambeado e tivera de se segurar na mesa. Puxou o casaco do cabideiro e o vestiu de qualquer jeito, enfiando a carta de Lorran no primeiro bolso que foi capaz de encontrar. Sentiu o coração bater na garganta, nos tímpanos e nos seus malditos olhos, que não conseguiam parar de chorar. Pegou a pena em cima da mesa e a mergulhou na tinta, alcançando o primeiro papel que encontrou para escrever um bilhete para Gwen.

Minha futura duquesa.

Retorno dentro de alguns dias. Preciso tratar de um assunto de extrema urgência. Não pense que estou fugindo da madame, por Deus, eu a quero como nunca quis alguém. Entretanto, é um assunto inadiável. Estou indo a Rouen com Jean leblanc. Aviso-lhe em uma correspondência quando chegar e não demorarei mais de uma semana, prometo. Retorno a tempo de pedir uma licença especial para o nosso casamento.

Seremos felizes como merecemos.

Sempre seu.

Saint-Zurie

Com pressa, Matthieu calçou as botas e foi até o quarto de Gwen. Deixou o bilhete dentro do diário da dama, em que sabia que ela escrevia constantemente e o encontraria. Olhou para Gwen uma última vez, sorrindo com emoção. Queria voltar logo e com notícias que, sem dúvida, fariam o coração de sua futura esposa dançar, assim como o seu.

Deixou a casa da duquesa-viúva na calada da noite, sem levar a cartola, dinheiro, além do que já havia no bolso de seu paletó, ou roupas. Precisava ver o rosto de Lorran. Precisava saber que era real. Verificou o endereço quando puxou a carta de dentro do casaco, já montado em Jean, e saiu em disparada pelas estradas empoeiradas e difíceis de Sceaux, disposto a parar em qualquer estalagem próxima quando fosse necessário. Talvez alugasse uma carruagem mais para a frente e levasse Jean consigo, mas não tinha tempo.

Precisava ir.

Voou com seu garanhão, porque a cada minuto estava mais perto de constatar uma descoberta que o preenchia de esperança. Parou apenas três vezes com seu cavalo em um percurso em que deveria parar seis, acelerando por sua pressa e ansiedade muito mais do que ditaria o bom senso.

Matthieu sempre fora dado a impulsos e não passou pela sua cabeça que a pressa é a aliada dos mais temíveis acidentes. O preço foi cobrado quando o duque, desatento, não percebeu que o solo estava incerto, causando uma irritabilidade em Jean, que se levantou em duas patas, fazendo-os desabarem. Saint-Zurie rolou de um barranco úmido e escorregadio, com Jean, adentrando a densa e escura floresta. Matthieu teve sua roupa e pele rasgadas e pensou que quebrara algum membro quando sua cabeça atingiu uma pedra.

Tudo que o duque sentiu foi o sangue escorrendo, quente e denso por sua cabeça e nuca, antes que fechasse os olhos e não conseguisse mais abri-los.

CAPÍTULO TRINTA E QUATRO

— ... *Todos* os dias, desde que o encontrei, venho aqui para visitá-lo e, ocasionalmente, corto seus cabelos e faço sua barba, além de banhá-lo na cama certas vezes, já que estamos com madres e freiras, não é mesmo? Então me sento aqui, nesta cadeira, e conto a mesma história, mas hoje é diferente. *Monsieur* acordou e tenho esperanças de que acordará de novo, que apenas desmaiou com a constatação de que dormira por dois meses. Assustador, não? Mas não fique preocupado.

O homem fez uma pausa.

— Bem, já narrei boa parte da história hoje. Que seu cavalo o salvou quando subiu pela estrada e me fez parar a carruagem, embora estivesse tão machucado que foi um milagre ter conseguido sobreviver. Já lhe disse que foi um sacrilégio ter de descer pelo barranco com o cocheiro e pegar *monsieur* no colo como uma criança com todo aquele peso... já passamos por isso. Onde estávamos? Ah! Bem... eu sofri quase o mesmo que *monsieur* e me compadeci por sua saúde, viajando com o senhor na minha carruagem até chegarmos ao convento das freiras...

Não havia caído em um sono profundo uma segunda vez, apenas desmaiara. Talvez nunca mais dormisse tanto tempo na vida, seu corpo e mente teriam se recuperado àquela altura, embora se sentisse como a metade do homem que já fora um dia. Havia *tanto* para lutar.

Tinha de voltar para Gwen...

Como ela estaria naquele instante? Como havia lidado com seu desaparecimento? Uma dor aguda atingiu o coração do duque. Teria chorado em demasia? Teria sentido que fora abandonada por ele? Teria encontrado o bilhete? Mas, se tivesse achado, sem dúvida, partiria para Rouen em busca de informações...

E havia Lorran...

Tinha de encontrar seu irmão e ver com os próprios olhos se sua mente não havia pregado uma peça.

— Desculpe causar-lhe tanto transtorno — Matthieu conseguiu dizer, abrindo finalmente os olhos. — Mas sou imensamente grato por ter salvado a minha vida.

O homem sorriu.

— Talvez ofereça uma dose de conhaque para mim mais tarde e considerarei a dívida paga. Duas doses, na verdade. Afinal, seu cavalo está sob meus cuidados.

A luz que entrava pelas janelas formava um *halo* por trás da cabeça do homem sentado à cadeira. Ainda assim, Matthieu conseguiu ver muito além do que seus olhos eram capazes de definir. A silhueta, os braços grandes, as mesmas mãos de dedos longos e veias saltadas que a sua e o sorriso zombeteiro que caracterizava tanto a linhagem de seu sangue. Matthieu sentiu a garganta coçar, quase ao mesmo tempo que seus olhos pinicaram, e assim que o homem se inclinou para a frente, permitindo que o duque visse seu rosto...

O lábio inferior de Matthieu estremeceu e duas lágrimas solitárias rolaram do canto de seu olho direito.

Era como se o tempo parasse de existir. Como se tivesse retornado anos de sua vida e estivesse frente a frente com o único irmão que orgulhara seus pais. Era Lorran. Surpreendentemente, era Lorran D'Auvray sentado naquela cadeira, contando que salvara sua vida, quando Matthieu pensava que...

— Está tudo bem, *monsieur*?

E tinha os mesmos cabelos negros e cheios, curtos como preferia manter, com a adição de poucos fios brancos nas têmporas. Seu rosto permanecia inabalável, como se a vida não tivesse continuado desde então. Possuía o mesmo maxilar largo do qual Matthieu se lembrava, a pele dois tons mais clara do que a sua, o mesmo olhar, talvez com um brilho a mais, que refletia a leveza de seu esquecimento e a força de sua inteligência. Os largos ombros... e o peito que subia e descia em uma cadência controlada.

Matthieu pensou que, se um dia encontrasse Lorran de novo, seria apenas um cadáver pútrido entregue pelo mar em praia qualquer da França. Mas era Lorran Louis ali, vivo.

O duque se sentou com uma força que nunca pensou que teria. Todos os músculos estavam fracos, porém seu coração ditou o que seu cérebro não pôde controlar. Ele se jogou e abraçou Lorran, segurando-o com força, batendo duramente em suas costas, porque precisava saber que era real. E era. Matthieu fechou os olhos e, por mais que não quisesse chorar de novo, sendo algo tão indigno para um duque, deixou que a emoção o varresse.

Era seu irmão ali.

E estava tão vivo quanto ele.

— Lorran. — Matthieu se aproximou. Segurou as laterais do rosto do irmão, que pareceu tão estupefato quanto o duque. — Desculpe-me, oh, Deus. Perdoe-me por não ter lhe procurado. Nunca imaginei...

— *Monsieur* está alucinando? — O irmão tocou no ombro de Matthieu, afastando-se. — Devo chamar a irmã Pauline? Meu nome é Sébastien, na verdade...

Matthieu negou com a cabeça e soltou o rosto do irmão para olhar à sua volta. Encontrou o paletó rasgado, dobrado sobre a mesa de cabeceira, assim como suas outras peças de roupa que tinha vestido dois meses atrás. Puxou os trajes de qualquer jeito, derrubando tudo no processo, encontrando a carta no bolso interno do paletó. Embora estivesse manchada de sangue agora, ele a entregou para Lorran, enquanto tudo dentro de si estremecia.

Seu irmão havia salvado sua vida, o encontrara na beira de uma estrada e vinha visitá-lo todos os dias, sem fazer ideia...

Sem fazer *ideia*...

A única coisa que poderia comprovar o que Matthieu queria dizer era a carta que Lorran havia enviado.

O irmão ergueu uma sobrancelha quando pegou a correspondência.

— Abra — Matthieu pediu, rouco.

Ele assentiu e desdobrou a carta para lê-la.

Bastou cinco segundos para que a fechasse e olhasse para Matthieu de forma completamente confusa. Lorran era demasiadamente inteligente e, por mais que não tivesse dito nada em voz alta, Matthieu conseguiu perceber que a situação, como um todo, parecia começar a fazer sentido para ele.

— Assim que recebi esta carta, peguei o meu cavalo e saí de Sceaux para Rouen. A viagem duraria muitos dias, e eu deveria ter feito diversas paradas, mas, pela ansiedade, não consegui.

— O senhor é... o Duque de Saint-Zurie?

— Sim. — Matthieu umedeceu os lábios. As lágrimas ainda não haviam parado de cair.

Lorran, imediatamente, se levantou e ia fazer uma mesura quando Matthieu o impediu.

— Escute-me primeiro.

— Mas...

— E chame-me de Matthieu, por favor.

Os olhos de Lorran brilharam de alguma forma. *Reconhecimento?* Ele ficou completamente congelado, a respiração um pouco mais lenta do que deveria. Então, fixou a atenção no duque à sua frente e moveu apenas os lábios.

— Matthieu? — sussurrou.

— Sim, me chamo Matthieu.

— Esse nome não soa estranho para mim... de alguma forma.

Era doloroso estar próximo de seu irmão mais velho sem que ele o reconhecesse. Por mais que tivessem discutido severamente diversas vezes quando as obrigações ducais de Lorran foram se tornando uma realidade, houvera toda a admiração, o carinho e o respeito de Matthieu pelo primogênito. Ele sempre fora imperativo com suas decisões, o mais inteligente dos três, e sempre tentara corrigir Matthieu para que nenhum escândalo acontecesse. Não que essas atitudes pertencessem a Lorran em personalidade, mas, sim, a seu nome e sangue. Ele deveria ser assim, duro e firme, por mais que Matthieu pudesse ver em seus olhos o quanto Lorran odiava a sensação de corrigi-lo como um pai.

Ao mesmo tempo que a relação dos dois era afiada como uma espada preparada para a batalha, Matthieu sempre se sentira grato por tê-lo. Naquela época, no auge de sua inconsequência, era Lorran quem tinha de carregar o peso nos ombros de ser um D'Auvray, e não o segundo filho. Matthieu valorizou isso com ainda mais força após se tornar o Duque de Saint-Zurie.

Se o irmão tivesse retornado, com memória, para Paris, sem que nada disso tivesse acontecido, teria lidado com um peso muito grande além do luto pelos pais. Então Matthieu, pela primeira vez em toda a sua vida, sentiu-se grato por ser Saint-Zurie. Sentiu-se grato por Lorran ter tido a chance de viver de forma livre, assim como Léonard. Sentiu-se grato por ter sido ele quem precisara amadurecer para se tornar quem era. E sentiu-se imensa e infinitamente grato por Lorran não ser apenas uma memória em sua vida.

— Sinto-me culpado por sua pressa e por seu acidente agora. Se eu não estivesse viajando naquele momento, se não estivesse tão longe de casa, quem estaria na estrada para resgatá-lo? E viajou de tão distante e com tanta pressa por minha causa? O que seria tão urgente sobre o meu passado que o faria cometer essa completa loucura?

Matthieu respirou fundo. Precisou respirar. Havia tanto para dizer, tanto para explicar. Ele se acomodou da forma que pôde na cama confortável e fechou os olhos por um segundo.

— Está pronto para conhecer a sua história, Lorran?

Isso fez o homem que estava à sua frente endurecer como pedra.

— Sabe o meu nome? Definitivamente é... Lorran?

— Sim, é. Sei tudo a respeito de você. E posso ajudá-lo a preencher o que ficou vazio até agora.

Os olhos de Lorran adquiriram aquela força tão comum nos D'Auvray quando estavam prestes a enfrentar as situações mais difíceis.

— Conte-me.

Matthieu narrou, como uma história, desde o casamento dos pais até o nascimento do primeiro filho. Tudo o que sabia sobre a vida dos D'Auvray foi tecida com paciência e alguns copos d'água que Matthieu sempre bebia avidamente. Lorran ficou ali, sentado, ouvindo tudo como se fosse a história de terceiros, mas com um brilho no olhar que ficou evidente para Matthieu que não era tão desconhecida assim.

Contou a respeito do nascimento do segundo e do terceiro filho. Os percalços no casamento dos pais. A infância dos três, correndo em volta do lago, praticando esgrima, montando a cavalo. Então a adolescência, os estudos, as obrigações do irmão mais velho de se tornar duque. Obrigações que Lorran abraçou sem que reclamasse um dia sequer. Assim como o noivado que Lorran fora prometido, antes que o pior tivesse acontecido.

Matthieu não ocultou nada.

Sua irresponsabilidade e libertinagem, as brigas amargas e as discussões sem fim. Não ocultou o motivo de a família ter ido viajar de navio, para fazerem as pazes com Matthieu, que estava na Inglaterra, e o porquê de seus pais terem morrido. Matthieu sempre achou que aquilo era por sua causa.

Deixou seus sentimentos de lado e foi aos fatos. Contou sobre os anos em que viveu como Duque de Saint-Zurie, as exigências da avó, sobre a França enfrentar um período de instabilidade em relação à nobreza e todas as obrigações que vinham com essa constante dúvida.

Quando chegou em Gwen, um sorriso inevitável se formou em seu rosto. Matthieu afirmou para o irmão que encontrara o amor quando pensara que nunca seria capaz. Contou também sobre a vida de Léonard, que estudara em Londres e agora trabalhava com o que amava: filosofia. Falou sobre o noivado do irmão e sobre o seu, que estava próximo. Então chegou ao dia em que recebeu a carta. E o motivo de ter ido para tão longe, tão rápido.

Lorran não disse uma palavra por um longo tempo.

Matthieu respirou fundo.

— Eu deveria ter sido um *duque*? — Então Lorran... começou a rir.

As sobrancelhas de Saint-Zurie se ergueram.

— Trabalho com bebidas, tenho uma taverna, escuto os problemas das pessoas e sempre tento ajudá-las. Mas nunca imaginei... que insanidade! — Lorran se levantou. — Desculpe rir disso, mas é que, de todas as coisas, simplesmente... não me vejo cumprindo obrigações nenhuma. Ordens de outros? Eu jamais me adequaria aos padrões da sociedade como um nobre.

— E isso o faz um D'Auvray.

Lorran voltou a se sentar.

— O mais insano disso tudo é que a história não me parece estranha. Como se fosse um livro que li há muito tempo e alguém me recordasse sobre ele. Não me é tão destoante que o meu senso de responsabilidade fosse maior, porque sempre fiz o que tinha de ser feito...

— Também uma característica dos D'Auvray.

Lorran olhou para Matthieu como se estivesse vendo-o pela primeira vez na vida. Inclinou a cabeça para o lado, analisando-o do mesmo jeito que Léonard fazia quando queria arrancar algo de Matthieu que ainda não estava claro. E Lorran também fazia a mesma inclinação de cabeça antes de iniciar uma conversa séria com o irmão.

Por Deus.

Como senti falta de Lorran.

Ele está vivo...

— Acredito que eu tenha vivido isso tudo sem viver. Sei que estive nessa história, por mais que não possa me lembrar nada sobre ela. Mas talvez eu tenha apenas sobrevivido para lhe dizer o que o Lorran que você conheceu diria. Eu nunca o culparia pela morte de seus... nossos... pais. Nunca retornaria depois de um afogamento, vivo, com qualquer sentimento além de gratidão por ter uma família. Por ter dois irmãos para abraçar e uma avó. Eu digo isso, sem dúvida alguma, de que aceitei o encargo do ducado porque não havia escolha e porque eu queria proteger vocês dois. Tenho certeza, em meu âmago, de que nunca quis ser um duque, mas eu o faria... e seria um, se isso pudesse manter nossa família nos eixos. Sou grato por você ter conseguido, Matthieu.

— Diabos, Lorran...

— Preciso que me ouça. — Então Lorran encarou Matthieu. — Gosta de ser duque?

— Aprendi a lidar com o encargo, não que eu goste como um todo. Será melhor tendo Gwen ao meu lado. — Ele fez uma pausa. — Pretende reivindicar o que é seu? — Matthieu perguntou, não como uma afronta, porque jamais lutaria contra Lorran por qualquer coisa, apenas queria entender o que se passava na cabeça daquele novo homem à sua frente.

Ainda era Lorran, mas havia tanta leveza em seus ombros, tanta vida em seus olhos, que Matthieu percebeu que era, sim, um ser humano completamente diferente.

— Apenas quis entender seus sentimentos em relação a isso. Mas, não, na verdade, jamais. Nem por todo o dinheiro do mundo. Só de imaginar, a minha pele começa a coçar...

— Também tenho urticárias quando fico nervoso. — Matthieu sorriu.

— Não sou apto a tal título, não me lembro do que estudei e do que treinei para ser... Saint-Zurie. E jamais me casaria por obrigação... de novo, como já me disse que eu estava prometido a sabe Deus quem. Pretendo continuar com a minha taverna, vivendo minha vida, mas fico feliz por finalmente entender meu passado e por saber que possuo uma família. Além, claro, de descobrir o meu nome — Lorran continuou. — Lorran Louis Étienne D'Auvray...

E é isso?, Matthieu pensou.

Seu irmão, há anos desaparecido, dado como morto por todos da família, iria simplesmente... continuar sendo um taberneiro?

— Não retornará para Paris? Não verá a nossa avó?

— Farei, em algum momento — Lorran prometeu. — Entenda, acabei de descobrir que salvei o meu irmão da morte. Acabei de descobrir que tenho dois *irmãos*. E acabei de descobrir quem sou.

— Respeitarei seu espaço, mas seria imprescindível retornar a Paris e...

— Não quero ser um nobre, Matthieu.

— Receio que não tenha escolha. — A voz de Matthieu ficou mais dura.

Assim, sem que pudesse perceber, os papéis foram trocados. Matthieu, que era um inconsequente rapazote, tornara-se Saint-Zurie. E quem deveria ser Saint-Zurie odiava a ideia de ter de cumprir ao menos algum papel como um nobre.

— Tenho escolha, se continuar morto para a sociedade francesa.

— Lorran...

— Pensarei com cuidado no que farei, não quero que sua viagem até aqui e a sua vida perdida por dois meses sejam em vão. Não foi em vão, Matthieu, quero que saiba disso. Eu o encontrei porque deveria encontrá-lo. Deveria estar ali para salvá-lo naquele exato segundo. E... chame de casualidade ou destino, mas estou feliz por estarmos vivos e nos conhecermos depois de tantos anos.

— Nos reencontrarmos — Matthieu corrigiu.

— Mas não posso abdicar da vida que construí todos esses anos, apenas porque descobri que tenho um nome pomposo e sangue azul. Possuo os meus negócios, tenho uma casa própria e vivo como um burguês qualquer. Eu gosto dessa vida, entende? Não quero qualquer coisa de vocês. O dinheiro, obrigações, título...

— Não seria tomar... o que já é seu.

— Obrigado, irmão, mas prefiro manter-me assim. Seja um duque, tenha a sua duquesa e volte para ela. Sem dúvida, está preocupada com o seu desaparecimento.

— Talvez os D'Auvray tenham o hábito de desaparecer nas horas mais desfavoráveis.

Lorran riu.

— É, talvez.

Matthieu percebeu que Lorran não cederia. Não voltaria a Paris com ele, não naquele momento. E talvez nunca fosse visitá-lo. Talvez apenas quisesse entender quem fora, sem que isso necessariamente tomasse a frente de quem era agora.

O Duque de Saint-Zurie teve uma ideia.

— E se não for para Paris como Lorran, mas como um criado qualquer? Posso conseguir roupas simples e seria o meu cocheiro.

— Matthieu...

— Poderia apenas ver minha avó, já que Léonard mora na Inglaterra. Ambos virão até aqui assim que souberem que está vivo. Aliás, Léonard morreria de ansiedade por isso. Temos dez anos de diferença entre nós e há treze anos entre vocês.

— Quantos anos eu tenho?

— Trinta e seis — o duque respondeu, engolindo em seco quando se deu conta de quem nem isso Lorran sabia.

Seu irmão assentiu e ficou em silêncio por um tempo.

— Veja, Lorran. Eles amaram você. E amam agora. Vovó... ela não acreditará e o abraçará com tanto amor. Eu prometo, farei tudo o que for necessário para que nenhuma cobrança recaia sobre seus ombros, para que ninguém, além de nossa família, saiba que você está vivo. Tem a minha palavra. Não será obrigado a fazer o que não quer. O que eu digo é lei, afinal, sou o maldito Duque de Saint-Zurie.

— Tem certeza?

— Ora...

Lorran respirou fundo.

— Apenas quero que a vovó veja o seu rosto. E, posteriormente, Léonard, quando puder vir até a França. Não estou pedindo para largar sua cidade e sua taverna, sei que está em Le Havre apenas por minha causa e deve ansiar para retornar a Rouen. Assim como também sei que é muito para assimilar, mas, se puder fazer isso por mim, ainda que tenha salvado a minha vida...

— Salvei mesmo sem saber quem *monsieur* era.

— Eu sei, Lorran. E sei que já lhe pedi muito. Sei que sou um desconhecido aos seus olhos, no entanto, para mim, você é o meu irmão.

O tempo pareceu congelar naquele momento. Matthieu viu um traço de emoção nos olhos de Lorran enquanto seu irmão exalava fundo. O Duque de Saint-Zurie forçou-se a manter-se sentado na cama e teria de comer o suficiente por duas vidas para sair dali e levar Lorran, ao menos temporariamente, de volta para casa. Teria de encontrar Gwendolyn e dizer que estava vivo. Havia tanto para fazer e aquela maldição de cama não o manteria por muito mais tempo.

— Está bem. Iremos. Mas com uma condição.

Matthieu apenas assentiu, embora estivesse demasiadamente feliz por dentro.

— Pegaremos a estrada e partiremos rumo a Paris somente quando tiver força suficiente para andar com as próprias pernas. Pode enviar cartas daqui, avisando-os, mas acredito que sua força de vontade chegará antes da correspondência.

— Obrigado, Lorran.

— Também preciso acostumar-me com meu nome de batismo — ponderou.

— É melhor do que Lorde D'Auvray. — Matthieu sorriu.

— Ah, decerto. Não suportaria ser tratado com tamanha formalidade.

CAPÍTULO TRINTA E CINCO

O sentimento que assola quem volta para casa é o de felicidade misturada com medo. Por temer que o que deixou para trás tenha se alterado com o tempo. Matthieu sentira-se estranhamente ansioso quando, finalmente, avistara a cidade de Paris. Havia parado primeiro em Sceaux para ter certeza de que a duquesa-viúva retornara à cidade e, quando soube, o destino final tornou-se concreto.

Por mais que estivesse com o irmão ao seu lado por um milagre, alguma parte do coração do duque parecia gélida. E nada tinha a ver com sua família, que ficaria imensamente alegre ao ter um D'Auvray em casa, mas, sim, porque Matthieu não sabia como Gwendolyn reagiria. Ainda que o que tivesse acontecido com Matthieu fosse uma manobra do destino, ele ficara meses acamado por ter sido imprudente. Ela... talvez não o perdoasse. Talvez tivesse encontrado outro alguém. Talvez tivesse pensado que fora abandonada. Talvez tivesse desistido do noivado. E Matthieu sentira um sufocamento ainda maior quando avistara a imensa mansão de Palais La Rouge.

Saíra da carruagem exatamente à uma hora da tarde, mais cansado do que poderia admitir, com Lorran ao seu lado. E os criados, que pareciam que nunca mais veriam Matthieu vivo, saíram da mansão no mais absurdo espanto, ainda que escondessem a expressão muito bem.

O duque fez um carinho na cabeça de Jean *le blanc*, e o cavalo bufou em resposta. Conectaram-se depois do acidente mais do que qualquer ser humano poderia se conectar a outro.

— Pronto? — o duque perguntou, sem tirar os olhos de *le blanc*.

— Estarei se você estiver — Lorran respondeu, sabendo que a pergunta fora designada a ele.

Com todas as economias que encontrou nos bolsos, Matthieu conseguiu comprar uma carruagem para a viagem com seu irmão e roupas, além de comida. Prometeu retornar a Le Havre para deixar uma grande quantia no convento que salvara a vida dos dois irmãos, em tempos diferentes, o que só aumentava a gratidão de Matthieu. Respirando fundo, andou a passadas largas ao lado de Lorran, que era exatamente de sua altura, e quando Matthieu pensou no que dizer e como dizer...

Léonard apareceu.

Os olhos destoantes ficaram emocionados; o sorriso incrédulo no rosto de quem não podia acreditar no que via. O que era recíproco.

Voltara da Inglaterra?

Matthieu levou um tempo para entender que a presença do irmão era vívida e não fruto de sua imaginação, até que percebeu também que Léonard não estava estupefato por ver Lorran, talvez nem tenha reparado no homem ao seu lado, mas, sim, por ver Matthieu. Seu irmão desceu as escadas, fazendo o coração do duque acelerar com o mais profundo orgulho, porque o caçula estava tão belo como uma pintura italiana.

— Seu maldito diabo! — Ele o abraçou.

Matthieu ouviu seu irmão chorar, embora fosse a coisa mais silenciosa, apenas o falhar de sua respiração. E sentiu os braços o envolverem com força, amassando-o quase como se fosse quebrá-lo.

— O que aconteceu? — gritou em seguida.

Assim como Matthieu fez com Lorran quando o reconheceu, Léonard segurou as laterais do rosto do irmão, para ter certeza.

— Inferno, o que diabos aconteceu?

— Está soltando muitos impropérios para um lorde.

— Que vá tudo para o traseiro de Lúcifer desde que me explique como... como... Matthieu. Diabos! — Léonard travou o maxilar. — Você fugiu?

— Na realidade, Saint-Zurie ficou sem consciência alguma por dois meses inteiros após sofrer um acidente, apenas seus músculos funcionaram e seus órgãos, pelo que parece... o que permitiu que ele fosse alimentado e respirasse, ficando vivo, como está aqui e agora. Então precisou se recuperar até voltar a andar, o que foi bem difícil — Lorran murmurou a última parte.

Os olhos de Léonard finalmente foram para o cavalheiro ao lado.

Levou um minuto.

Talvez dois.

— Verdade? — Léonard perguntou, confuso, ainda encarando Lorran como se algo fosse estranho. Depois foi para Matthieu e deu-se conta da imensa cicatriz que cobria parte da testa e a lateral de sua têmpora. — Matthieu...

— Estou bem. Onde está a duquesa e... Gwen?

Léonard não pareceu ouvi-lo, estava distraído, e desviou o olhar uma segunda vez para Lorran.

— Perdoe-me, mas *monsieur* parece-me tão familiar, temo que lembre muito meu irmão mais velho. — Léonard franziu a testa com mais afinco. — Onde encontrou esta réplica de Lorran?

Matthieu respirou fundo.

Ele se lembra.

— Acredito que há muito para conversarmos, Léo. Podemos entrar?

— Bem, sim... — Léo continuou com os olhos em Lorran. — Claro.

Palais La Rouge não via a felicidade há muito tempo. Mas, naquela tarde, era como se o domingo de Páscoa tivesse se adiantado. Ou como se um presente divino, na verdade, dois presentes divinos, entrassem pela porta. A duquesa-viúva, pela primeira vez, ficara parada e completamente sem palavras quando vira os dois netos, vivos, na antessala. Então, depois de alguns segundos, sem ouvir os fatos e sem perguntar sobre eles, desligara a racionalidade de uma duquesa e se tornara uma avó. Correra para abraçar os dois assim que entendera que não eram uma alucinação dada a idade e, com sorrisos e lágrimas, disse que os amava e mais diversas coisas emocionais que quase fizeram Matthieu perder, pela enésima vez, sua dignidade. Léonard só entendeu quem Lorran era quando viu sua avó abraçá-los com o mesmo amor que o abraçara quando chegara. Léonard perdeu as forças dos joelhos e caiu no sofá, sem conseguir se mover.

Se reuniram e conversaram por horas, com Matthieu narrando todos os acontecimentos e Lorran ajudando-o com os detalhes. A duquesa fez diversas perguntas tanto para Matthieu quanto para Lorran, que respondeu a todas sem hesitar, sobre sua vida atual e o que se lembrava, apenas para que a avó percebesse que, de fato, Lorran não fazia ideia de quem era até alguns dias atrás. Matthieu viu a felicidade se esvair dos olhos da avó. No entanto, ela deixou que isso passasse, para que apenas a gratidão prevalecesse naquele momento. Estava com seus três netos reunidos, quando pensara que somente um estava vivo. Não havia palavra no mundo que mensurasse a felicidade daquelas quatro pessoas, naquela sala, aquele dia.

Quando Matthieu sentiu que já havia explicado tudo sobre o que acontecera, garantindo à avó que estava perfeitamente bem e que nunca fugiria por vontade própria, deixou a duquesa-viúva a sós com Lorran e chamou Léonard. Aquela reunião era importante, mas estava corroendo-se por dentro para ter notícias de Gwendolyn.

— Desculpe-me tirá-lo de um momento tão único, mas preciso saber como está Lady Hawthorn — disse assim que chegaram à biblioteca.

Léonard respirou fundo.

Era muito fácil, para Matthieu, perceber no irmão quando algo estava errado. Ou quando uma situação parecia difícil demais para ser dita. Ele serviu aos dois uma dose de licor e encarou o caçula uma segunda vez.

— Diga-me, Léo.

— Todos achavam que você estava morto ou havia desaparecido de propósito.

— Todos... inclusive Gwen?

— Sim. — Léonard sentou-se na poltrona.

Matthieu começou a sentir aquela chama aflita e angustiante subir por seu peito e garganta. O impulso. Ele deu dois passos para a frente e seus olhos semicerraram.

— Para onde ela foi?

— Como sabe...?

— Ela não encontrou o maldito bilhete que deixei em seu diário.

Saint-Zurie começou a andar de um lado para outro e virou a dose de licor de uma só vez. Precisava de um charuto. Precisava...

— Bilhete?

— Diabos, Léo... *onde* Gwen está? — gritou.

Embora não tivesse o direito de ter raiva, sentiu-se furioso. Fora um completo tolo por não acordá-la para dizer a ela que estava indo temporariamente a Rouen. Tolo porque não deveria agir por impulso e nunca conseguiria agir de outra forma. Era a vida de seu irmão e era importante, mas nada... nada justificava como Matthieu agiu. Só estava naquela situação por estupidez própria e não havia perdão, não havia palavra alguma que pudesse dizer para Gwen que o faria voltar no tempo.

Léonard se levantou.

— Veja, estou grato por você estar vivo, por saber que conseguiu acordar depois de meses em um sono profundo e que está de pé. No entanto, enquanto a vida para você não passava, para nós se tornou o próprio inferno. Pierre, Jackson e Fontaine o procuraram e continuam procurando-o por toda a França, indo de cidade em cidade, assim como eu, porque não podíamos aceitar que havia fugido ou que estava morto em alguma ruela qualquer.

Léonard soltou a respiração com força pelas narinas.

— E então teve Gwen, precisando lidar com o pedido de casamento que você fez, que só descobri por causa da Marquesa de Lussac, apenas para depois vê-lo *sumir*. Diabos, sabe que a mãe dela morreu por causa de uma tristeza profunda? E sabe o quanto Gwen esteve a um passo de morrer, como ela? Ficou por semanas em uma cama, incapaz de se levantar, mas antes disso lutou como uma leoa, todos os dias, cavalgando e procurando qualquer pista que pudesse para encontrá-lo. As esperanças foram embora. Para vovó, para mim, para ela e para todos os seus amigos, embora nunca, em nenhum momento, tenhamos desistido de você. E rogo que não pense mal de Gwendolyn neste momento ou não sei o que farei com você, irmão.

Matthieu deu um passo para trás, como se tivesse sido atingindo. O que, de fato, aconteceu. Não fisicamente, mas dentro de sua alma.

— Léonard...

— Ela precisou ir embora quando percebeu que estava abdicando de si mesma, de sua própria saúde, pela imensa falta que você fez! Então, apesar de eu estar profundamente grato por você estar vivo, irmão, isso não lhe dá o direito de ficar nervoso com Gwen ou comigo por não lhe contar no segundo em que o vi, até porque é uma história difícil demais até para colocar em malditas palavras!

Matthieu aceitou a raiva de Léonard. Porque sentiu a mesma coisa quando recebeu a notícia de que Lorran e seus pais haviam morrido em alto-mar. Matthieu estar ali não impedia Léonard de viver o luto, e talvez demorasse um pouco até que o irmão entendesse que todas as responsabilidades que o abraçaram quando o duque se foi não estavam mais sobre os seus ombros. Assim como todo o amor que sentia por Matthieu nunca fora em vão.

— Onde...?

— Inglaterra, Londres. Lhe darei o endereço se me prometer que nunca irá desistir de Gwendolyn, ainda que ela o faça voltar chutando o seu traseiro até Paris.

— Eu a amo, Léonard.

— Pois a ame até o resto de seus dias. — Léonard foi até a mesa, pegou a pena, mergulhou em tinta e, assim que escreveu o endereço, entregou a Matthieu. — Vá e deixe que eu cuido das coisas por aqui.

— Lorran...

— Não irá embora até que volte com Gwen em seus braços, prometo.

— Eu garanti a ele que não terá nenhuma obrigação que não queira. Certifique-se de que, se quiser ir, que vá. Falarei com ele e a duquesa agora, de qualquer maneira.

Léonard assentiu uma única vez.

E então percebeu.

Ninguém nascia duque, tornava-se um. Pelo sangue, pelo temperamento e pela força que exigia o título.

Léonard se comportou como Saint-Zurie se comportaria, como ele mesmo faria.

E, por mais machucado que estivesse com aquelas palavras, nunca esteve tão orgulhoso.

CAPÍTULO TRINTA E SEIS

𝓐 vida se torna severamente difícil quando ainda se ama alguém que não está mais lá. Gwendolyn não vivera o luto por seu marido, mas sentira profundamente por Matthieu. A dor que engoliu seu coração fora tão imensa que, para lutar contra isso, seria preciso muito mais do que alguns meses e algumas conversas com um filósofo alemão. *Nunca* esqueceria Matthieu, por mais que ele não existisse no seu dia a dia e a *madame* de Lussac buscasse remediar toda vez que o assunto surgia. Não adiantava emudecer-se sobre ele, quando o ouvia gritar em seu coração. E poderia passar décadas, assim como todas as suas lembranças concretas. Reconhecia que, até seu último suspiro, teria o Duque de Saint-Zurie como uma memória do que foram e uma suposição do que poderiam ter sido.

Não avançara emocionalmente no que dizia respeito a aceitar tudo aquilo. Ainda sentia raiva, afinal, ele fora arrancado de sua vida de repente. E não conseguia sentir nada além de uma ira imensa por perdê-lo. Deus, não que o duque *precisasse* ser dela, ele poderia romper o relacionamento, mas... *não* poderia ter *ido*. Sua mente criou todas as possibilidades, incansavelmente, e ainda criava a cada minuto do dia quando Gwendolyn acordava e ia dormir. No entanto, isso apenas fazia crescer dentro dela um sentimento corrosivo e destruidor.

Tinha dias em que parecia tentar barganhar com sua própria mente, garantindo que Matthieu ainda estava respirando, em algum lugar, e que fugira por medo da responsabilidade de se comprometer pelo resto da vida. Não poderia julgá-lo, disse tantas vezes para Matthieu que não ansiava o matrimônio e, certamente, pensara que ela nunca diria sim. Mas então disse. E então ele *sumira*. Entretanto, sua perspicácia raciocinava que, caso fosse essa a situação verdadeira, Matthieu teria sido visto por alguém, em algum lugar, em algum momento. Aí via-se em uma repetição eterna entre a raiva por ele estar morto e a negociação interna de que ainda estava vivo.

Andara por todo esse tempo em uma longa e eterna linha de barbante, fina e frágil, que a qualquer momento poderia romper-se e derrubá-la. Em alguns dias, era difícil sair da cama, e precisava forçar-se a comer como se ainda sentisse prazer nisso, assim como em qualquer outra coisa. Em alguns dias, ela apenas chorava até que a lua despontasse no céu. Em outros conseguia rir do bom humor da *madame* de Lussac, que estava afiado desde que chegara a Londres. Então se culpava por sorrir, por aquele mínimo segundo de felicidade, porque não sabia o que havia acontecido a Matthieu.

A incerteza ainda era uma constante dolorosa.

E, de forma dura e não intencional, Gwendolyn conhecera mais sobre si mesma nesse período do que nunca.

Protegera-se de amar Matthieu porque sabia que a possibilidade de que o tivesse completamente em seu coração era tão concreta quanto o chão sob seus pés. Enfiara-se naquela situação porque o queria e havia a necessidade de um prazo porque sua mente entendia que ele não seria dela para sempre. E chame isso de premonição, queime-a na fogueira como uma bruxa na Inquisição, mas Gwendolyn sempre soubera que aquilo teria um limite, ainda que não entendesse de que forma aconteceria.

Não precisava ser assim.

Por que ambos mereceriam tal destino?

Também descobriu como era forte ao continuar lutando, ainda que em momentos de extrema fraqueza. Orgulhava-se de si mesma, por mais que chorasse até seus olhos arderem, porque sabia que ainda respirava e que viveria mais um dia, apesar de tanto, de tudo, o que acontecera. Teria razões para ficar como sua mãe, e tinha dias em que se parecia tanto com ela que isso a assustava, mas estava... *lutando*.

Havia motivos para que lutasse. Ainda que doesse. Havia razões para viver.

Ela se ajoelhou e pegou a muda de rosa, enfiando-a na terra. Tinha se disposto a plantar no jardim sem vida da casa temporária de Londres. Não queria ver a natureza tão desprovida de emoção como se sentia. E, embora a *madame* de Lussac implorasse para que Gwen cuidasse de sua saúde, essa atividade em específico a ajudara mais do que poderia colocar em palavras. O ar livre e as rosas eram uma forma de eternizar quem sempre esteve em seu coração. E, por mais que chorasse toda vez, como agora...

— Gwendolyn... — resmungou consigo mesma, secando as lágrimas, sujando o rosto de terra. Não que se importasse.

— Lady Hawthorn, irá continuar ou devo ajudá-la? — o jardineiro, tão inglês quanto era solícito, perguntou.

— Pode deixar, Jeremy. Pretendo finalizar apenas esta última muda e retornar à casa.

— Chame-me se precisar.

— Volte a podar os arbustos, prometo que estou bem.

O rapaz assentiu.

Gwendolyn fez o que havia combinado com Jeremy. Terminou de plantar a muda, certificando-se de a raiz estar numa terra úmida e nutrida. Era a última muda daquela leva, e estava ansiosa para ver os botões nascerem. Não era a época ideal para a espécie, tendo em vista que estavam no inverno, contudo, Gwen tomara todo o cuidado para protegê-las do vento dentro da estufa. Ficariam seguras ali e certamente poderiam crescer saudáveis.

Levantou-se e tentou, sem sucesso, limpar o vestido. *Madame* de Lussac ficava irritadíssima que Gwen estragava todos os trajes com terra, mas não havia pretensão alguma, da parte da dama, de ir ao Almack's tão cedo ou ao Hyde Park, para exibir seus vestidos e *status*. Gwen não fazia parte da sociedade de Londres há anos e jamais pretendera voltar a ser quem já fora um dia — não que a viúva de um barão fosse de extrema importância, de qualquer maneira. Enquanto limpava suas mãos na água e pensava sobre todos os planos de Isabel para levá-la para fora daquela mansão, escutou os passos de Jeremy uma segunda vez e abriu um sorriso.

— Jeremy, eu disse que estou bem e que deve podar os arbustos tranquilamente. Vê? Já estou limpando-me e retornando para a... — Assim que os olhos de Gwendolyn se encontraram com os do cavalheiro à sua frente, sua voz falhou.

Ela foi engolida por uma tempestade de gelo em cada veia, em cada músculo e cada nervo de seu corpo. Ficou congelada e tão fria quanto a neve que caía lá fora. Suas mãos e seus pés ficaram imediatamente duros, e seu queixo começou a tremer antes que ela pudesse falar. Se é que algum dia encontraria a voz. De forma instintiva e punitiva, seus olhos derramaram de uma só vez um conjunto de lágrimas, antes que Gwen pudesse processar o que era aquela emoção.

Porque Saint-Zurie estava na sua frente.

E, por segundos inteiros em que seu coração parou de bater, Gwendolyn acreditou se tratar de uma visão. Ele, definitivamente, havia aparecido para garantir a ela que havia partido e que...

— Gwen... — sussurrou.

Oh, aquela voz.

Ela franziu a testa e negou veementemente com a cabeça, dando curtos passos para trás.

— Gwen... — Ele deu um longo passo para a frente.

Ela ouviu o som da bota de Matthieu tocar o chão, tão real que suas pegadas marcaram a terra úmida.

— Não...

Seus olhos ficaram mais turvos pelas lágrimas, ou talvez desmaiaria a qualquer momento. Quis se agarrar em alguma coisa, qualquer coisa, mas não havia nada. Sua voz não saiu a segunda vez, embora seus lábios tivessem se movido.

E aquela emoção foi tão forte e densa que Gwendolyn a sentiu não apenas em seu coração, mas em cada centímetro de sua pele e por baixo dela. Instintivamente, levou uma mão até a barriga e a outra ao coração, como se fosse vomitar ou morrer. Talvez os dois. Ao mesmo tempo. Ela traçou com os olhos o homem à sua frente. Os cabelos não mais longos como tanto adorava, mas curtos de uma maneira aristocrática e inglesa. A barba feita, mas o rosto afundado pela perda visível de peso, a linha do maxilar tão demarcada que parecia afiada aos olhos da dama. A vivacidade ainda existia, em sua pele e no olhar, mas aquele espírito era tão magro e tão real que...

Ele parou de andar.

A emoção nos olhos de Matthieu...

— Depois daquela noite, eu...

Duas lágrimas rolaram pelo rosto do duque, e ele não conseguiu dizer mais nada.

Gwen, por sua vez, ficou imóvel. Pensou que seus joelhos cederiam, mas, de alguma forma, conseguiu se manter em pé. Não sabia se respirava, se alguma parte de seu corpo ainda existia, mas estava ali, sendo... qualquer coisa.

— Posso me aproximar? — perguntou, baixo e rouco, naquele francês sedutor que somente ele conseguiria reproduzir.

Em vida.

Está vivo?

Ela o observou de novo, mas sem olhá-lo totalmente. Piscou severamente e diversas vezes. Seus olhos estavam ardendo e todas as lágrimas que ainda não sabia que existia pareceram cair em uma torrente silenciosa. Ela não ouviu o ruído de sua respiração, apenas o acelerar dos batimentos em seus tímpanos conforme o admirava. Então, as roupas e os ombros largos, a cartola em seus dedos. Trêmulos. Foi isso que atingiu Gwen da forma mais bruta e real possível.

Estava vivo.

E aqui.

— Matthieu?

Ele assentiu.

O impulso em seu coração foi tão forte e tão abrupto que o que era frio tornou-se quente. E Gwendolyn, ainda que sentisse as pernas bambas, conseguiu ter forças para correr. Correr e correr o caminho que parecia sem fim, ainda que tão curto. Ela se jogou nos braços dele, sem que soubesse o que havia acontecido, apenas com uma gratidão imensa por ele estar vivo, chorando audivelmente àquela altura, envolvendo os braços em torno dos ombros de Matthieu, sentindo-o.

E era a colônia dele, sem dúvida. E a pele. Quente. E a respiração em seu pescoço. Era de verdade. Estava tão magro. E era... *Matthieu*...

Ele a pegou como se nunca fosse deixá-la ir.

Mas Gwen se afastou do duque.

Beijou-o uma única vez nos lábios.

Por apenas um segundo.

Para depois se afastar e...

Esbofeteá-lo com força, no lado direito do rosto, deixando uma marca de quatro dedos.

Ele arregalou os olhos e entreabriu os lábios avermelhados.

— Como ousa... sumir dessa maneira? Como ousa... me abandonar? Quando tudo dentro de mim...

Ela soluçou, enquanto tentava focar a atenção nos olhos castanhos de Saint-Zurie, nos lábios vermelhos, na sua vivacidade perceptível, ainda que minimamente debilitada. Sem pena alguma, ela deu outro tapa no rosto do duque, do lado esquerdo, com mais leveza dessa vez.

— Como... pôde me deixar... aqui... sem... *você*? — gritou a última parte. — Eu o odiei e o amei com toda a minha alma durante esse tempo. Perdi a minha racionalidade, a minha humanidade, eu perdi... tanto... e ganhei... tantas dores e angústias! Como... *como*? — Então o tocou. No rosto, nos ombros, no peito. — *Como* está aqui? Oh, Deus... eu o amo tanto!

Ainda era Matthieu, mas havia algo diferente naquele olhar. Algo tão distinto, como se...

Um músculo saltou no maxilar de Saint-Zurie.

E o coração de Gwen pareceu doer cem vezes mais.

— Eu me odeio por tê-la deixado dessa forma. Não me permita nutrir ainda mais o sentimento de culpa que habita meu coração. Não foi, na verdade, uma escolha, apenas um acidente. Eu a amo, Gwendolyn. Eu a amo hoje como a amei o que pareceu ser para mim... apenas alguns dias. Espero que me dê a chance de lhe explicar... e que me permita... — Ele tomou o rosto de Gwen entre as mãos. Ela sentiu o toque em suas bochechas frias, sentiu a força delicada que Matthieu aplicou ali, como se quisesse fazê-la... vê-lo. — Me permita lhe mostrar que só estou aqui, vivo, por você.

As lágrimas de Gwen não pararam de cair e suas emoções serpentearam tanto a sua pele que era incapaz de racionalizar.

Ele não se foi, repetiu infinitas vezes até que pudesse fazer a sua mente entender o que estava ali, sob suas mãos.

Segurou nos ombros dele, respirou fundo e precisou sentir a coragem bater em sua garganta para conseguir perguntar:

— O que aconteceu? — sussurrou.

As pernas de Gwen não haviam voltado ao normal, assim como os batimentos erráticos de seu coração. Eles entraram na residência temporária da *madame* de Lussac e Lady Hawthorn naquela manhã. Estavam sozinhos, já que Isabel havia saído para tomar um chá com amigas antigas.

A mente de Gwen não conseguia parar de repetir que Saint-Zurie estava ali.

E ele segurou na mão dela, como se quisesse garantir que não iria para lugar algum.

Os criados a assistiram entrar com Saint-Zurie como se não pudessem acreditar no que viam. Todos o conheciam, inclusive o mordomo que fechara a porta na cara do duque, o que pareceu ser anos atrás. No entanto, embora fossem alvos de tantos olhares, Gwen não conseguia tirar os seus olhos de Matthieu. Ela percebeu tantas coisas que foi difícil manter a calma. A perna direita do duque não parecia ter a mesma força da esquerda e ele mancava um pouco, mas não o suficiente para usar uma bengala. Mesmo assim, o coração de Gwen ficou do tamanho de uma semente de mostarda. Parecia frágil ainda, como se não tivesse se recuperado do que lhe acometera, e as suposições de Gwen voaram até a Lua.

Até que soube.

Soube, em seu coração, que ele passara por algo que poderia, definitivamente, ter feito todo o luto que Gwen sentiu ser verdadeiro.

Talvez ela não o sentisse porque, de alguma forma, ele não estava lá.

Agora ele está aqui.

Sentaram-se lado a lado no sofá do salão de visitas, embora Gwen quisesse ir para o quarto, sem se importar com o que fossem dizer. Sentia que deveria ter privacidade. Então avisou ao mordomo que encostaria a porta e não gostaria de ser incomodada até que pedisse pelos serviços dos criados.

Matthieu não quis nada além da presença dela, e toda a racionalidade que a cobrava que fosse forte, independente do que ouvisse, se fez presente. Porque a vulnerabilidade e o medo no olhar de Matthieu a atingiram como uma flecha em chamas a céu aberto.

— Sabe que peguei um navio até aqui, não sabe?

— Deduzi. — Gwen ajeitou-se no sofá, e aquela sensação gelada, a mesma que a fez olhar para Saint-Zurie acreditando que era um espírito, surgiu de novo. — Enfrentou seu mais terrível medo para me ver. Se não fosse tão impulsivo, poderia ter me informado por carta e eu voltaria à França e...

O duque colocou o dedo indicador em riste sobre os lábios da dama.

Gwen engoliu em seco.

Todo o amor, a paixão e a dor ainda existiam ali. Passaram-se quantos minutos desde que o vira? Quantos minutos desde que se dera conta de que Saint-Zurie ainda estava vivo? Que o seu Matthieu, o mesmo que a fez se apaixonar perdidamente, ainda existia? O cavalheiro que ela acreditava que nunca retornaria para os seus braços... ainda respirava e a amava. E ele nem precisava chegar naquela estufa fria, garantindo isso, porque, por mais que ela o tenha esbofeteado no rosto, estava claro em seus olhos o mesmo amor que havia nos dela.

— Você moveria o mundo por mim, mas eu quis mover o mundo por você. Não é justo me perder por tanto tempo e ainda ter de ir para outro país... — Sorriu, os olhos cintilando de emoção.

— Ah, Matt... — Gwen riu baixinho, duas lágrimas caindo sem aviso no canto do olho.

Ele soltou o dedo dos lábios de Gwen, e ela sentiu tanta falta do contato que precisou umedecer os lábios secos. O duque puxou de dentro do paletó uma carta completamente ensanguentada, fazendo a visão de Gwen ficar turva.

— O que... — Ela suspirou, e ele entregou a correspondência em suas mãos.

— Preciso que leia para entender a história que irei lhe contar agora — ele garantiu, e levou novamente a mão até o rosto de sua futura duquesa, como se quisesse gravá-la em seus dedos. — Por mais que o tempo não tenha passado para mim, foi uma eternidade até poder tocá-la como estou fazendo agora. Antes de eu dizer qualquer coisa, quero deixar claro que não consigo mensurar em ideia ou imaginação o que passou todo esse tempo. Vejo seus olhos tão fundos, e os ossos de sua clavícula, ainda que esteja vestida até o pescoço. Percebo o quanto a incerteza foi impiedosa. Se estivesse em seu lugar, teria enlouquecido e talvez ido para a Grécia no mais profundo desespero...

— Pensei que *monsieur* estivesse lá.

Matthieu riu.

— Ora, teria sido melhor se eu tivesse fugido. Mas não o fiz. Inclusive, deixei um bilhete em seu diário, que acredito que não tenha encontrado.

— Bilhete?

— Disse-me que escrevia nele diariamente...

Mas Gwen nunca mais tivera razões para escrever desde que o duque se fora.

Sentiu uma angústia tomar o peito, uma culpa imensa por não ter visto, mas Matthieu negou com a cabeça quando viu o sentimento nos olhos dela.

— Não se culpe, foi apenas uma fatalidade.

Livrou-se dos sentimentos porque não havia tempo para eles agora. A carta em suas mãos possuía sangue, que ela deduziu se tratar de Matt, e não havia como ser uma história boa a que seria contada em seguida.

Por mais que tivesse ansiado e sonhado com um momento como esse, nunca pensaria que não estaria pronta para ouvir o que o seu amor tinha a dizer.

— Conte-me, Matthieu.

Ele assentiu.

— Leia, então.

É curioso como o cérebro é incapaz de capturar a história completa. Mesmo com tudo o que pensamos saber sobre a verdade, ela ainda é tão profunda e tão difícil de alcançar que Gwen nunca, em qualquer momento daquele sofrimento contínuo, imaginou o que estava naquela correspondência. Então as letras foram substituídas por palavras, a narrativa de Matthieu preenchendo todas as lacunas que nem Gwendolyn nem qualquer pessoa poderia prever. Ela o ouviu, com a sensação gelada por todo o corpo, com os olhos derramando lágrimas infinitas. Dessa vez, recebendo o polegar de

Matthieu para secá-las. E o duque não parou de contar, mesmo com todo o sofrimento que viu nos olhos de Gwen e nas reações dela, porque sabia, mais do que qualquer um que passara na vida daquela dama, que Lady Hawthorn precisava compreender tudo.

Chorou com ainda mais intensidade do que quando sentira sua falta, porque se dera conta de que o homem que ela cogitou tê-la abandonado estava, em algum momento, caído em um barranco na floresta. Desacordado. Por meses. Porque procurara o irmão de forma imprudente e apressada. E ela não poderia julgá-lo, porque, se recebesse uma correspondência de seu pai ou de sua mãe, de qualquer pessoa que ela acreditava estar morta e de repente parecendo ter retornado à vida... largaria tudo em busca de respostas.

Escutou a experiência de Matthieu desacordado, como as freiras o alimentaram com sopas, colherada a colherada, até que ele fizesse o movimento instintivo de engolir. A água que tomara da forma mais precária possível. O cuidado que seu irmão, embora não se lembrasse de sua própria identidade, tivera com Matthieu, e o susto quando se levantara e se dera conta de que meses haviam passado. Do quanto ele emagrecera e como fora difícil até se sentar na cama, e precisou fazer exercícios até que se sentisse apto a ficar em pé. Em algum momento, Matthieu fez uma zombaria sobre estar manco de uma perna, garantindo que todo o resto de seu corpo estava em plena forma e nunca poderia decepcioná-la como marido, mas Gwen... simplesmente não pôde rir.

— Oh, *mon chér*... — sussurrou.

— O quê? Juro que estou bem!

Fez o que seu coração mandou. Abraçou-o com toda a força, unindo seu corpo ao dele, porque fora tão duro tudo o que ouvira. Se tivesse lido o bilhete, talvez o tivesse encontrado. E se ela o perdesse antes que seu irmão pudesse encontrá-lo, como viveria? Abraçou-o porque poderia dizer com o gesto o que era incapaz com a fala. E, naquele momento, pôde aproveitá-lo. Sentiu novamente a colônia do duque, a sedosidade de sua pele, o calor de sua presença e a força de suas mãos na base de suas costas. Ainda experimentou o "eu te amo" ao pé de seu ouvido, compadeceu-se com a emoção que sentira quando descobrira que Lorran estava vivo e...

— Eu sei que está bem, só me deixe abraçá-lo por mais tempo.

— Pode ficar comigo por toda a vida, se quiser.

— Ficarei. Não vejo alternativa.

Matthieu riu, abraçando-a com mais força.

— Sou um tolo apaixonado por você, Gwendolyn.

— Pois talvez devamos conversar mais um pouco antes de eu lhe contar o meu lado da história.

— Há novidades?

— Tantas...

— Espero que não esteja noiva de nenhum outro.

— Como poderia?

Matthieu se afastou alguns centímetros e a encarou. O nariz deles esbarrou um no outro, então Gwen sentiu frio na barriga, provou aquela sensação deliciosa, mas dessa vez emocional, por tudo o que acontecera. Pode ter passado horas com Matthieu ali, olhando-a daquela forma, acariciando lentamente a maçã de seu rosto com o polegar, mas Gwen não se importava nem um pouco. Era o homem de sua vida, vivo, respirando, provando que...

Os lábios se encostaram antes que Gwen conseguisse formar o pensamento. Não foi com rapidez, mas com a destreza de um homem confiante de que poderia parar o tempo. Os lábios dele rasparam nos dela, com Matthieu se aproximando e se afastando, abrindo a boca para provocá-la, indo e vindo, passando o lábio inferior no dela até que Gwen não resistisse. Saint-Zurie sorriu contra a boca de Gwen, aceitando a língua que pediu passagem. Toda a falta que o duque fez se transformou em um incêndio e tomou uma proporção ainda maior.

Ela o agarrou, de verdade, invadindo a boca do duque como uma amante francesa, ainda que fosse cem por cento inglesa. Todas as privações que Gwen teve em sua vida foram desfeitas pouco a pouco como o enlace do espartilho e a liberdade que era tirá-lo.

Provou, em Matthieu, o mesmo desespero e a saudade.

E a imensa liberdade que era estar de volta aos braços dele.

Ele a beijou com o calor de alguém que não a tinha há décadas, suas mãos ávidas passeando pelo corpo de Gwen até puxá-la subitamente para seu colo. E Gwen aceitou e entregou tudo de si, adorando a força máscula da língua do duque, que rodeava a sua boca com demora, até esgueirar-se nos lugares mais íntimos que permitia criar a corrente fogosa que a deixava completamente úmida. Deixou tocá-la, deixou tê-la, e Gwen agiu cem por cento entregue à força e ao desejo. E à gratidão. Por ele ser íntegro o suficiente para ir atrás de sua família, por ter se mantido vivo até ser resgatado, por ter aberto os olhos quando a vida de ambos parecia de uma escuridão sem fim.

— Você está aqui — ela sussurrou, com Matthieu descendo os beijos para o seu pescoço, ouvindo de plano de fundo a respiração entrecortada e os suaves gemidos masculinos.

— Estou. Definitivamente... — Ele subiu o resto que faltava do vestido e encontrou, entre as pernas de Gwen, a abertura da calçola. Quando a sentiu úmida e pedinte, o duque sorriu contra os lábios de Gwen. — Estou *aqui, ma belle.*

— Alguém pode nos ver — Gwen, no último resquício de sanidade que tinha, murmurou.

— Iremos para o quarto. — Ele a fez gemer apenas mais uma vez antes de descer a mão pela parte interna da coxa de Gwen e pairar em seu joelho. — Mas antes... me deixe beijá-la o suficiente para que queira tirar cada traje para mim pelo resto da vida.

Seu coração constatou, naquele milésimo de segundo em que Matthieu unia sua boca à dela de novo, que nem todos os anos que ainda restavam para os dois seria tempo suficiente para que Gwen recompensasse cada plano que ansiou com o Duque de Saint-Zurie. Cada beijo que ofereceria a ele seria muito mais do que já dera um dia. Cada vez que entregasse seu corpo seria com a sua essência e sua vontade mais primitiva. Cada "eu te amo" que diria, frequentemente e todos os dias, teria uma parte de sua alma.

Em meio a uma vida opressora, nunca tivera escolha.

Mas Gwen soube, enquanto sentia-se derreter nos braços do duque, que ela o escolheria por onze dias.

Por onze anos.

E por toda a vida que lhe restava.

Além de todas as mais que viriam.

Para sempre.

CAPÍTULO TRINTA E SETE

Matthieu sentiu-se um homem completo. Talvez nunca tivesse se dado conta de que partes de sua alma estavam faltando, até encontrar o amor de sua vida e o seu irmão. Ele sabia que havia mais para discutir com Gwen, explicar que Lorran decidira passar um tempo em Paris apenas para se aproximar de Léonard e da duquesa-viúva e, então, retornar à sua vida em Rouen. Discutir sobre como fariam a partir dali também, os dois. E talvez detalhar ainda mais tudo o que enfrentara. Mas, assim que viu Gwendolyn nua da cabeça aos pés, todas as coisas que *deveria* fazer desapareceram de sua mente.

Ela é perfeita.

Cada centímetro do corpo, cada pedaço de sua pele, cada contorno de suas curvas. Desde a cintura estreita até o quadril largo, assim como os seios avantajados e aqueles mamilos que Matthieu queria colocar na boca... e o fez.

— Talvez devêssemos nos casar logo — o duque grunhiu, circulando a língua em torno do bico entumecido, sentindo-a quente sob ele.

Através daquele beijo nos seios de Gwen, seu membro latejou em busca de liberdade, avisando-o de que estava muito pronto. Duro, completamente ereto e largo, queimando de desejo na ponta. Sua mente lhe pregara uma peça sobre o tempo, mas em suas veias sentia que fazia muito... muito mesmo desde que a possuíra.

— Temos uma licença especial de casamento?

— Ah, nós temos. Solicitei ao arcebispo e está no bolso interno do paletó, caso queira. — O duque desceu os beijos pela costela de Gwendolyn, escorregando seu corpo nu pela cama, acreditando que ela o confrontaria, especialmente por ter tanta aversão ao matrimônio.

— Nos casaremos semana que vem — Gwen afirmou, gemendo suave.

— Promete?

Enquanto ainda a beijava, pensou que a saudade que sentia talvez fosse um fator determinante para Gwen aceitá-lo tão depressa. Isso o fez sorrir e descer ainda mais os beijos.

— Oh, sim. — Gwen arfou quando Matthieu passou a língua em torno do umbigo. — Daqui a alguns meses teremos uma surpresa e... — Gemeu de novo. — Uma surpresa e tanto...

O duque estava nu àquela altura, depois de beijá-la e arrancar cada peça de roupa de Gwen e sua, e estava pronto para lambê-la em seu ponto mais íntimo antes de tomá-la, mas esse comentário o fez parar.

Ele subiu, pairando acima de seu rosto novamente. Matthieu flexionou os braços para descer o corpo, sentindo os mamilos de Gwen tocarem seu peito, assim como seu sexo latejando, deslizando pelas partes internas das coxas da dama. Gwen abriu as pernas para ele, como se quisesse recebê-lo, e Matthieu, instintivamente, guiou seu membro para a entrada úmida e febril, sentindo-a abraçá-lo num ímpeto. Então a olhou, fixa e intensamente, traçando com o olhar cada segredo que Lady Hawthorn poderia ter guardado. Viu o desejo ser substituído por uma emoção profunda que nunca enxergara nela. Matthieu engoliu em seco.

— Temo que não seja o momento de lhe dizer — murmurou, envolvendo-o com os braços.

Matthieu a beijou uma única vez nos lábios e se afastou, porque ela leu a pergunta também em seus olhos.

— Qual é a surpresa, *mon amour*?

Ela segurou nas laterais do rosto do duque e sorriu.

— Não sei como reagirá.

— Tem medo de me dizer? — sussurrou tão próximo a ela que pôde sentir o calor da respiração de Gwen unindo-se à sua.

— Talvez...

— Precisa de uma dose de coragem?

Os olhos de Gwen sorriram em um sim.

Então Matthieu pegou a delicada mão de Gwen e a levou até sua boca. Beijou um de seus dedos e contou em alto e bom tom o número cinco. Em seguida, o quarto dedo e disse a palavra quatro. Fez isso um por um, calmamente, até chegar ao último e a contagem regressiva cessar.

— Um.

Foi nesse instante que os olhos cor de caramelo de Gwen brilharam para Matthieu.

E ela fechou as pálpebras em seguida, como se temesse olhá-lo.

— Posso... estar grávida, Matt.

Ele ficou completamente congelado sobre o corpo de Gwen, surpreso.

Milhões de coisas passaram pela sua cabeça em uma fração de segundos.

Seria tolo se não imaginasse que aquela tórrida noite de amor não geraria consequências, e sempre tivera cuidado quando se tratava de amantes e meretrizes, mas com Gwen... ele tivera de entregar tudo, precisara senti-la completamente até o último minuto.

E então... ele, o Duque de Saint-Zurie, o homem que não sabia cuidar de nada além de suas terras, teria um herdeiro ou herdeira? O homem cujo pai impusera sobre Lorran todas as obrigações... e vira de perto os resultados da opressão, odiando-a. Esse mesmo homem que não pretendia possuir nenhuma geração futura para que a maldição do ducado jamais recaísse sobre a cabeça de outro ser humano. *Esse* homem... seria pai.

Ele seria pai.

E ainda que fosse um duque, ainda que sentisse esse sangue azul correndo em suas veias, um sorriso imenso brotou em seus lábios e seu coração passou a amar imediatamente a ideia. Foi até capaz de imaginar o rosto da criança. Com os olhos de Gwendolyn e seus cabelos cacheados e rebeldes. Então foi à frente, na instrução dessa criança, que seria feita com amor a ponto de nunca ser capaz de odiar quem era. Ele poderia brincar e ser, para o bebê, tudo aquilo que nunca tivera.

E se fosse uma menina?

Por Deus, teria de *casá-la*?

E se fosse um rapaz?

O futuro Duque de Saint-Zurie...

Havia... tanto em sua mente, em tão pouco tempo, que seu corpo ficou aquecido com uma mistura de sentimentos novos, feitos de paixão e uma sensação muito acolhedora.

— E imaginei que não seria possível porque... eu não fiquei grávida do Lorde Hawthorn. E ele teve um filho com a primeira esposa... Pensei que o problema fosse comigo e que eu nunca... jamais cogitei que... — Ela manteve as pálpebras fechadas. — Mas não vejo sinal algum em minha cama e...

Matthieu segurou o rosto de Gwen e se surpreendeu quando uma lágrima desceu de seu rosto, caindo exatamente sobre a pálpebra da dama.

— Abra os olhos, Gwendolyn.

Ela piscou diversas vezes.

Ele pôde sentir os batimentos cardíacos de sua futura duquesa acelerados contra o seu peito.

— Está dizendo-me que posso ser pai?

— Sim...

— Me dará esse presente?

— Ainda é incerto...

— Amo-a independente de um bebê, Gwen. Amo-a se me der zero ou cem filhos. Espero que entenda que sempre será adequada aos meus olhos.

— Matt...

— Será a minha esposa amanhã, como já sinto que é hoje, e nada neste mundo me fará pensar o contrário. Preciso de você desde que caí de seu telhado. O que virá a seguir será uma consequência do que o destino reservou para nós. E ele será gentil, *ma moitié*, porque há amor.

Gwen abriu os lábios e não disse nada, mas o par de lágrimas que caiu no canto de seus olhos falou por ela.

Então ele a beijou. Beijou-a e mergulhou em seu corpo com calma, com a vontade de um homem que agora tinha mais uma razão para viver. Beijou-a e a possuiu até que as dúvidas de Gwen se transformassem em gemidos, até que ele sentisse aquele pulsar entre as pernas, que o acolhia sempre com tanta vontade. Tomou-a num ritmo delicioso, o vai e vem de seus quadris fazendo-o mergulhar bem fundo, sentindo Gwen escorregadia e pronta. Enquanto a possuía, beijando-a com a língua, estocando e grunhindo de prazer, sentiu-se grato por voltar à vida, grato por não ter tido consequências tão graves, grato por ser quem era. E sabia que ficaria assim com Gwen, amando-a e provando que nunca mais sairia dali, da eternidade na qual pretendia viver com quem o amava.

As inseguranças de ambos ficaram tão distantes quanto a Grécia, e Matthieu percebeu, naquele segundo, que não tinha mais vontade alguma de fugir.

Porque finalmente encontrara alegria em ser o Duque de Saint-Zurie.

Finalmente encontrara um lugar para ficar.

EPÍLOGO

Paris, França
Anos depois...

𝔄 mansão de Sceaux estava repleta de convidados naquela manhã. E não se tratava de ninguém além da família D'Auvray. Matthieu jamais pensara que preencheria a casa com tanta felicidade, mas os anos passaram e o Duque de Saint-Zurie pôde ver a família completa.

Meu pai ficaria tão orgulhoso. E minha mãe?

O coração de Matthieu ficou apertado por apenas um segundo ao lembrar-se deles.

Então viu seus irmãos rindo com suas respectivas esposas no imenso piquenique ao ar livre, assim como as crianças que, correndo na grama, pareciam fazer da mansão um imenso palco para suas artimanhas. Os sobrinhos de Matthieu, quatro meninos e três meninas, estavam correndo tão rápido que suas preceptoras não conseguiam controlá-los. Lorran lançou um olhar para Matthieu e abriu um sorriso, que o duque retribuiu. Era feliz por ter seu irmão que, apesar de não ter recobrado a memória, aprendeu a amá-los como uma família. Então Léonard chamou a atenção de Lorran para o que a pequena D'Auvray estava aprontando, e o contato entre os dois se quebrou.

— Papai...

Matthieu olhou para baixo e encontrou seu pequeno marquês desafiando-o com um olhar.

E ele era exatamente como o duque havia imaginado. Tinha os traços firmes de seu rosto, mas os olhos e o nariz de Gwendolyn. O duque se abaixou e olhou diretamente nos olhos cor de caramelo.

— Diga-me, filho.

— Talvez eu deva conversar com *monsieur* a respeito de meu futuro casamento.

Isso fez Matthieu piscar rápido.

— Como?

— Acredito que, com dez anos de idade, eu já seja perfeitamente capaz de pensar no futuro.

O duque prensou os lábios para não rir.

— Certo, e o que o levou a essa conclusão?

— Estou interessado em uma dama e preciso que me ensine como cortejá-la.

Ele franziu os olhos do mesmo jeito que sua mãe fazia quando achava que Matthieu estava caçoando dela.

— É mesmo? Creio que o meu querido marquês de Villeneuve seja jovem demais para pensar nesses assuntos, não acha?

— Talvez... mas eu a vejo todas as vezes que vou com mamãe ao centro da cidade. E ela sorri para mim, embora só nos encontremos casualmente. Não posso ainda marcar encontros, não é mesmo? Quando poderei?

— Quando tiver pelos aqui... — Ele acariciou o rosto do filho. — E quando estiver tão alto quanto seu pai.

Maxime arregalou os olhos.

— Isso demorará uma eternidade, papai!

— Pois que dure. Você e sua irmã não poderão sair de minhas asas até...

— Papai! — A pequena Lady Emanuelle se aproximou, arfando.

Os cabelos castanhos estavam uma bagunça, as bochechas, coradas, e os olhos destoantes, como os do tio, brilhando para Matthieu. Tinha uma pequena diferença de idade para Maxime, apenas dois anos.

— A mamãe o está chamando!

— Oh, está? Talvez eu deva ajudá-la com algo?

— Pois vá!

— Está brigando com o seu pai, mocinha?

Ela riu.

— Ora, papai. Como poderia? Eu o amo imensamente!

Geniosa, mas a mais bela de todas, Emanuelle seria um problema com

P maiúsculo quando debutasse. Além de ser a filha de um duque, era uma joia preciosa, que apenas se lapidaria ainda mais quando a fisionomia infantil desse lugar à sedutora beleza D'Auvray. Matthieu sentia que as poucas rugas que adquirira com a idade se transformariam em centenas assim que essa menina fosse apresentada à corte. Além disso, Maxime, seu filho mais velho, era tão belo quanto era precoce. E se havia algo que preocupava Matthieu era quando seu pequeno mocinho perceberia que não havia necessidade de se casar para viver a paixão. Talvez ele se rebelasse. Talvez... se tornasse um libertino. Ora, Deus. O duque pagaria todos os pecados que cometera em sua vida, sem sombra de dúvidas.

— Também os amo imensamente. E deixe-me dizer... seus primos estão brincando logo ali na frente. Podem ir, se quiserem.

— Brincar? Como se eu tivesse idade para isso — reclamou Maxime.

— Eu vou! — Emanuelle saiu correndo, o que era péssimo para uma futura dama, mas ela o fazia mesmo assim.

— Então talvez deva olhar Jean *le blanc* para mim — ofereceu ao filho, com um sorriso zombeteiro. — Já que acha que é tão difícil assim ser uma criança.

— Ora, papai. Não sou mais criança. Sou um rapazote.

— Talvez daqui a uns cinco anos eu possa chamá-lo assim. — Acariciou uma segunda vez o rosto de Maxime. — Irei ajudar sua mãe.

O filho sorriu e, ao invés de ir realmente brincar com as crianças, se aproximou da bisavó D'Auvray e da Marquesa de Lussac, que o receberam com braços abertos e todo o mimo que era péssimo para a conduta de um homem. A avó de Matthieu olhou para ele, com um brilho no olhar e uma emoção contida. Embora estivesse tão idosa que às vezes se esquecia de quem era e onde estava, parecia sempre agarrar-se ao sentimento que nutria pela família.

— Eu a amo — disse com os lábios, sabendo que ela os leria.

A avó assentiu uma única vez.

Ainda firme, ainda altiva, ainda uma D'Auvray.

Matthieu riu enquanto caminhava para dentro de Palais La Rouge. Passou pelos criados, assentindo em meio às eternas reverências que faziam, e continuou a andar por toda a sala e outros cômodos, até chegar ao segundo jardim do palácio, plantado por Gwen, onde sabia que a encontraria.

Ela estava linda.

Sentada em um balanço que Matthieu fizera para ela, sob a luz suave da manhã, com os olhos fechados, segurando o pequeno Édouard nos braços. Ele tirava um cochilo, enquanto Gwen o balançava e cantava para que seu filho mantivesse o sono. Já era grandinho o bastante para que não ficasse tão perto da mãe, mas o diabrete a amava, assim como todos os filhos que Matthieu tivera com ela. E Gwen era sempre amorosa com cada um deles, uma mãe perfeita, como Matthieu imaginou que ela seria.

O duque tirou um tempo para apenas admirar a cena — sua esposa, com um vestido branco, assim como a vira pela primeira vez. Os cabelos presos com poucos ornamentos e as bochechas coradas, com as pálpebras fechadas em direção ao sol. A terceira prova do amor dos dois, dormindo, nos braços da mulher que amava. Os cabelos no tom de Matthieu e os olhos escuros dele. Édouard viera como uma cópia do duque e, se puxasse à personalidade dos dois, seria extremamente difícil de lidar.

Uma linha do tempo percorreu a mente de Matthieu. Desde o instante em que ouvira a voz de Gwen pela primeira vez até agora. Sentiu-se ainda mais apaixonado por ela, bem ali, naquele segundo, e entendeu que não haveria circunstância no mundo que o impedisse de admirar a transformação dos dois.

Eram pais, eram marido e mulher, eram um casal apaixonado como jovens e amantes de uma vida. Eram o apoio um do outro nas dificuldades e a alegria nos momentos mais íntimos. Eram uma força, porque se admiravam, e Matthieu agradeceu a si mesmo por ter descoberto que era capaz de sentir o amor. Não teria revelado o poder de seu coração sem Gwen. E isso não o fazia menos homem, menos duque, menos libertino. Pelo contrário, isso só o fazia querer ser todas essas coisas. Com ela, por ela e pela vida que trouxeram ao mundo em três moldes de pestinhas.

Como se soubesse que Matthieu a estava observando, a duquesa abriu os olhos.

— Oh, querido. Não sabia que já estava aqui.

Ele cruzou os braços na altura do peito e encostou na trepadeira.

— Estou apreciando a vista, *ma belle*.

— Nosso Ed dormiu... queria que o levasse para o quarto.

Matthieu se aproximou de Gwen, dando passos cautelosos para que Édouard não despertasse. Então o tomou nos braços delicadamente, roubando um beijo demorado da esposa no processo. Ele se afastou, umedecendo os próprios lábios que tinham o sabor dela, e a fitou, sabendo que as chamas ainda existiam e serpenteavam entre eles intensamente.

— Amo-a agora como nunca — confidenciou à duquesa.

Ela piscou, perdida na confissão, embora a ouvisse todos os dias.

— É mesmo? O que fiz?

— Existe, Gwendolyn. Você existe e, por isso, sou feliz. Obrigado por ter em seus olhos o mesmo amor que eu via anos atrás — murmurou.

Os olhos de Gwen sorriam para o duque.

— Não é difícil, *Vossa Graça* — brincou sobre a época em que o tratava assim. — Amá-lo é apenas uma consequência de ser amada com tanto carinho.

— Interessante que *Vossa Graça* — o duque retorquiu — não me trata com esse carinho todo quando estamos resolvendo pendências do ducado.

— Não devo tratar-lhe como marido na frente dos outros. Não é de bom tom. Só entre quatro paredes. — Riu baixinho.

— Não me faça levar Ed para a cama e tirá-la daqui...

— Espero você em dez minutos no segundo andar. — Os olhos de Gwen brilharam com excitação.

Diabo de mulher, o duque pensou, quando virou as costas, segurando Ed, que estava desmaiado em seus braços. Ela fazia sua cabeça, cuidava de seu coração e de seus bens. Administrava melhor do que ele, ainda que longe dos olhos da sociedade, e era uma das duquesas mais participativas da França, com pensamentos sobre igualdade e luta pelos direitos de todos. Assemelhava-se muito ao próprio duque, que estava acompanhando as mudanças de perto em seu país, visando proteger sua família. Mas, de qualquer maneira, o que Matthieu fazia não era tão importante perto da admiração imensa que nutria por sua esposa. Ele a achava perfeita, em essência, aparência e personalidade, até na maneira que educava seus filhos, sem prendê-los nas amarras da sociedade. Matthieu nunca pensou que poderia encontrar uma pessoa tão apta a ser sua, em todos os aspectos da vida, mas *aquela* mulher...

Ele lançou um olhar para trás antes de voltar à casa.

E, daquela maneira que nunca ficaria velha, a duquesa disse que o amava sem dizer uma palavra.

— Papai... — Ed sussurrou.

— Estou levando você para seus aposentos agora — avisou-o, dando um sorriso para a duquesa antes de entrar de vez. — Pode dormir tranquilo...

— Conte uma história para que eu possa *mimir*?

O duque ponderou por um momento.

Uma criada se ofereceu para levar o pequeno, mas Matthieu negou com um balançar da cabeça. Queria ter seu filho por perto, naquele minuto, como queria viver cada instante de sua vida com a imensa felicidade que sentia em seu coração.

Continuou a andar, com passadas tranquilas.

— Era uma vez, um rapaz imprudente, tão imprudente, que teve de fugir. Ele havia roubado algumas *moedas* de uma... *milady*. Então não poderia ser pego. Jamais! Tieu, o dono da astúcia, para escapar de seu destino, pulou de telhado em telhado até que...

FIM

NOTA DA AUTORA
Só leia após concluir a história.

É, eu fiz tudo isso que vocês acabaram de ler...

Começo dizendo que, sem dúvida, foi a história mais desafiadora da minha carreira. Ainda assim, a mais gratificante. Sou aficionada por romances de época e, pela primeira vez, fui desafiada a escrever um.

Aproveito que estou na emoção final de escrevê-lo para criar esta nota. E, nossa, que montanha-russa eu passei! Trazer uma geração D'Auvray de outra época foi um surto de fã dos meus meninos da The M's misturado à empolgação de ver isso acontecendo. E como foi difícil! E como foi maravilhoso! Eu só posso dizer que todos os meses de pesquisa valeram a pena e que escrever, mesmo com todo o receio de sair da minha zona de conforto, foi um passo além do que eu imaginava.

O interessante é tudo o que descobri. A origem do sobrenome do Zane e do Shane, e como sua família sem dúvida pertencia à nobreza. O quanto a sociedade francesa era diferente da inglesa. Quando a Elimar me pediu um romance de época, me veio a ideia de fazer o antepassado de uma série que vocês amam tanto, a série "Viajando com Rockstars".

E assim foi!

Matthieu e Gwendolyn são a quarta geração de avós de Shane e Zane. Os tatatá... e lá vai. E como citei em *Uma Noite Sem Você*, o bisavô ainda morava na França quando conheceu a bisavó deles. Coincidentemente, também um francês com uma inglesa. Mágico, não? Nem precisamos imaginar agora que toda a família D'Auvray permaneceu na França até a segunda geração de avós, né?

Não é à toa que são tão galanteadores!

O interessante é que vocês vão ver traços do Zane e do Shane nos dois, tanto em Gwen quanto em Matthieu. E foi uma descoberta tanto para mim quanto imagino que seja para vocês. Estou tão emocionada que mal posso me conter. Foi como realizar um sonho antigo, que eu nem sabia que existia, até vivê-lo.

Em meio a artigos, documentários, séries, filmes, TCCs de outros países, livros clássicos da literatura francesa, entrevistas com profissionais da área e uma planilha de Excel mais extensa do que pensei que seria possível, consegui trazer à vida um livro de um gênero em que nunca tinha me aventurado. Em particular, preciso deixar um beijo no coração das professoras Acsa e Elimar, que me auxiliaram em relação à ambientação dessa história, assim como a doutora Camila Heike, que me ajudou com a parte médica desse enredo desafiador.

Espero, de verdade, que vocês tenham se apaixonado e viajado para outra época, para outro século. Que tenham se encantado por Matthieu e por Gwendolyn, que foram tão importantes na minha vida como eu nunca poderia pensar que seriam, até conhecê-los. E caso você não entenda a razão desta nota, fique tranquilo. Este livro é um romance único, apenas tem o detalhe de se tratar dos antepassados de personagens já tão queridos pelos meus leitores.

Obrigada por me lerem!

Eu amo vocês.

AGRADECIMENTOS

Conseguimos, leitores! Nós conseguimos juntos!

Em primeiro lugar, quero deixar um agradecimento especial para cada leitor que abraçou essa história com ansiedade e o coração aberto, assim como para todas as blogueiras que divulgaram com tanto carinho e acreditaram em mim. Obrigada por amarem cada personagem meu com o mesmo amor que havia em meu coração. Seria *impossível* sem vocês!

Preciso deixar um MEGA obrigada à editora mais linda que eu conheço, a Charme! Vocês são incríveis! Verônica, obrigada por segurar minha mão quando pensei que não fosse dar conta, obrigada por ouvir minhas lamúrias e meus surtos. Obrigada por acreditar em mim quando nem eu mesma sabia que poderia. Este livro não teria surgido assim se não fosse pelo seu incentivo e não teria se tornado um romance literalmente palpável se você não o abraçasse. Todo o agradecimento do mundo não será suficiente. Só saiba que eu a amo. E você é maravilhoooosa!

À minha bonequinha, Ingrid, que me incentivou e sempre me apoiou em todos os momentos. Sei que é difícil ter uma amiga escritora, mas você faz isso com maestria. E sempre tem as ideias mais incríveis que me ajudam a direcionar os pensamentos. Meus livros não teriam a mesma magia sem você, saiba disso. E eu não sei se estaria "bem" se não fosse por você. Então, obrigada por estar ao meu lado a cada segundo. Obrigada por lutar por esta história junto comigo, obrigada por suportar as dificuldades da minha vida pessoal ao meu lado. Saiba que, mesmo à distância, você faz por mim mais do que quem está perto. Eu amo você!

Um obrigada do tamanho do infinito às mulheres fortes da minha família. Estamos vivendo, agora, um dos momentos mais delicados da vida, mas ninguém soltou a mão de ninguém, e eu não sei o que seria de mim sem vocês. De verdade. A gente nunca deixa a peteca cair, por mais impossível que seja a situação, e eu não seria a metade da mulher que sou se não tivesse sido educada por vocês. Eu as amo tanto. Em todas as vidas que tivemos juntas e em todas as que virão. Gratidão por cada dia, por sempre, por tudo.

Em especial à minha avó, Helena Cecília. Ela me ensinou sobre o passado e me fez entender o futuro. Cuidou de mim na infância, adolescência e vida adulta, mas, posteriormente, nossos papéis foram trocados, como o verdadeiro ciclo da vida. Eu queria poder mensurar a quanto a amo, mas não consigo descrever em palavras. Acho que o nosso amor ficará registrado em toda a nossa história e além dela, vó. Todos os momentos bons e as risadas. Acima disso, todo o apoio que recebi desde o início da minha carreira até os seus últimos dias, quando me perguntou como estava o andamento do meu livro. Prometo a você que não desistirei do que amo fazer. E que a farei se orgulhar de mim onde quer que esteja.

Um obrigada enorme também ao meu amigo, Pedro, por ter me escutado toda vez que acreditei não ser capaz e por ter comemorado cada capítulo desta história com a mesma energia que comemorei. Se não fosse você para aliviar essa loucura com seus conselhos, acho que não sobreviveria ao desafio. E à fofíssima da Lorena, por ler minhas histórias e me incentivar a nunca desistir dos meus sonhos. Vocês são um casal de amigos que quero levar para a vida.

Obrigada a todos por sonharem comigo.

Obrigada por me salvarem diariamente com seus feedbacks e carinho.

Obrigada por transformarem minhas ideias solitárias em um sonho compartilhado.

Obrigada!

Eu amo vocês verdadeiramente.

Nos vemos na próxima aventura.

EM MEMÓRIA DE HELENA CECÍLIA E DIANA MEDEIROS
VOCÊS FORAM LUZ EM VIDA E
CONTINUARÃO SENDO ALÉM DELA.

Editora Charme

Entre em nosso site e viaje no nosso mundo literário.
Lá você vai encontrar todos os nossos
títulos, autores, lançamentos e novidades.
Acesse www.editoracharme.com.br

Você pode adquirir os nossos livros na loja virtual:
loja.editoracharme.com.br

Além do site, você pode nos encontrar em nossas redes sociais.

 https://www.facebook.com/editoracharme

 https://twitter.com/editoracharme

 http://instagram.com/editoracharme